明代文学作品选

周小艳　马燕鑫 ◎ 主编

人民出版社

《明代文学作品选》编委会

出版说明

1. 本书供普通高等院校、各类成人高等院校的中文专业作为"中国古代文学史——明代文学史"等课程讲授和阅读参考之用。

2. 本书按诗歌、散文、词、散曲、民歌、传奇、杂剧、小说的体裁分类排列。

3. 本书所选为明代文学史上述体裁的代表作家作品为主，着重选取在文学史上有定评且艺术性突出的作品，同时兼顾作品题材的广泛性和多样性。

4. 本书所选用的作品，均以较好的版本为依据，并于篇末注明版本来源。一般仅录原文不作校勘，偶有校勘则于注释中说明。

5. 本书为教学及阅读方便采用简体横排的版式，偶遇古体字亦遵之。

6. 本书在编写过程中，对学术界的研究成果多有吸取，由于篇幅有限未能一一注明，谨附言于此，以表谢忱。

7. 本书由马燕鑫和赵嘉负责诗歌和散文部分的选录和撰写工作；徐文武负责词、散曲和民歌的选录和撰写工作；金景芝负责传奇和杂剧的选录和撰写工作；周小艳负责小说的选录和撰写工作。吴松山等编委主要负责校勘、统筹等工作。

8. 由于编者水平有限，本书在作品的选录、注释、题解等方面，可能会存在很多缺点和不足，敬请诸位方家给予批评指正。

目录

诗　歌

青丘子歌有序 / 高　启 ……………………… 2

寄彭民望 / 李东阳 …………………………… 7

把酒对月歌 / 唐　寅 ………………………… 9

石将军战场歌 / 李梦阳 ……………………… 11

秋日杂兴（二首）/ 何景明 ………………… 15

暮秋，同冯直卿、秦廷献、李士美游

　黄花山三首 / 谢　榛 …………………… 17

和聂仪部明妃曲（其三）/ 李攀龙 ………… 20

十六夜踏灯与璩仲玉王新甫饮于

　大中桥之西楼 / 徐　渭 ………………… 22

梦游虞山拂水岩 / 王世贞 ………………… 24

游九峰山二首有引 / 谭元春 ……………… 27

散　文

秦士录 / 宋　濂 ……………………………… 32

卖柑者言 / 刘　基 …………………………… 38

瘗旅文 / 王守仁 ……………………………… 41

寒花葬志 / 归有光 …………………………… 46

信陵君救赵论 / 唐顺之 ·················· 49

豁然堂记 / 徐　渭 ··················· 53

童心说 / 李　贽 ··················· 56

牡丹亭记题词 / 汤显祖 ················ 61

满井游记 / 袁宏道 ·················· 64

《问山亭诗》序 / 钟　惺 ··············· 68

游南岳记 / 谭元春 ·················· 72

狱中上母书 / 夏完淳 ················· 78

词

水龙吟 / 刘　基 ··················· 84

沁园春·雁 / 高　启 ················· 86

临江仙 / 杨　慎 ··················· 89

唐多令·寒　食 / 杨子龙 ·············· 92

长亭怨 / 屈大均 ··················· 95

烛影摇红·十月十九日 / 王夫之 ··········· 97

烛影摇红 / 夏完淳 ················· 100

散　曲

【北双调】雁儿落带过得胜令·饮中闲咏 / 康　海 ······ 104

【北双调】玉江引·阅世 / 冯惟敏 ············ 106

【南商调】山坡羊·吊战场 / 薛论道 ··········· 108

【北双调】水仙子·瓦匠 / 陈　铎 ············ 110

【北双调】沉醉东风·携酒过石亭会友 / 王 磐 ········· 112

【南商调】山坡羊·十不足 / 朱载堉 ····················· 114

民 歌

驻云飞 ··· 118

描 真 ··· 119

送 别 ··· 120

喷 嚏 ··· 121

传 奇

寄 子 / 梁辰鱼 ··· 124

寄 弄 / 高 濂 ··· 130

惊 梦 / 汤显祖 ··· 135

杂 剧

狂鼓史渔阳三弄 / 徐 渭 ······························· 144

小 说

《三国演义》/ 罗贯中 ····································· 158

废汉帝陈留践位　谋董贼孟德献刀 ····················· 158

诸葛亮舌战群儒（节选） …………………………………… 166

《水浒传》/ 施耐庵 ………………………………………… 173

张天师祈禳瘟疫　洪太尉误走妖魔 …………………… 173

《西游记》/ 吴承恩 ………………………………………… 184

尸魔三戏唐三藏　圣僧恨逐美猴王 …………………… 184

"三言" / 冯梦龙 …………………………………………… 197

杜十娘怒沉百宝箱 ………………………………………… 197

闹樊楼多情周胜仙 ………………………………………… 216

"二拍" / 凌濛初 …………………………………………… 231

转运汉遇巧洞庭红　波斯胡指破鼍龙壳 ……………… 231

诗 歌

明代文学作品选

青丘子歌有序 [1]

高 启

江上有青丘，予徙家其南，因自号青丘子。闲居无事，终日苦吟，间作《青丘子歌》言其意，以解诗淫之嘲 [2]。

青丘子，臞而清，本是五云阁下之仙卿 [3]。何年降谪在世间，向人不道姓与名 [4]。蹑屩厌远游，荷锄懒躬耕 [5]。有剑任锈涩 [6]，有书任纵横。不肯折腰为五斗米 [7]，不肯掉舌下七十城 [8]。但好觅诗句，自吟自酬赓 [9]。田间曳杖复带索 [10]，傍人不识笑且轻。谓是鲁迂儒楚狂生 [11]，青丘子，闻之不介意，吟声出吻不绝咿咿鸣。朝吟忘其饥，暮吟散不平。当其苦吟时，兀兀如被酲 [12]。头发不暇栉 [13]，家事不及营。儿啼不知怜，客至不果迎。不忧回也空 [14]，不慕猗氏盈 [15]。不惭被宽褐，不羡垂华缨 [16]。不问龙虎苦战斗，不管乌兔忙奔倾 [17]。向水际独坐，林中独行。斫元气，搜元精，造化万物难隐情 [18]。冥茫八极游心兵，坐令无象作有声 [19]。微如破悬虱 [20]，壮若屠长鲸。清同吸沆瀣 [21]，险比排峥嵘 [22]。霭霭晴云披，轧轧冻草萌。高攀天根探月窟 [23]，犀照牛渚万怪呈 [24]。妙意俄同鬼神会，佳景每与江山争。星虹助光气，烟露滋华英。听音谐《韶》乐 [25]，咀味得大羹 [26]。世间无物为我娱，自出金石相轰铿 [27]。江边茅屋风雨晴，闭门睡足诗初成。叩壶自高歌 [28]，不顾俗耳惊。欲呼君山老父携诸仙所弄之长笛，和我此歌吹月明。但愁欻忽波浪起，鸟兽骇叫山摇崩 [29]。天帝闻之怒，下遣白鹤迎 [30]。不容在世作狡狯 [31]，复结飞佩还瑶京 [32]。

——选自金檀辑注《高青丘集》，上海古籍出版社 2013 年版

【作者简介】

高启（1336—1374），字季迪，号槎轩，长洲（今江苏苏州市）人。元末明初著名诗人，文学家。元末隐居吴淞青丘，自号青丘子。高启才华高逸，学

问渊博，能文，尤精于诗，与刘基、宋濂并称"明初诗文三大家"。又与杨基、张羽、徐贲被誉为"吴中四杰"，当时论者把他们比作"初唐四杰"。又与王行等号"北郭十友"。明洪武初，以荐参修《元史》，授翰林院国史编修官，受命教授诸王。擢户部右侍郎，力辞不受。苏州知府魏观在张士诚宫址改修府治，获罪被诛。高启曾为之作《郡治上梁文》，有"龙蟠虎踞"四字，被疑为歌颂张士诚，连坐腰斩。著有《高太史大全集》《凫藻集》等。

【注释】

[1]青丘子歌：至正十八年（1358），作者依外舅居吴淞江边之青丘（今江苏吴县东），自号青丘子，作此诗以见志。

[2]诗淫：犹言诗迷。淫，过度。

[3]臞（qú）：消瘦。五云阁：五色彩云萦绕的楼阁，此指仙境。

[4]"向人"句：晋陶渊明《五柳先生传》："先生不知何许人也，亦不详其姓字。"

[5]"蹑屩"句：言不好游山水。蹑屩（niè juē）：脚穿草鞋。

[6]锈涩：因生锈而钝。

[7]"不肯折腰"句：不愿做官侍候上司。《宋书·陶潜传》载，潜为彭泽令，"郡遣督邮至县，吏白：'应束带见之。'潜叹曰：'吾不能为五斗米折腰向乡里小人！'即日解印绶去职。"

[8]"不肯掉舌"句：不肯上言献策以博取功名。《史记·淮阴侯列传》载蒯通曰："且郦生一士，伏轼掉三寸之舌，下齐七十余城。"郦生，郦食其（lì yì jī），汉高阳人，《史记》有传。

[9]酬赓（gēng）：作诗唱和。

[10]"田间"句：写闲逸之状。曳杖：拄着手杖。带索：以草索为腰带。《孔子家语·六本》载荣启期"鹿裘带索，瑟瑟而歌"。

[11]鲁迂儒：指鲁两生，鲁国不通时务的迂腐儒生。《史记·刘敬叔孙通列传》载，叔孙通为刘邦制礼，征鲁国儒生至长安，有二人不肯行。叔孙通笑曰："若真鄙

儒也，不知时变。"楚狂生：《论语·微子》载，有"楚狂接舆"，曾嘲笑孔子。

[12]兀兀：昏沉之状。唐白居易《对酒》诗："所以刘阮辈，终年醉兀兀。"被醒（chéng）：醉酒。

[13]栉（zhì）：梳子和篦子的总称。这里用作动词。

[14]"不忧"句：孔子的贤弟子颜回经常穷得一无所有，但他不以为忧。《论语·先进》："子曰：'回也，其庶几乎，屡空。'"又，《论语·雍也》："子曰：'贤哉，回也！一箪食，一瓢饮，在陋巷，人不堪其忧，回也不改其乐。'"

[15]猗氏盈：猗顿的富有。猗顿，春秋时人。《史记·陈涉世家》："陶朱、猗顿之富也。"又，《史记·货殖列传》："猗顿用盬盐起。"盬（gǔ）盐，粗盐；起，起家、致富。

[16]"不惭"二句：汉刘向《列女传》载黔娄之妻曰："彼先生者，甘天下之淡味，安天下之卑位，不戚戚于贫富，求仁而得仁，求义而得义，……不亦宜乎！"意本此。被宽褐，穿粗布大衣，平民装束；垂华缨，头戴簪缨之冠，官员服饰。

[17]龙虎苦战斗：龙争虎斗，此以喻元末群雄之战争。李白《山人劝酒》诗："各守兔鹿志，耻随龙虎争。"乌兔忙奔倾：喻时光流逝之速。乌，金乌，即太阳；兔，玉兔，即月亮。

[18]"斫元气"三句：谓采天地万物之精华而为诗。斫（zhuó）：砍削。元气：天地之本源。元精：元气之精华。晋陆机《文赋》："笼天地于形内，挫万物于笔端。"可与此相参看。

[19]"冥茫"二句：前句形容作诗运思之状，后句说诗思诗情通过文字表达出来。八极：极远之处。晋陆机《文赋》："精骛八极，心游万仞。"心兵：心事，心感物而动，如临外敌，故云。韩愈《秋怀》之十："诘屈避语阱，冥茫触心兵。"致令：至使。

[20]破悬虱：《列子·汤问》说纪昌学射箭，用牛毛悬虱于窗，南面望之，三年之后，视如车轮，"射之，贯虱之心而悬不绝"。

[21]沆瀣（hàng xiè）：夜间的水气，又指露水。

[22]排峥嵘：推开大山。峥嵘，高峻貌。

[23]天根：星宿名，即氐宿。月窟：月宫。

[24]"犀照"句：本《晋书·温峤传》："（温峤）至牛渚矶，水深不可测，世云其下多怪物。峤遂毁犀角照之。须臾，见水族覆火，奇形异状。"牛渚：牛渚矶，即采石矶，在今安徽当涂长江南岸边。

[25]韶：相传为舜时乐名。《论语·八佾》："子谓《韶》，尽美矣，又尽善也。"

[26]大羹：古代祭祀时所使用的肉汁，不和五味。这里指最纯正的美味。

[27]金石：指诗歌。本《韩诗外传》："原宪环堵之室，歌《商颂》，声沦于天地，如出金石。"轰铿：声音响亮，这里用作动词。

[28]"叩壶"句：言慷慨之意。《晋书·王敦传》："（王敦）每酒后辄咏魏武帝乐府歌曰：'老骥伏枥，志在千里。烈士暮年，壮心不已。'以如意打唾壶为节，壶边尽缺。"

[29]"欲呼"四句：事本旧题唐谷神子《博异志》载，有老父吹笛洞庭湖，湖水震荡，君山鸟兽惊恐。欻（xū）忽：忽然、瞬间。

[30]"下遣"句：谓引使升天成仙。相传仙人多骑鹤，故云。

[31]作狡狯：此指为诗文以游戏人间。晋葛洪《神仙传》载，仙人王远与麻姑降蔡经家，麻姑作术，掷米为丹砂。远笑曰："姑故年少也，吾老矣，不喜复作如此狡狯变化也。"事本此。

[32]瑶京：神州传说中天帝之都。

【作品要解】

高启是明代学李白最像的诗人，《青丘子歌》是其摹拟"太白体"的翘楚。这首长歌，跌宕磅礴，神采飞扬，深得谪仙潇洒飘逸的风度。

这首诗的内容分为上下两节，从"青丘子，臞而清"到"吟声出吻不绝咿咿鸣"是第一节，写诗人自己与世俗寡合，不求功名，不营产业，唯独喜欢吟诗觅句，对于旁人的讥嘲毫不在意。从"朝吟忘其饥，暮吟散不平"到结尾是第二节，极意摹写诗人苦吟的情状，以及构思时心境相会、神与物游的妙境。此时的诗人，忘却了周围的环境，忘却了贫富之念，也忘却了时间的流逝。唯有冥心孤诣，畅游八极，上攀月窟，下潜深渊，达到了物我合一的"入神"之境。

《青丘子歌》体式上是一首杂言歌行，全篇以五言句、七言句为主，同时间杂使用了三言句、九言句，甚至还有像"欲呼君山老父携诸仙所弄之长笛"这样十四字的长句。因此全诗句式长短错落，音节抗坠有致，非常适合诵读。从艺术特色来看，《青丘子歌》想象瑰奇，气势奔放，且善于将创作构思时的心理活动用鲜明的意象表现出来，使读者感受到络绎奔会、目不暇接的艺术体验。

高启的这首诗歌虽然学步李白歌行，风格上也极酷肖，但能自写心意，在元明之际的诗坛上，自应推为杰作。

寄彭民望[1]

李东阳

斫地哀歌兴未阑[2]，归来长铗尚须弹[3]。秋风布褐衣犹短，夜雨江湖梦亦寒。木叶下时惊岁晚[4]，人情阅尽见交难[5]。长安旅食淹留地[6]，惭愧先生苜蓿盘[7]。

—选自周寅兵、钱振民校点《李东阳集》，岳麓书社 2008 年版

【作者简介】

李东阳（1447—1516），明代诗人，字宾之，号西涯。祖籍茶陵（今属湖南），生长于北京。天顺八年（1464）进士，选庶吉士。官至少师、华盖殿大学士。东阳位高望重，本人富有才学，执掌文坛数十年，且喜奖掖后进，形成"茶陵派"。其诗文未完全摆脱"台阁体"影响，多歌功颂德、应酬唱和之作，少数诗篇能反映民生疾苦，抒发个人的真情实感。诗风雄浑刚健，与"台阁体"又有所不同。著作有《怀麓堂稿》等。

【注释】

[1]彭民望，名泽，以字行。攸（今湖南攸县）人。景泰七年（1456）举人，官应天府通判，能诗，有《老葵集》。

[2]斫地哀歌：杜甫《短歌行赠王郎司直》诗："王郎酒酣拔剑斫地歌莫哀。"斫地：砍地，舞剑的一种动作，为悲愤的表现。阑：尽。

[3]"归来"句：言彭民望衣食尚且不足。战国时，冯谖家贫，为孟尝君门客，尝"弹其剑而歌曰：'长铗归来乎，食无鱼。'孟尝君迁之幸舍，食有鱼矣。"本此，

事见《史记·孟尝君列传》，又见《战国策·齐策》。

[4]木叶下时：深秋树木落叶之时。屈原《九歌·湘夫人》："袅袅兮秋风，洞庭波兮木叶下。"

[5]"人情"句：杜甫《送率府程录事还乡》诗："途穷见交态，世梗悲路涩。"

[6]长安：今陕西西安，汉唐故都，这里指代明都北京。淹留：久留。

[7]"惭愧"句：言彭民望饮食清淡，生活困苦。苜蓿盘，盛着苜蓿菜的盘子。《唐摭言》载，薛令之为东宫侍读，清贫，乃作诗自嘲曰："朝日上团团，照见先生盘。盘中何所有，苜蓿长阑干。"后因以"苜蓿盘"称教书人生活清苦。

【作品要解】

彭民望是作者的好友，才高位卑，沦落不偶，在京师不遇知赏，黯然返乡，李东阳寄赠此诗，远相慰解。

该诗前六句叙写彭民望穷困无遇的不幸，刻画了一位斫地哀歌、弹铗乏食的寒士形象。"秋风"二句，写彭民望失意而归，而秋风萧飒，家计艰难，无力裁衣。又僻处江湖，孤寂栖迟，夜雨凄凉，梦中也会感到寒意。该联中"犹""亦"两虚字，极为传神地凸显了彭民望穷愁的处境和心境。"木叶"二句写年岁迟暮，人情不常，短短十四字中蕴含了彭民望一生的穷苦遭遇。最后两句归到作者自身，向朋友诉说自己的困境，以及无力相助的愧疚之情。

全诗最大的艺术特色是用典贴切而不晦涩，字句浅显而蕴义深厚。明代永乐以来，诗文以平正典雅的"台阁体"为宗，逐渐流为平庸肤廓之习。李东阳虽然仍受"台阁体"的影响，但他论诗注重法度和音调，而极力反对剽窃与摹拟。本诗较好地践行了作者的诗学主张。明代蒋一葵《尧山堂外纪》卷八七记载李东阳此诗，彭民望读之"乃潸然泪下，为之悲歌数十遍不休"，对李东阳的诗歌造诣极为感佩，怅然之余，不久便去世了。可见该诗艺术感染力之深。

把酒对月歌

唐　寅

　　李白前时原有月，惟有李白诗能说[1]。李白如今已仙去[2]，月在青天几圆缺[3]。今人犹歌李白诗，明月还如李白时；我学李白对明月，月与李白安能知？李白能诗复能酒[4]，我今百杯复千首；我愧虽无李白才，料应月不嫌我丑。我也不登天子船，我也不上长安眠[5]；姑苏城外一茅屋，万树桃花月满天[6]。

——选自同道振、张月尊辑校《唐伯虎全集》，中国美术学院出版社 2002 年版

【作者简介】

　　唐寅（1470—1524），吴县（今江苏苏州市）人，故名寅，字伯虎，一字子畏，号六如居士、桃花庵主，别号逃禅仙吏、普救寺婚姻案主等。少年入乡学，敏颖力学，与张灵纵酒狂放。后经年闭户苦读，举于乡第一。工诗、书、画。其诗才情烂漫，天然之趣，俚俗之句，独具特色。他的山水画多表现雄伟险峻的崇山峻岭、文人逸士的闲雅生活，与沈周、文徵明、仇英合称"明四家"。诗词曲赋与文徵明、祝允明、徐祯卿并称"江南四大才子"（也称"吴中四才子"）。著有《六如居士集》。

【注释】

　　[1]"李白"二句：谓古来诗写明月，李白堪称第一。检《李太白集》，仅以月为题的诗就有十余首，脍炙人口者如《古朗月行》《峨眉山月歌》《月下独酌四首》《把酒问月》等，从各个侧面抒发了因月而生的种种情怀。

　　[2]仙去：死的婉称。

[3]"月在"句：苏轼《水调歌头·明月几时有》词："月有阴晴圆缺。"

[4]"李白"句：杜甫《饮中八仙歌》："李白一斗诗百篇，长安市上酒家眠。"

[5]"我也"句：谓连京城也不去，逗出尾联。

[6]"姑苏"二句：谓自筑室桃花坞事。姑苏：苏州的别称。

【作品要解】

　　唐寅的这首诗是在李白《把酒问月》的激发下写作的。李白的诗运用《天问》体，对宇宙奥秘和时间流逝进行了诗性的发问。唐寅的《把酒对月歌》则以李白与月为主题，写了人生的短暂和宇宙的恒久，而且更主要的是表达了作者摆落世俗、纵心自适的追求。

　　该诗在用语上不及李白诗精美雅丽，在意蕴上也不如李白诗深远，但全诗明白如话，冲口而出，俚俗之中不乏诗趣，浅显之余亦含韵致。唐寅诗歌的艺术特色，应该放在明代文学史的大背景中去理解。弘治、正德年间，以李梦阳、何景明为首的"前七子"提倡复古，强调"诗必盛唐"，于是诗坛兴起了摹拟之风。然而"取法乎上，仅得其中"，复古派的创作流于空洞，其末流甚至出现了生吞活剥的弊病。唐寅与李梦阳为同时代的人，他的诗歌跳出了复古派的窠臼，独立于时代风气之外，以放荡不羁的形式自写胸臆，独抒性情，这是唐寅诗歌值得注意的特点。《把酒对月歌》正是唐寅这一诗歌风格的代表作。

　　唐寅为人狂放，受到名教中人的鄙薄，但他不像传统的士人那样去追求功名富贵，而是崇尚自由洒脱的人生境界。为此他靠卖画谋生，所谓"闲来写就青山卖，不使人间造孽钱"，在艺术中保持其真实而自由的灵魂。《把酒对月歌》末四句"我也不登天子船，我也不上长安眠；姑苏城外一茅屋，万树桃花月满天"，即是唐寅艺术人生的真实写照。

石将军战场歌 [1]

李梦阳

清风店南逢父老 [2]，告我己巳年间事 [3]。店北犹存古战场，遗镞尚带勤王字 [4]。忆昔蒙尘实惨怛 [5]，反覆势如风雨至 [6]。紫荆关头昼吹角 [7]，杀气军声满幽朔。胡儿饮马彰义门 [8]，烽火夜照燕山云。内有于尚书 [9]，外有石将军。石家官军若雷电，天清野旷来酣战。朝廷既失紫荆关，吾民岂保清风店？牵爷负子无处逃，哭声震天风怒号。儿女床头伏鼓角，野人屋上看旌旄 [10]。将军此时挺戈出，杀敌不异草与蒿。追北归来血洗刀 [11]，白日不动苍天高。万里烟尘一剑扫，父子英雄古来少 [12]。天生李晟为社稷 [13]，周之方叔今元老 [14]。单于痛哭倒马关 [15]，羯奴半死飞狐道 [16]。处处欢声噪鼓旗，家家牛酒犒王师。休夸汉室嫖姚将 [17]，岂说唐朝郭子仪。沉吟此事六十春，此地经过泪满巾。黄云落日古骨白，沙砾惨淡愁行人。行人来折战场柳，下马坐望居庸口 [18]。却忆千官迎驾初 [19]，千乘万骑下皇都。乾坤得见中兴主，日月重开再造图 [20]。枭雄不数云台士，杨石齐名天下无 [21]。呜呼杨石今已无，安得再生此辈西备胡 [22]。

——选自《空同先生集》卷十九，台湾伟文图书出版有限公司 1976 年版

【作者简介】

李梦阳（1473—1530），字献吉，号空同，祖籍河南扶沟，出生于庆阳府安化县（今甘肃省庆城县），后又还归故里，故《登科录》直书李梦阳为河南扶沟人。他善工书法，得颜真卿笔法，精于古文词。明代中期文学家，复古派"前七子"的领袖人物。提倡"文必秦汉，诗必盛唐"，强调复古，《自书诗》师法颜真卿，结体方整严谨，不拘泥规矩法度，书卷气浓厚。李梦阳所倡导的文坛"复古"运动盛行了一个世纪，后为袁宗道、袁宏道、袁中道三兄弟为代表的"公安派"所替代。

【注释】

[1]石将军：石亨（？—1460），陕西渭南南志道里（今渭南市临渭区官路镇）人。明朝将领，官至太子太师，封忠国公。早年抗击瓦剌，颇有战功。后于景泰八年（1457）发动夺门之变，拥立朱祁镇复辟，得以权倾朝野。天顺四年（1460），石亨大肆培植党羽，干预朝政。朱祁镇不能忍受，罢其职，得罪瘐死狱中，尽诛其党羽。后又以家属不轨，下诏狱，坐谋叛律斩，没其家资。

[2]清风店：在今河北易县。石亨追击瓦剌军至此。

[3]己巳：明英宗正统十四年（1449）。

[4]遗镞（zú）：当年战场上遗留下来的箭头。镞：箭头。勤王：意思是君王（皇帝）有难，臣下起兵救援君王。出自《晋书·谢安传》："夏禹勤王，手足胼胝。"

[5]蒙尘：天子出走曰"蒙尘"，此处指英宗被瓦剌首领也先俘虏。惨怛（dá）：惨痛。

[6]"反覆"一句：指瓦剌兵趁机入侵，势如风雨。"覆"，一作"复"。

[7]紫荆关：在今河北易县的紫荆岭上。这一年十月，也先挟持明英宗攻陷紫荆关，向北京进攻。

[8]彰义门：京城九门之一。当时瓦剌曾攻彰义门，被明军击退。

[9]于尚书：于谦（1398—1457），字廷益，号节庵，浙江杭州府钱塘县（今杭州市上城区）人。明朝名臣、民族英雄。

[10]"儿女"二句：谓孩子们被鼓角之声吓得伏在床头不敢动，乡间的人攀登屋上窥探战事情况。野人：乡下人。

[11]追北：追逐败逃的敌人。北：败北，这里作名词用。

[12]父子英雄：指石亨及其侄石彪。《明史·石亨传》："其从子彪，魁梧似之。骁勇善战，善用斧。也先逼京师，既退，追击余寇，颇有斩获，进署指挥金事。"

[13]李晟：唐代中期名将，多次平定战乱。

[14]方叔：周宣王时贤臣，曾征讨蛮夷。

[15]单于：本为匈奴最高首领称号，此处借指瓦剌部首领。倒马关：在今河北省唐县西北。明代与居庸关、紫荆关合称"内三关"。石亨曾追击瓦剌部首领也

先的弟弟于此。

[16]羯奴：这里是对瓦剌的蔑称。飞狐道：又名飞狐关，在河北涞源县和蔚县交界处。这里两崖壁立，一线通天，蜿蜒百余里，形势十分险要。

[17]嫖姚将：指霍去病。汉武帝时，霍去病时为嫖姚校尉，前后六次击败匈奴，官拜骠骑将军，封冠军侯。

[18]居庸口：居庸关，在今北京市平昌县西北，为长城重要关口。

[19]迎驾：指瓦剌同意放回英宗，明朝派人迎接英宗回京。

[20]再造：指国家破败之后，重新缔造。图：版图，地图。

[21]"枭雄"两句：清代版本作"姓名应勒云台上，如此战功天下无"。云台：汉代所建高台。汉明帝为追念前代功臣，曾命人在台上画了邓禹等二十八位大将军的肖像。杨：指杨弘，明代保卫国家的功臣。

[22]胡：指鞑靼。明中叶前后，鞑靼为主要外患。《明史·鞑靼传》："正统后，边备废弛，生灵不振，诸部长多以雄杰之姿，恃其强暴，迭出与中夏抗。边境之祸，遂与明终始云。"李梦阳写此诗时，正是鞑靼入侵边疆而朝廷无力抵御之时。

【作品要解】

《石将军战场歌》是一首怀旧伤今的作品，全篇追咏英宗时石亨抗击瓦剌之功，同时寄寓了对武宗时期无人抵御鞑靼侵犯的忧虑。

全诗按照内容可分为"怀旧"和"伤今"两大部分。从开篇到"岂说唐朝郭子仪"为第一部分，描写石亨抗击瓦剌进犯一事。开始四句通过清风店父老所告往事，以及店北古战场尚有遗留的箭镞，将场景快速转到英宗正统十四年。接着"忆昔蒙尘实惨怛"至"烽火夜照燕山云"六句用简洁的笔墨写出瓦剌兵临城下的危急形势。"内有于尚书"是陪衬之笔，中心是"外有石将军"。诗歌继而写到"石家官军若雷电，天清野旷来酣战"，但作者没有直笔写酣战的情景，而是插入百姓遇兵时的恐惧。"牵爷负子无处逃，哭声震天风怒号。儿女床头伏鼓角，野人屋上看旌旄"，说明外敌不仅危及朝廷，而且祸及百姓。

用笔作一波折，然后才写"将军此时挺戈出，杀敌不异草与蒿"，倍显石将军抗敌的义勇之气。诗中对战场酣战的情形没有作具体描写，仅写杀敌凯旋后的景象，"追北归来血洗刀，白日不动苍天高"。"血洗刀"，可见斩杀众多，战斗惨烈。而"白日不动苍天高"尤其传神地表现出战争场面的惊心动魄，似乎连白日、苍天也为之震惊。"万里烟尘一剑扫"至"岂说唐朝郭子仪"十句是对石亨的颂美，他的功勋可以与唐代李晟、周朝方叔等社稷之臣相提并论，霍去病、郭子仪比起来都要逊色。石亨的战功令敌人损兵折将，受到重创，百姓为之鼓舞，夹道欢迎。

从"沉吟此事六十春"到结尾是第二部分，在追述了石亨的功绩后，凭吊古战场，回忆明朝因之中兴的盛况，最后归结到当今再无石将军这样的名将来抵御外侮，以惆怅之情收束全篇。

该诗的艺术特色在善于剪裁，巧于叙述，对石亨抗击瓦剌之事不作具体详细的描述，而是选取战斗前后的场面加以刻画，用笔生动传神，咏唱气韵饱满。全诗结构紧凑，没有浮泛之笔，风格上将雄阔与悲壮融为一体，感人至深。

李梦阳是明代复古派的领袖人物，他首倡"诗必盛唐"的口号，一洗"台阁体"平庸肤廓的陋习，使得诗坛再现雄浑壮大的风貌。尽管复古派的诗学主张不免种种弊病，但李梦阳本人学识厚博，才力雄盛，《石将军战场歌》便是他的优秀之作。

秋日杂兴[1]（二首）

何景明

野亭千橘未全黄[2]，青柿红梨俱待霜[3]。南邻老翁种橡栗，已见儿童收满床[4]。

紫蔓青藤各一丛，野人篱落管西风[5]。郊扉远绝谁能到？秋日虫鸣豆叶中。

——选自李叔毅等点校《何大复集》，中州古籍出版社 1989 年版

【作者简介】

何景明（1483—1521），字仲默，号白坡，又号大复山人，信阳人。自幼聪慧，八岁能文，弘治十五年（1502）十九岁中进士，授中书舍人，并任内阁。正德初，宦官刘瑾擅权，何景明谢病归。刘瑾诛，官复原职。官至陕西提学副使。何景明是明代"文坛四杰"中的重要人物，也是明代著名的"前七子"之一，与李梦阳并称文坛领袖。其取法汉唐，一些诗作颇有现实内容。性耿直，淡名利，对当时的黑暗政治不满，敢于直谏，曾倡导明代文学改革运动，著有辞赋 32 篇，诗 1560 首，文章 137 篇，另有《大复集》38 卷。

【注释】

[1] 杂兴：有感而发，随事吟咏的诗篇。

[2] 千橘：即千头橘，又称千头木奴。汉末李衡于武陵龙阳汜洲上作宅，种柑橘千株。临终嘱其子曰："吾州里有千头木奴，不责汝衣食。"事见《三国志·吴书·孙休传》注引《襄阳记》。又，宋苏轼《赠王子直秀才》诗："水底笙歌蛙两部，山中奴婢橘千头。"未全黄：橘熟而黄，此言未成熟。

[3]红梨：果树名，梨树之一种。唐杜甫《冬日洛城北谒玄元皇帝庙·五圣图》诗："翠柏深留景，红梨迥得霜。"

[4]"南邻"二句：唐张籍《野老歌》："岁暮锄犁傍空室，呼儿登山收橡实。"本此化出。橡栗：橡树的果实，可食。

[5]野人：农人。管：管束，引申指迎、挡。

【作品要解】

何景明与李梦阳均是明代复古派的领袖，并称"李何"，但他与李梦阳风格颇有不同，李梦阳多雄豪之概，而何景明饶秀雅之致。从其现存诗歌来看，何景明有不少作品是写自己闲适生活的，风格清新自然，意趣淡雅隽永。

何氏《秋日杂兴》共有十五首，均为七言绝句，描写秋日平居时的所见所感，这里选录了其中的两首。第一首写秋日收获橡栗，前两句"野亭千橘未全黄，青柿红梨俱待霜"，形象地点名了时节，这一手法效仿苏轼《赠刘景文》"一年好景君须记，最是橙黄橘绿时"。而且句中意象的修饰多用色彩词，使得诗境更加绚烂。最后两句写南邻老翁种植了橡栗，秋天成熟后，儿童们已迫不及待地采摘回来，摆满了床。全诗前两句写景象，后两句写人物活动，富有日常生活的趣味。

第二首同样先写了秋景，紫色青色的藤蔓爬满了乡间的篱笆，迎着西风飘动。试问远郊村野有谁会到门相访呢？只听到秋虫在豆叶丛中唧唧鸣叫。该诗前三句均为静景，最后一句"虫鸣"，静中有动，使得整首诗的意境活了起来。全诗没有写人，但在诗的背后又隐约看到诗人独自面对着秋景，心中有着淡淡的寂寥之情。因此更增加了悠远的韵味。

暮秋，同冯直卿、秦廷献、李士美游黄花山三首 [1]

谢　榛

一

太行秋色老，步屧一探奇 [2]。草白高欢殿，山空王母祠。飞泉堪倚杖，落日尚挥戹。松外浮云去，幽人意独迟。

二

高崖翻槲叶，白日雨声寒。共爱秋山好，其如芳蕙残。乱云藏怪石，空壑下清湍。底事林间鹤，栖栖刷羽翰。

三

深入黄花谷，高临玉女台。迎人千嶂出，随意一樽开。寒露垂瑶草，秋风扫石苔。子长耽胜绝 [3]，猿鸟莫相猜。

——选自朱其铠等点校《谢榛全集》，齐鲁书社 2000 年版

【作者简介】

谢榛（1459—1575），明代布衣诗人。字茂秦，号四溟山人、脱屣山人，山东临清人。十六岁时作乐府商调，流传颇广，后折节读书，刻意为歌诗，以声律有闻于时。嘉靖间，挟诗卷游京师，与李攀龙、王世贞等结诗社，为"后七子"之一，倡导为诗摹拟盛唐，主张"选李杜十四家之最者，熟读之以夺神气，歌咏之以求声调，玩味之以哀精华"。后为李攀龙排斥，削名"七子"之外，客游诸藩王间，以布衣终其身。其诗以律诗、绝句见长，功力深厚，句响字稳，著有《四溟集》共24卷，一说10卷，《四溟诗话》（亦题《诗家直说》）共4卷。

【注释】

[1]冯直卿：即冯栋，河南林县人。字汝隆，号直卿。嘉靖癸卯（1543）举人，曾为宁津和沙河知县，隆庆戊辰（1568）考殿归卒。秦廷献、李士美：皆为林县人。黄花山：《河南通志》卷九："黄花山在林县西二十里林虑山内，有三峰：仙人楼、玉女台、鲁般门。其顶突出云表，名摩云峰；连峙若屏，名连屏峰；群峰磊落如人，名聚仙峰。下有黄花谷，北岩出瀑布。又有抱犊冈、马鞍山、栖霞谷，景颇幽胜……又王母祠东古佛堂，人传栋宇自隋唐……又挂镜堂西挂玉龙，半山飞雪舞天风，寒云直上三千尺，人道高欢避暑宫。"

[2]步屧：散步，漫步。

[3]子长：司马迁字。司马迁曾漫游名山大川。此为谢榛自比。

【作品要解】

这是一组游览诗，谢榛与友人游黄花山而作，兼有纪事、写景、抒情。

第一首写初入山中。首句"太行秋色老"点明时间，照应题中的"暮秋"；"步屧一探奇"说明此行的缘起，"探奇"对应题中的游山。颔联"草白高欢殿，山空王母祠"记古迹，二者均是黄花山的历史遗迹，但是千年之后，却都已荒废。"草白""山空"两词精炼地表现了古迹颓圮后的荒凉景象。颈联写游客伫步休息，在飞泉处倚杖流连，天色渐暮，依然挥杯共饮，不忍离去。此时偶然抬头，看到松树外浮云飘去，诗人的思绪也不禁随之驰向远方。

第二首写游山途中。高崖上槲树的叶子随风哗哗翻动，仿佛是飒飒的雨声，在暮秋天气中听起来，令人不禁陡生寒意。诸友结伴来游，虽然都喜爱秋山的风景，但怎奈芳蕙已经残败。"乱云藏怪石，空壑下清湍"二句，视角一仰一俯，上句写山之高峻，下句写壑之深阔，通过云石、清湍表现出山壑的奇险。诗人沉浸在眼前的佳景中，看到林间鹤正栖栖地梳理着羽毛，于是反问因何事这么忙碌呢？由此反衬作者心境的悠然闲适。

第三首写深山景象。游人渐渐深入黄花谷中，高高地登上了玉女台。放眼而望，层峦叠嶂迎面而来，游人随意闲饮一杯，欣赏四周的景色。"寒露垂瑶草，秋风扫石苔"两句将目光从远处移到近处，如特写镜头一样，描写了带着露珠的瑶草，被风吹扫的石苔。诗人于是向山中的猿鸟说，你们不要猜疑害怕，我只是像司马迁一样喜欢游览胜景而已。

三首诗依照游览的踪迹，叙写景物情事，层次历历分明，毫发不紊。全篇对仗工整，法度井然，颇见功力。谢榛擅长律诗，精于炼字，从这里所选的三首诗即可见其一斑。

和聂仪部明妃曲^[1]（其三）

李攀龙

天山雪后北风寒^[2]，抱得琵琶马上弹^[3]。曲罢不知青海月，徘徊犹作汉宫看^[4]。

——选自李伯齐校点《李攀龙集》，齐曾书社 1993 年版

【作者简介】

李攀龙（1514—1570），字于鳞，号沧溟，山东济南府历城（今山东济南）人，明代著名文学家。继"前七子"之后，与谢榛、王世贞等倡导文学复古运动，为"后七子"的领袖人物，被尊为"宗工巨匠"。主盟文坛二十余年，其影响及于清初。长于七言近体，但后人也批评他的诗歌为"瞎唐诗"。

【注释】

[1]聂仪部：即聂静，嘉靖十四年（1535）进士，官仪部郎中。明妃：即王昭君。

[2]天山：即今新疆境内祁连山，匈奴呼"天"为"祁连"，故称。

[3]"抱得"句：琵琶本西域胡人乐器，昭君出塞事本与之无关，此处借指王昭君弹琵琶以抒哀怨。杜甫《咏怀古迹五首》之三："千载琵琶作胡语，分明怨恨曲中论。"

[4]"曲罢"二句：承上说昭君身出塞外，而心在汉宫。青海：今青海省，明正统四年（1439）为鞑靼部所占，此以代指匈奴地。

【作品要解】

　　李攀龙的《和聂仪部明妃曲》共四首，从不同角度描写了昭君出塞后的心境。第一首"青海长云万里秋，琵琶一曲泪先流。六宫多少良家子，不到沙场不解愁"，写昭君初出塞时的愁绪。第二首"玉门关外起秋风，双鬓萧条傍转蓬。怪得红颜零落尽，春光只在合欢宫"，写昭君途中自顾红颜落尽，追怀宫中的美好生活。第四首"燕支山下几回春，坐使蛾眉误此身。二八汉宫含笑入，一时红粉更无人"，写昭君入匈奴后，回想当年初入汉宫时的情景。而这里选的第三首，写的是昭君途经天山时望月怀思汉宫的感触。

　　在这四首诗中，以第三首艺术特色最为突出。第一句"天山雪后北风寒"，描写天山风雪后的苦寒天气，渲染了愁苦的心境。第二句"抱得琵琶马上弹"，写昭君皆琵琶以解忧愁，但作者不具体形容愁绪，而是暗寓在琵琶声中，让读者自己体会。后两句"曲罢不知青海月，徘徊犹作汉宫看"，写昭君弹罢琵琶后，看到塞外的明月，恍惚中似乎是当年汉宫中所见的月亮。通过错觉的描写，将昭君出塞的愁怨，对故国的眷恋，表达得淋漓尽致。

十六夜踏灯与璩仲玉王新甫饮于大中桥之西楼 [1]

徐 渭

树枝画月千条弦 [2]，十五不圆十六圆。挂向酒楼檐外边，南市好灯值底钱 [3]。大中桥上游人坐，不饮空教今夜过。红脂在口香在楼，那能一个到炉头 [4]？青衫白马无聊甚 [5]，望断黄金小钿鞦 [6]。

——选自《徐渭集》，中华书局 1992 年版

【作者简介】

徐渭（1521—1593），绍兴府山阴（今浙江绍兴）人。初字文清，后改字文长，号青藤老人、青藤道士、天池生、天池山人、天池渔隐、金垒、金回山人、山阴布衣、白鹇山人、鹅鼻山侬、田丹水、田水月（一作水田月）。明代著名文学家、书画家、戏曲家、军事家。徐渭多才多艺，在诗文、戏剧、书画等各方面都独树一帜，与解缙、杨慎并称"明代三才子"。他是中国"泼墨大写意画派"创始人、"青藤画派"之鼻祖，其画能吸取前人精华而脱胎换骨，不求形似求神似，山水、人物、花鸟、竹石无所不工，以花卉最为出色，开创了一代画风，对后世画坛（如八大山人、石涛、扬州八怪等）影响极大；书善行草，写过大量诗文，被誉为"有明一代才人"；能操琴，谙音律；爱戏曲，所著《南词叙录》为中国第一部关于南戏的理论专著。另有杂剧《四声猿》《歌代啸》及文集传世。

【注释】

[1] 璩仲玉：即璩之璞，上海人，万历间书画家。王新甫：即王宗沐，台州临海人，嘉靖二十三年（1544）进士，官刑部左侍郎，《明史》有传。

[2]树枝画月千条弦：树枝映着明月，犹如千条丝弦。

[3]底：何，什么。意思是说，和楼外明月相比，南市的好灯都不值钱。

[4]"那能"句：酒楼上红香旖旎，怎么能一个人去独饮。

[5]青衫：卑贱者的服色。作者自指。

[6]黄金小钿鞯：鞯为系在马股尾间的绊带，用黄金宝物装饰。此句指璟、王二友。

【作品要解】

徐渭是明代的著名书画家、文学家，也是中国艺术史上的奇才。他本人性格孤僻狂荡，不为世俗所容，最终潦倒而亡。他与复古派的"后七子"同时，但他的诗文独树一帜，不与复古派同调。他的诗文在身前并未受到世人重视，明末才被袁宏道发现，并大加推崇，由是成为"公安派"性灵文学的先声。

徐渭的诗歌与其为人一样，可以用一"奇"字来概括。他的写作重视抒发性情，不斤斤于所谓的法度，也不刻意摹古。此处所选的这首诗歌，写他与友人在上元时节明月之夜观灯饮酒的情景。该篇题为"踏灯"，实则写月。首句"树枝画月千条弦"，将月中垂下的树枝比喻为千条丝弦，取譬新奇而鲜明。又说"挂向酒楼檐外边，南市好灯值底钱"，酒楼上明月照耀，与之相比，街市上的花灯都一钱不值了。"大中桥上游人坐，不饮空教今夜过"二句是过渡，写桥上观灯的游人，只想着游览，而不去饮酒取乐，徒然度过眼前的良辰美景。由此引出下文，写自己值此佳景，怎能独自去酒楼饮酒，更期盼好友能来一起相聚。

全诗语言一如日常说话，冲口而出，不着意修饰，颇有不履不衫的名士之风。诗中对朋友相聚饮酒的场面没有涉及一字，只写到盼望二友骑马来赴约，便戛然而止，但读者仍能想象到其相会时觥筹交错、笑谑恣肆的情景。

梦游虞山拂水岩 [1]

王世贞

虞山近乡国，今隔二千里 [2]。我攀元气蹑恍忽 [3]，一夜飞度大江水。大江云渺渺 [4]，为我送置虞山侧。千林鸟啼尚不断，倏然已坐巅岩石。下有阴壑流潺湲 [5]，罡风倒吹飞满山 [6]。恍若神人散天花，喷流瑟瑟明秋霞 [7]。中间一道或如练，上注银河星斗斜。洪涛汹汹，溪谷谽谺 [8]。擘拆老桧，屈蟠龙蛇，鳞甲隐起纠纷拿 [9]。濛阴黯淡不辨色，西看茫茫大江碧。欲招李白天姥颠，跋浪鲸鱼竟难测 [10]。谁斟清泉洗余耳 [11]，下视浊世俱浮蚁。长啸归来始自惊，犹疑几席岚烟起。往者王使君 [12]，邀余上客华阳巾 [13]。酒酣剑门峡，手弄兹山云。转头不见秋霏霏，但馀香雾沾人衣。昨来梦境更奇绝，试问庄生谁是非 [14]。

——选自《弇州四部稿》，清文渊阁《四库全书》本

【作者简介】

王世贞（1526—1590），字元美，号凤洲，又号弇（yǎn）州山人，南直隶苏州府太仓州（今江苏太仓）人，明代文学家、史学家。嘉靖二十六年（1547）进士，先后任职大理寺左寺、刑部员外郎和郎中、山东按察副使青州兵备使、浙江左参政、山西按察使，万历时期历任湖广按察使、广西右布政使，郧阳巡抚，后因恶张居正被罢归故里，张居正死后，王世贞起复为应天府尹、南京兵部侍郎，累官至南京刑部尚书，卒赠太子少保。王世贞与李攀龙、徐中行、梁有誉、宗臣、谢榛、吴国伦合称"后七子"。李攀龙故后，王世贞独领文坛二十年，著有《弇州山人四部稿》《弇山堂别集》《嘉靖以来首辅传》《艺苑卮言》《觚不觚录》等。

明代文学作品选

【注释】

[1]虞山拂水岩：在今江苏省常熟市。

[2]"虞山"二句：王世贞为太仓人。太仓与虞山相近，故云"近乡国"。作者写此诗时在沛，故云"今隔二千里"。

[3]恍忽：朦胧、模糊之象。

[4]渺渺：旷远。

[5]阴壑：幽深的山谷。

[6]罡风：道教谓高空之风。此泛指劲风。

[7]瑟瑟：指碧绿色。

[8]嵺砑：山石险峻貌。

[9]纠纷拿：树枝缠绕貌。

[10]跋浪：破浪、踏浪。

[11]斛（jū）：舀取。洗耳：传说尧将让天下于许由，许由闻之洗耳。表示厌闻污浊之声。

[12]王使君：时任常熟县令。

[13]华阳巾：道士所戴的一种帽子。

[14]"试问"句：意思是说梦游拂水岩犹如庄子梦蝶，令人难辨现实与梦境的真假。

【作品要解】

《梦游虞山拂水岩》是一首纪梦的作品。诗前原有小序，说明作诗的缘起和经过。作者王世贞的朋友王君任常熟令，邀他来游览拂水岩。正值久旱，泉水干涸，乃人工运水造泉，但景观不能动人。后王世贞北上，泊船途中，夜梦登虞山，大雨如注，泉水淙淙。雨霁之后，忽起大风，将泉水吹起数十丈高，浪花飘洒，映着日光，玲珑晶莹，彩色变幻。于是高歌一曲，响振林木，倏然而醒。醒后追忆梦境，写下了这首诗。

全诗前八句为引子，梦中飞度大江，水云送至虞山。开篇景象奇丽，引人入胜。从"下有阴壑流潺湲"至"犹疑几席岚烟起"是诗歌的主体部分，记述梦境中种种可惊可叹、多姿多彩的幻象。用笔繁缛，意象迭起，瑰色浓采，动人心魄。"往者王使君"至结尾，回忆初游拂水岩的情景，落笔于梦境，点出梦醒后的恍惚之感。

该诗全篇摹拟李白的《梦游天姥吟留别》一诗，章法风格极为神似。王世贞是复古派"后七子"的代表人物，主张诗学盛唐。他的这篇《梦游虞山拂水岩》，深得太白风神。

游九峰山二首[1] 有引

谭元春

癸丑八月晦日，寒溪泛次江夏，由小洪山经卓刀泉至九峰寺。从寺望之，但见松而不见山；从山下望，又见山松竹石而不见寺。武昌夏平冲病相先，而友人龙梦先伯朗读书其中[2]。终始予游，语默酒茗皆得其所。足力竭，即目之；目力竭，即耳之；足与耳目会，即心思之。藉草抚松[3]，踞石枕股[4]。行止坐卧之间，有诗二首，授寺僧藏焉。

其一

众山作寺围，群松作山护。缠锦青翠光，山欲化为树[5]。根斜即倚磴[6]，枝隙已通路。阴云贯其下，常令白日暮。藤刺襄山巅，飞鸟慎勿度[7]。

其二

将寻前山去，先望前山影。风日沉午峦，细行君始省[8]。山虫秋草深，远江随步冷。一自高皇阙[9]，悠然怪石永。安知月明夜，学公不半岭[10]。

——选自陈杏珍校注《谭元春集》，上海古籍出版社 1998 年版

【作者简介】

谭元春（1586—1637），字友夏，竟陵（今湖北天门）人。天启六年（1627）乡试第一，再应会试，卒于旅舍。有《谭友夏合集》。与钟惺为忘年交，诗亦步追钟氏，又共选《诗归》，流布天下，世称"钟谭"，为"竟陵派"代表之一。论文重视性灵，反对摹古，提倡幽深孤峭的风格，所作亦流于僻奥冷涩。

【注释】

[1] 九峰山：在今湖北省武汉市。

[2] 夏平：生平不详。龙梦先，字伯朗。二人均作者之友。

[3] 藉草：坐于草地上。抚松：陶渊明《归去来兮辞》："抚孤松而盘桓。"

[4] 踞（jù）：蹲、坐。枕股：枕在大腿上。

[5] "缠锦"二句：满山树色青翠，如绿锦裹缠，整座山似乎也化成了树。

[6] 磴（dèng）：石头台阶。

[7] "藤刺"二句：藤刺布满山巅，鸟飞过时谨防被挂伤。形容山高。

[8] 细行：便服出行。

[9] 高皇：上古帝皇。

[10] 学公：寺中僧人。半岭：在半山腰。

【作品要解】

　　《游九峰山》的序引叙述了游山的缘起和经过，两首诗则选取游览过程中的几个侧面，进行了刻画描写。

　　第一首诗写九峰山的青翠和高峻。"众山作寺围"至"枝隙已通路"六句描写九峰山树木之青翠。因满山树木郁郁葱葱，犹如缠着青翠之光，以至连山都要化作绿树。"阴云贯其下"至结尾四句写九峰山之高峻。因山高云深，白昼时分便遮蔽了太阳，好像日暮一样昏暗。裹满藤刺的山巅，高接云天，甚至连飞过的鸟也需谨慎，以免被挂伤。

　　第二首诗写游山途中的景物。入山之时先瞻望前山，因山岭高深，中午已不见太阳，狭窄的山路难以辨认。深草中秋虫啼鸣，江水长流，水色寒冷。怪石峥嵘，从开天辟地时即如此形状。居住在这幽深的山中，寺中的僧人在明月之夜，也当在半山中时时欣赏。

　　谭元春与钟惺是明末竟陵派的代表人物，他们为了反对复古派诗人空洞的诗风，转而提倡幽深孤峭的风格，但才力不厚，往往流于僻涩。此处所选谭元春的两首诗便可看出竟陵派诗歌的这个特征。像第一首中的"缠锦青翠光"及第二首中的"远江随步冷"，句式生硬。像第二首中的"细行君始省""学公不半岭"，又艰涩难解。竟陵派在明清之际即受到钱谦益等人的痛斥，从所选的两首诗，既可以看出竟陵派为扭转诗风所作的努力，也可看到其在诗学实践上的弊病。

散文

明代文学作品选

秦士录 [1]

宋 濂

　　邓弼，字伯翊，秦人也。身长七尺，双目有紫棱 [2]，开合闪闪如电。能以力雄人 [3]，邻牛方斗不可擘 [4]，拳其脊 [5]，折仆地 [6]；市门石鼓 [7]，十人异，弗能举 [8]，两手持之行 [9]。然好使酒 [10]，奴视人，人见辄避，曰："狂生不可近，近则必得奇辱 [11]。"一日，独饮娼楼 [12]，萧、冯两书生过其下 [13]，急牵入共饮 [14]。两生素贱其人 [15]，力拒之 [16]。弼怒曰："君终不我从 [17]，必杀君，亡命走山泽耳。不能忍君苦也 [18]。"两生不得已，从之。弼自据中筵 [19]，指左右揖两生坐 [20]，呼酒歌啸以为乐 [21]。酒酣，解衣箕踞 [22]，拔刀置案上，铿然鸣。两生雅闻其酒狂 [23]，欲起走。弼止之曰："勿走也。弼亦粗知书，君何至相视如涕唾 [24]？今日非速君饮 [25]，欲少吐胸中不平气耳。四库书从君问 [26]，即不能答 [27]，当血是刃 [28]。"两生曰："有是哉 [29]！"据摘七经数十义叩之 [30]，弼历举传疏 [31]，不遗一言 [32]。复询历代史，上下三千年，缠缠如贯珠 [33]。弼笑曰："君等伏乎未也 [34]？"两生相顾，惨沮不敢再有问。弼索酒 [35]，被发跳叫 [36]，曰："吾今日压倒老生矣！古者学在养气，今人一服儒衣 [37]，反奄奄欲绝 [38]，徒欲驰骋文墨 [39]，儿抚一世豪杰 [40]。此何可哉 [41]，此何可哉！君等休矣。"两生素负多才艺 [42]，闻弼言，大愧，下楼，足不得成步。归询其所与游 [43]，亦未尝见其挟册呻吟也。

　　泰定末 [44]，德王执法西御史台 [45]，弼造书数千言 [46]，袖谒之。阍卒不为通 [47]，弼曰："若不知关中邓伯翊耶 [48]？"连击踣数人 [49]，声闻于王。王令隶人捽入 [50]，欲鞭之。弼盛气曰："公奈何不礼壮士？今天下虽号无事，东海岛夷尚未臣顺，间者驾海舰互市于鄞，即不满所欲，出火刀斫柱，杀伤我中国民。诸将军控弦引矢，追至大洋，且战且却，其亏国体为已甚。西南诸蛮，虽曰称臣奉贡，乘黄屋左纛 [51]，称制与中国等，尤志士所向愤。诚得如弼者一二辈，驱士万，横磨剑伐之，则东西止日所出入，莫非王土矣。公奈何不礼壮士！"庭中人闻之，皆缩颈吐舌，舌久不能收。王曰："尔自号壮士，解持矛鼓噪，前登坚城乎？"曰："能。""百万军中可刺大将乎？"曰："能。""突围溃阵，得保首领乎[52]？"曰："能。"王顾左右曰："姑试之。"问所须，曰："铁铠、良马各一，雌雄剑二。"王即命给与。阴戒善槊者五十人，驰马出东门外，然后烟尘涨天，但见双剑飞舞云雾中，连斫马首堕地，血渗渗滴。王抚髀欢曰："诚壮士，诚壮士！"命勺酒劳弼。弼立饮不拜。由是狂名振一时，至比之王铁枪云[53]。王上章荐诸天子，会丞相与王有隙[54]，格其事不下[55]。弼环视四体，叹曰："天生一具铜筋铁肋，不使立勋万里外，乃槁死三尺蒿下，命也，亦时也，尚何言！"遂入王屋山为道士，后十年终。

史官曰：弼死未二十年[56]，天下大乱，中原数千里，人影殆绝。玄鸟来降，失家，竟栖林木间。使弼在，必当有以自见。惜哉！弼鬼不灵则已，若有灵，吾知其怒发上冲也。

——选自《宋濂全集》，浙江古籍出版社 2014 年版

【作者简介】

宋濂（1310—1381），初名寿，字景濂，号潜溪，别号龙门子、玄真遁叟等。祖籍金华潜溪（今浙江义乌），后迁居金华浦江（今浙江浦江）。元末明初著名政治家、文学家、史学家、思想家，与高启、刘基并称为"明初诗文三大家"，又与章溢、刘基、叶琛并称为"浙东四先生"。被明太祖朱元璋誉为"开国文臣之首"，学者称其为太史公、宋龙门。

宋濂与刘基均以散文创作闻名，并称为"一代之宗"。其散文或质朴简洁，或雍容典雅，颇有特色。他推崇台阁文学，文风淳厚飘逸，为其后"台阁体"作家的文学创作提供范本。其作品大部分被合刻为《宋学士全集》七十五卷。

【注释】

[1] 秦：地名，指今陕西一带。春秋战国时，这里曾是秦国的疆土。士：古时对人的一种美称。

[2] 紫棱（léng）：比喻锋芒。

[3] 以：用。雄人：称雄于人，也就是比喻别人雄壮的意思。

[4] 擘（bāi）：分开。

[5] 拳其脊：用拳打牛的背脊。

[6] 折仆（pū）地：牛脊折断，跌倒在地。

[7] 市门：做买卖的地方。

[8] 舁（yú）：共同抬东西。

[9] 两手持之行：邓弼可以一面用两只手举着石鼓，一面走路。

[10] 使酒：借着喝醉酒发脾气。

[11] 奇辱：极大的耻辱。

[12] 娼楼：有歌女卖唱的酒楼。

[13] 过其下：从酒楼下面经过。

[14] "急牵"句：邓弼急忙把他们拉进酒楼共同饮酒。

[15] 素：向来。贱：瞧不起。

[16] 力拒：极力拒绝。

[17] 不我从：不接受我的邀请。"不我从"是"不从我"的倒文。

[18] 不能忍君苦：不能受你们的气。"君"是古时对男子的尊称；"苦"指因受气而产生的苦恼。

[19] 自据中筵：自己占据了正中的座位。"筵"指宴饮时陈设的座位。

[20] 左右：左右两边的位置。

[21] 呼酒：大声喊叫要酒，这里是纵酒的意思。啸：撮口发出长而清脆的声音。

[22] 箕踞（jī jù）：蹲坐着随意伸开两腿，像个簸箕的形状。这是一种不拘礼节的姿势。

[23] 雅：平日，向来。

[24] 相视如涕唾：把我看做是和鼻涕、唾液一样的东西。意思就是说看不起我。

[25] 速：邀请，招致。

[26] 四库书：指经、史、子、集四部的书。从唐代开始，把书籍分为四类，藏在四库。

[27] 即：如果。

[28] 血是刃：用血沾污了这把刀的刀刃。指用刀自刎而死。

[29] 有是哉：世上竟有这样的人！"哉"是表示感叹的语气。遽（jù）：立即，马上。

[30] 七经：指《易》《书》《诗》《礼》《乐》《春秋》《论语》七种儒家经典。叩：问。

[31] 传（zhuàn）疏：解释经的文字叫传，解释传的文字叫疏。

[32] 不遗一言：一字不漏。

[33] 纚纚（shǎi）：连绵不断的样子。贯珠：成串的珠子。这句形容邓弼流畅地回答了有关上下三千年历史的问题。

[34] 伏：屈服，认输。

[35] 索酒：要酒家添酒。"索"是要、讨取的意思。

[36] 被发跳叫：披散头发，又跳又叫。这是形容酒后狂态。"被"同"披"。

[37] 一服儒衣：一穿上读书人的衣服。

[38] 奄奄欲绝：气息微弱，快要死去了。

[39] 驰骋文墨：这里是卖弄文墨的意思。

[40] 儿抚一世豪杰：把世上所有的豪杰都当作小孩子玩弄。这句比喻对豪杰的轻视。

[41] 此何可哉：怎么可以这样呢。

[42] 负：依仗。这句说：冯、萧二生向来以多才多艺自负。

[43] 其所与游：同邓弼往来的朋友。

[44] 泰定：元泰定帝也孙铁木儿的年号（1324—1328）。

[45] 德王：指安德王不答失里。执法：这里是掌管的意思。西御史台：官署名，即陕西诸道行御史台。御史台是中央监察机关。行御史台是设在地区的执行御

史台职责的官署。陕西诸道行御史台设于陕西，管辖陕西、甘肃、四川、云南这四行省。

[46] 造书：写信。

[47] 阍（hūn）卒：守门的士兵。

[48] 若：第二人称，你。

[49] 踣（bó）：跌倒。

[50] 捽（zuó）：揪。

[51] 黄屋左纛（dào）：黄屋，古代皇帝的车盖；纛，古代行军中或重要典礼上的大旗。指帝王坐的车子。东汉班固《汉书·高帝纪》："纪信乃乘王车，黄屋左纛。"

[52] 首领：头和脖子。

[53] 王铁枪：五代时朱温手下将领王彦章，以骁勇善战闻名。

[54] 会：刚巧。

[55] 格：阻止。

[56] 弼死未二十年：距离邓弼之死不足二十年。

【作品要解】

这是一篇人物传记，塑造了一位文武兼备，亦狂亦侠的秦士邓弼的形象。作者不重视生平履历和籍贯家世的惯常叙述，而是首先概述邓弼身为武士，身长七尺，力能雄人，不仅能徒手分开斗牛，还可以力举十人合力也不能抬起的石鼓，但生性抗直，好酒任气，因狂不可近的总体形象。然后选取邓弼生平的两件奇事，重点展现他既文且武、文韬武略的才力和性情。

第一件奇事中，邓弼以武力胁迫萧、冯二人登楼共饮，拔刀置于案上，大有血溅白刃之势。但在惊心动魄之际，作者笔风一转，描述了好酒任气的邓弼，并未仗力使气，而是避武习文，剑拔弩张的武斗遂转至摇曳生姿的文斗，场面似乎由紧至弛。以武闻名的邓弼面对两生的文对，力举传疏，驰骋文墨，使两生羞愧而不能言，在逆折回旋的笔触中，重点叙述了邓弼文能饱读四库，遍通经史的卓著才华，文武兼备、博学多才的人物形象跃然而出。

第二件奇事中，豪气干云，才气无双的邓弼求荐于执法西御史台的德王，文能评论天下政事，显示非凡的见识和韬略，其中三问三答的自信和气度，引人赞赏；武能单骑双剑独自闯阵而无惧色，展示非凡的胆量和气魄，其中双剑飞舞连斫马首堕地的壮举和气势，引人折服。但偏偏心系天下的文武全才却因举荐的德王与丞相有隙，而不得"立勋万里外"为朝廷所用，只能遁入王屋山为道士，不禁使人慨叹！

宋濂的散文风格，素以质朴简洁见长，而这篇文章却别具一格。作者抓住两个富有特征的情节，在张弛有度的节奏中，着重刻画了秦士邓弼允文允武、豪侠任酒的狂侠形象，并寄寓为国惜才之意，抒发有志之士不得重用的深沉感慨。叙事曲折生动，并不时穿插几笔描写，略作点染，使情节、人物丰富多彩，铺叙张扬，淋漓酣畅。

卖柑者言

刘 基

杭有卖果者，善藏柑，涉寒暑不溃[1]。出之烨然[2]，玉质而金色。置于市，贾十倍[3]，人争鬻之[4]。予贸得其一，剖之，如有烟扑口鼻，视其中，则干若败絮[5]。

予怪而问之曰："若所市于人者，将以实笾豆[6]，奉祭祀、供宾客乎？将炫外以惑愚瞽也[7]？甚矣哉为欺也[8]！"卖者笑曰："吾业是有年矣[9]，吾赖是以食吾躯。吾售之，人取之，未尝有言，而独不足子所乎？世之为欺者不寡矣，而独我也乎？吾子未之思也[10]。今夫佩虎符、坐皋比者[11]，洸洸乎干城之具也[12]，果能授孙吴之略耶[13]？峨大冠、拖长绅者，昂昂乎庙堂之器也，果能建伊皋之业耶[14]？盗起而不知御，民困而不知救，吏奸而不知禁，法斁而不知理[15]，坐糜廪粟而不知耻[16]。观其坐高堂、骑大马、醉醇醴而饫肥鲜者[17]，孰不巍巍乎可畏、赫赫乎可象也？又何往而不金玉其外、败絮其中也哉？今子是之不察，而以察吾柑！"

予默默无以应，退而思其言，类东方生滑稽之流[18]。岂其愤世疾邪者耶？而托于柑以讽耶？

——选自林家骊点校《刘基集》，浙江古籍出版社 1999 年版

【作者简介】

刘基（1311—1375），字伯温，浙江青田人。元宁宗至顺四年（1333）进士。为江西高安县丞、江浙儒学副提举，皆投劾罢。辟浙东行省都事，以反对招抚方国珍，革职羁管绍兴。后入元将石抹宜孙幕参谋军事。元顺帝至正十九年（1359），朱元璋军攻浙东，石抹宜孙败死，乃走归青田，伏匿山中。二十年（1360），朱元璋聘至应天（南京），建礼贤馆处之。陈时务十八策，说元璋脱离韩林儿，独树一

帜，卒佐之扫平群雄，北伐中原，成大明帝业。官至御史中丞兼太史令，封诚意伯。洪武四年（1371）辞官，以弘文馆学士致仕。性刚嫉恶，与物多忤，为胡惟庸所谮，见猜于太祖，忧愤卒。一说乃惟庸毒死。武宗正德八年加赠太师，追谥文成。基博通经史，尤精象纬之学。其诗沉郁雄浑，其文闲深肃括，其词亦能为清婉妙丽，亦能为悲凉慷慨，均足以冠冕有明一代。树开国之勋业，兼传世之文章，难能两造，史之所稀。有《诚意伯文集》。

【注释】

[1] 涉：经历。溃：腐烂。

[2] 烨（yè）然：光彩耀目的样子。

[3] 贾：同"价"。

[4] 鬻（yù）：购买。

[5] 败絮：破旧的棉絮。

[6] 实：放在笾（biān）豆里的东西叫实。这里作动词用。笾豆：古代祭祀或宴会时，盛果品等物的竹器叫笾，盛肉食等物的木器叫豆。

[7] 炫：夸耀。瞽（gǔ）：盲人。

[8] 甚矣哉为欺也：你这种骗人的勾当实在是太过分了。

[9] 业是：以此为业，以此为生。有年矣：已有好多年了。

[10] 吾子未之思也："吾子"是对对方的尊称，"未之思"是"未思之"的倒文。这句话是说：您没有去考虑这个问题。

[11] 虎符：虎形的兵符，是古代调动军队的凭证，这里指代掌握兵权者。皋比（gāo pí）：虎皮，指代武将。

[12] 洸（guāng）洸：威武的样子。干城：捍卫。干：盾。在战争中，盾和城都是防御物，所以古人把捍卫叫作干城。具：才能。这里指有才能的人。

[13] 孙、吴：指古代著名的军事家孙武和吴起。

[14] 伊、皋：指古代著名的政治家伊尹和皋陶（yáo）。

[15]斁（dù）：败坏。

[16]坐：白白地。糜（mí）：浪费。廩粟：公家发给的粮食。

[17]醇醲（chún nóng）：味道醇厚的甜酒。饫（yù）：饱食。

[18]东方生：指东方朔，汉武帝时为太中大夫，善辞赋，性诙谐。皇帝犯有过错，他能进行讽谏。

【作品要解】

这是一篇著名的寓言体散文，借卖柑者之口，揭露并讽刺了"佩虎符，坐皋比"的武将和"峨大冠，拖长绅"的文臣"金玉其外，败絮其中"的本质。文笔简洁洗练，但内容丰富多致。

作者首先简单记述了故事的经过，通过柑橘金玉之美的外表和败絮其中的本质之间的优劣对比，引发"将炫外以惑愚瞽也"的思考和"甚矣哉，为欺也"的指责。其中"欺"字，既是全文的核心，也是贯串始终的主线，并由此引起卖柑者深刻的议论。然后通过卖柑者之口，将元末文臣武将比对腐坏的柑橘，辛辣揭露了文不能治国、武不能安邦，却安享殊荣、坐享高位的统治阶层的欺世盗名，并将讽刺的笔触直指最高统治者的不察。卖柑者尚可察柑橘之优劣，而治国者却不能察人才之优劣，是何等的讽刺啊！而卖柑者在谈说这等可讽之事实时，却是"笑曰"，在诙谐幽默中更显辛辣。最后，作者并未直面迎接卖柑者激烈的口诛，而是转而归静，默默无以应，退而思其言，在跌宕之中，加深对这一现象的思考，显愤世嫉邪之情，取得婉而多讽的艺术效果。

这篇文章由买卖外表烨然而内心腐坏的柑橘引起议论，假托卖柑者之言，以形象、贴切的比喻，揭示了"洸洸乎干城之具""昂昂乎庙堂之器"的文臣武将，既不能授孙吴之略，又不能建伊皋之业的社会现实，从而有力抨击了统治阶层的冠冕堂皇、欺世盗名和腐朽无能。

瘗旅文 [1]

王守仁

维正德四年秋月三日，有吏目云自京来者 [2]，不知其名氏，携一子一仆，将之任 [3]，过龙场 [4]，投宿土苗家 [5]。予从篱落间望见之，阴雨昏黑，欲就问讯北来事 [6]，不果。明早，遣人觇之 [7]，已行矣。薄午 [8]，有人自蜈蚣坡来，云："一老人死坡下，傍两人哭之哀。"予曰："此必吏目死矣。伤哉！"薄暮，复有人来，云："坡下死者二人，傍一人坐叹。"询其状，则其子又死矣。明日，复有人来，云："见坡下积尸三焉。"则其仆又死矣。呜呼伤哉！

念其暴骨无主 [9]，将二童子持畚、锸往瘗之 [10]，二童子有难色然。予曰："嘻！吾与尔犹彼也！"二童悯然涕下，请往。就其傍山麓为三坎 [11]，埋之。

又以只鸡、饭三盂，嗟吁涕洟而告之 [12]，曰：

呜呼伤哉！繄何人 [13]？繄何人？吾龙场驿丞余姚王守仁也 [14]。吾与尔皆中土之产 [15]，吾不知尔郡邑，尔乌为乎来为兹山之鬼乎？古者重去其乡，游宦不逾千里。吾以窜逐而来此 [16]，宜也。尔亦何辜乎？闻尔官吏目耳，俸不能五斗 [17]，尔率妻子躬耕可有也。乌为乎以五斗而易尔七尺之躯？又不足，而益以尔子与仆乎？

呜呼伤哉！尔诚恋兹五斗而来，则宜欣然就道 [18]，乌为乎吾昨望见尔容蹙然 [19]，盖不任其忧者 [20]？夫冲冒雾露，扳援崖壁 [21]，行万峰之顶，饥渴劳顿，筋骨疲惫，而又瘴疠侵其外 [22]，忧郁攻其中，其能以无死乎？吾固知尔之必死，然不谓若是其速，又不谓尔子尔仆亦遽然奄忽也 [23]！皆尔自取 [24]，谓之何哉！

吾念尔三骨之无依而来瘗耳，乃使吾有无穷之怆也。呜呼痛哉！纵不尔瘗 [25]，幽崖之狐成群，阴壑之虺如车轮 [26]，亦必能葬尔于腹，不致久暴露尔。尔既已无知，然吾何能违心乎？自吾去父母乡国而来此 [27]，三年矣，历瘴毒而苟能自全，以吾未尝一日之戚戚也。今悲伤若此，是吾为尔者重，而自为者轻也。吾不宜复为尔悲矣。

吾为尔歌，尔听之。歌曰：连峰际天兮，飞鸟不通。游子怀乡兮，莫知西东。莫知西东兮，维天则同。异域殊方兮，环海之中。达观随寓兮[28]，奚必予宫。魂兮魂兮，无悲以恫。

又歌以慰之曰：与尔皆乡土之离兮，蛮之人言语不相知兮。性命不可期，吾苟死于兹兮，率尔子仆，来从予兮。吾与尔遨以嬉兮，骖紫彪而乘文螭兮，登望故乡而嘘唏兮。吾苟获生归兮，尔子尔仆，尚尔随兮，无以无侣为悲兮！道旁之冢累累兮，多中土之流离兮，相与呼啸而徘徊兮。餐风饮露，无尔饥兮。朝友麋鹿，暮猿与栖兮[29]。尔安尔居兮，无为厉于兹墟兮[30]！

——选自《王文成公全书》，商务印书馆《四部丛刊》1919 年版

【作者简介】

王守仁（1472—1529），幼名云，字伯安，别号阳明，浙江绍兴府余姚县（今浙江省宁波余姚市）人。明代著名的思想家、哲学家、书法家兼军事家、教育家。弘治十二年（1499）进士，历任刑部主事、贵州龙场驿丞、庐陵知县、右佥都御史、南赣巡抚、两广总督等职，晚年官至南京兵部尚书、都察院左都御史。因平定宸濠之乱等军功而封爵新建伯，隆庆时追赠侯爵。王守仁（心学集大成者）与孔子（儒学创始人）、孟子（儒学集大成者）、朱熹（理学集大成者）并称为"孔孟朱王"。王守仁的学说思想王学（阳明学）的直接源头是陈献章与湛若水的"陈湛心学"，明代心学发展的基本历程，可以归结为：陈献章开启，湛若水完善，王阳明集大成。其学术思想传至中国、日本、朝鲜半岛以及东南亚，立德、立言于一身，成就冠绝有明一代。弟子极众，世称姚江学派。其文章博大昌达，行墨间有俊爽之气。有《王文成公全书》。

【注释】

[1]瘗（yì）：埋葬。旅：这里指在外旅行，死于他乡的人。

[2]吏目：官名。明代在知州之下设吏目，掌管出纳文书等事。

[3]之任：赴任。

[4]龙场：指在今贵州省修文县境内的龙场驿，当时王守仁任龙场驿丞。

[5]土苗：当地的苗族居民。

[6]"欲就"句：想到他们的住处去询问一些有关他们从北边而来的事情。

[7]觇（chān）：窥看。

[8]薄（pò）午：薄，接近，迫近；薄午，临近中午。

[9]暴（pù）骨无主：尸骨在太阳底下晒着，没有人去负责掩埋。

[10]畚（běn）：畚箕，撮土的工具。锸（chā）：铁锹，掘土的工具。

[11]坎：坑穴。

[12]嗟吁：叹息。涕洟：哭时，流眼泪叫涕，流鼻涕叫洟。

[13]繄（yī）：是。

[14]驿丞：官名。明代在各省的个别州县设置驿丞，掌管驿站。驿站是古代传递公文的人中途休息的地方。

[15]中土之产：生长在中原地带的人。

[16]窜逐：流放。

[17]五斗：五斗米，指县令的薪水。由陶渊明"不为五斗米折腰"典故而来。

[18]欣然就道：高高兴兴地上路。

[19]戚然：愁苦的样子。

[20]不任：不能忍受。

[21]扳援：攀引。

[22]瘴：热带山林中的湿热空气。古人认为这是疟疾等传染病的病源。疠（lì）：瘟疫。

[23]奄忽：死亡。

[24]取：招致。

[25] 纵不尔瘗：即"纵不瘗尔"的倒文，意思是，即便不埋葬你们。

[26] 虺（huǐ）：毒蛇。

[27] 父母乡国：自己出生的家乡。

[28] 达观：对事情看得开，不计较个人的得失。随寓：随处为家。

[29] "朝友"句：早上和麋鹿为友，晚上和猿猴住在一起。

[30] 厉：恶鬼。

【作品要解】

这是一篇哀悼死者的祭文，哀悼的对象不是作者熟知的友朋，而是"不知其名氏""不知尔郡邑"的陌生人。这篇祭文明为祭奠死者，实为祭奠自己，通过对陌生人的恻隐之心，抒发了"鸾凤伏窜兮，鸱枭翱翔"的愤懑凄怆和世事无常的人生感慨。

文章以简洁洗练的笔墨，叙述了哀悼死者的始末。正德四年秋月三日，吏目主仆三人从京城到黔南去赴任，经过龙场驿，投宿土苗家。作者因其云自京城中来，欲询问北来之事，因阴雨急至而耽搁，不料第二日却传来吏目客死他乡的噩耗。并通过薄午、薄暮、明早三个时间段，客述"一老人死坡下，傍两人哭之哀""坡下死者二人，傍一人坐叹""坡下积尸三焉"，以及自答"此必吏目死矣""其子又死矣""其仆又死矣"的三段对话，叙写了吏目三人的死亡始末，引发哀伤之情和生命脆弱之感。作者"念其暴骨无主"，率二童子"傍山麓为三坎"把死者埋葬，并以鸡和饭三盂为之祭奠。埋葬祭奠死者之后，作者哀伤不能自已，继而为死者写下祭文。通过对死者的哀悼，抒发了"同是天涯沦落人"的凄怆悲悯和"兔死狐悲""物伤其类"的自伤自惜之情。在这里，作者与死者同化，皆为中土之产，游宦不远千里，窜逐而至此，又共同经历了攀援险崖，行峰峦之顶，饥渴劳顿，禁锢疲惫的身心之顿。故作者对于死者的悲怆经历更能感同身受，并由此引发"吾念尔三骨之无依而来瘗耳""纵不尔瘗……不致久暴露尔"和"是吾为尔者重，而自为者轻也""吾不宜复为尔悲矣"的矛盾心境。而这种矛盾心境，恰是作者"历瘴毒而苟能自全""其能以无死乎"戚戚忧心的矛盾展现。

最后的二首祭辞，以骚体的韵文，抒发对死者的慰藉和对生命的感悟，韵密调哀，情真意切，给人以一唱三叹之感。第一首是以达观之论，写身处险境的思乡之悲，在劝解死者达观随遇的语言中，寄寓着魂归无依的悲恸之情。第二首继以慰藉之语，感叹自己与死者同是流落之人，背井离乡于言语不相知的异乡，性命如浮萍之不可期。如果自己亦如死者一样客死他乡，希望能够一起遨游嬉戏，望故乡而唏嘘，抒发了生死莫测，世事无常的悲苦凄怆之情。

寒花葬志[1]

归有光

婢，魏孺人媵也[2]。嘉靖丁酉五月四日死[3]，葬虚丘[4]。事我而不卒，命也夫！

婢初媵时，年十岁，垂双鬟，曳深绿布裳[5]。一日天寒，爇火煮荸荠熟[6]，婢削之盈瓯[7]，予入自外，取食之，婢持去不与。魏孺人笑之。孺人每令婢倚几旁饭，即饭，目眶冉冉动[8]。孺人又指予以为笑。回思是时，奄忽便已十年。吁！可悲也已[9]！

——选自周本淳校注《震川先生集》，上海古籍出版社 2007 年版

【作者简介】

归有光（1506—1571），明代官员、散文家。字熙甫，又字开甫，别号震川，又号项脊生，江苏昆山人。嘉靖十九年（1540）举人。会试落第八次，徙居嘉定安亭江上，读书谈道，学徒众多，60 岁方成进士，历长兴知县、顺德通判、南京太仆寺丞，留掌内阁制敕房，与修《世宗实录》，卒于南京。归有光与唐顺之、王慎中两人均崇尚内容翔实、文字朴实的唐宋古文，并称为"嘉靖三大家"。由于归有光在散文创作方面的极深造诣，在当时被称为"今之欧阳修"，后人称赞其散文为"明文第一"，著有《震川集》《三吴水利录》等。

【注释】

[1] 寒花：婢女的名字。

[2] 魏孺人：指归有光的妻子，姓魏。明代七品以下职官的妻子，封为孺人。

媵（yìng）：随嫁的婢女。

[3] 嘉靖丁酉：即嘉靖十六年，即公元 1537 年。

[4] 虚丘：土山。"虚"同"墟"。

[5] 曳（yè）：拖。

[6] 爇（ruò）：烧。

[7] 瓯（ōu）：小盆。

[8] 冉冉：慢悠悠，这里形容眼睛忽忽转动的样子。

[9] 已：感叹词，这里相当于"矣"。

【作品要解】

这是归有光为原配妻子魏氏陪嫁婢女寒花所写的记葬文。全文仅百余字，既记写了婢女寒花的纯真活泼，又忆起作者与原配魏氏的相濡以沫，抒发了对亡妻和寒花的思念哀悼之情。

文章首先点明寒花的身份、去世的时间和安葬之所。通过寒花的身份，说明寒花不是一般婢女，而是亡妻的随嫁婢女；通过寒花的去世时间，联想亡妻去世时年；通过寒花的安葬之所，说明寒花虽为婢女，但因亡妻之故得以择址安葬。其次，通过"事我而不卒"引发命运之叹，引抒情之笔。虽然仅仅短小的三句，却屡次三番叙写了寒花与亡妻之间的关系，抒发因亡妻而厚葬寒花的爱屋及乌之情，暗示既葬寒花又悼亡妻的创作题旨。

然后文章忆写寒花三事和孺人两笑，刻画寒花人物形象，叙写作者与亡妻、寒花的日常情趣。其中寒花三事：一为初媵之见的稚态，通过对寒花"垂双鬟，曳深绿布裳"形象的描述，暗写初见的刻骨铭心。二为寒日削荸荠时的调皮，通过"予入自外，取食之，婢持去不与"的调笑，叙写与亡妻、寒花三人的日常情趣。三为吃饭时的灵动，通过"即饭，目眶冉冉动"，叙写寒花服侍自己与亡妻用餐的点滴。而在寒花三事中，又描写了孺人两笑：第一笑是打趣寒花与丈夫的调笑；第二笑是引丈夫共笑，以见夫妻生活的和谐欢乐。作者选取日常生活的三两小事，以寒花稚态起，以孺人笑态结，既扣题所需，又见指归所在。

最后以"回思是时"回应"初媵"，十年时光转瞬即逝，阴阳两隔悲叹不已。喜景转悲，昔日情趣更增今日的伤悲。结尾"可悲也已"回应"命也夫"，再次抒发欢愉易逝、生命无常的无奈悲悼之情。

信陵君救赵论

唐顺之

　　论者以窃符为信陵君之罪，余以为此未足以罪信陵也。夫强秦之暴亟矣[1]，今悉兵以临赵，赵必亡。赵，魏之障也。赵亡，则魏且为之后。赵、魏，又楚、燕、齐诸国之障也，赵、魏亡，则楚、燕、齐诸国为之后。天下之势，未有岌岌于此者也[2]。故救赵者，亦以救魏；救一国者，亦以救六国也[3]。窃魏之符以纾魏之患[4]，借一国之师以分六国之灾，夫奚不可者[5]？

　　然则，信陵果无罪乎？曰：又不然也。余所诛者[6]，信陵君之心也。信陵一公子耳，魏固有王也。赵不请救于王，而谆谆焉请救于信陵[7]，是赵知有信陵，不知有王也。平原君以婚姻激信陵，而信陵亦自以婚姻之故，欲急救赵，是信陵知有婚姻，不知有王也。其窃符也，非为魏也，非为六国也，为赵焉耳；非为赵也，为一平原君耳。使祸不在赵，而在他国，则虽撤魏之障，撤六国之障，信陵亦必不救。使赵无平原，而平原亦非信陵之姻戚，虽赵亡，信陵亦必不救。则是赵王与社稷之轻重[8]，不能当一平原公子，而魏之兵甲所恃以固其社稷者，只以供信陵君一姻戚之用。幸而战胜，可也，不幸战不胜，为虏于秦，是倾魏国数百年社稷以殉姻戚[9]，吾不知信陵何以谢魏王也[10]。夫窃符之计，盖出于侯生，而如姬成之也。侯生教公子以窃符，如姬为公子窃符于王之卧内，是二人亦知有信陵，不知有王也。

　　余以为信陵之自为计，曷若以唇齿之势激谏于王[11]，不听，则以其欲死秦师者而死于魏王之前，王必悟矣。侯生为信陵计，曷若见魏王而说之救赵，不听，则以其欲死信陵君者而死于魏王之前，王亦必悟矣。如姬有意于报信陵，曷若乘王之隙而日夜劝之救，不听，则以其欲为公子死者而死于魏王之前，王亦必悟矣。如此，则信陵君不负魏，亦不负赵；二人不负王，亦不负信陵君。何为计不出此？信陵知有婚姻之赵，不知有王。内则幸姬[12]，外则邻国，贱则夷门野人，又皆知有公子，不知有王。则是魏仅有一孤王耳。

　　呜呼！自世之衰，人皆习于背公死党之行而忘守节奉公之道[13]，有重相而无威君，有私仇而无义愤，如秦人知有穰侯，不知有秦王，虞卿知有布衣之交，不知有赵王，盖君若赘旒久矣[14]。由此言之，信陵之罪，固不专系乎符之窃不窃也。其为魏也，为六国也，纵窃符犹可。其为赵也，为一亲戚也，纵求符于王，而公然得之，亦罪也。虽然，魏王亦不得无罪也。兵符藏于卧内，信陵亦安得窃之？信陵不忌魏王，而径请之如姬[15]，其素窥魏王之疏也[16]；如姬不忌魏王，而敢于窃符，其素恃魏王之宠也。木朽而蛀生之矣。古者人君持权于上，而内外莫敢不肃[17]。则信陵安得树私交于赵？赵安得私请救于信陵？如姬安得衔信陵之恩？信陵安得卖恩于如姬？履霜之渐，岂一朝一夕也哉！由此言之，不特众人不知有王，王亦自为赘旒也。

故信陵君可以为人臣植党之戒，魏王可以为人君失权之戒。《春秋》书葬原仲[18]、翚帅师[19]。嗟夫！圣人之为虑深矣！

——选自郭晓霞《古文观止译注》，商务印书馆 2015 年版

【作者简介】

唐顺之（1507—1560），字应德，一字义修，号荆川，武进（今属江苏常州）人。明代儒学大师、军事家、散文家、数学家，抗倭英雄。唐顺之的文学主张早年曾受"前七子"的影响，标榜秦汉，赞同"文必秦汉，诗必盛唐"。中年以后，受王慎中影响，察觉"七子"诗文流弊，尤其是散文方面，"七子"抄袭、模拟古人，故作诘屈之语。于是抛弃旧见，公开对"七子"拟古主义表示不满，提出师法唐宋而要"文从字顺"的主张。他是明中叶重要散文家，与王慎中、茅坤、归有光等同为明代重要文学流派唐宋派代表。

【注释】

[1] 亟（jí）：急迫。

[2] 岌岌（jí）：危险的样子。

[3] 六国：指齐、赵、燕、魏、韩、楚。

[4] 纾（shū）：解除。

[5] 夫：这。奚：什么。

[6] 诛：指责。

[7] 谆谆焉：恳切、不厌倦的样子。

[8] 社稷：指国家。

[9] 殉：陪葬。

[10] 谢：认罪，赔罪。

[11] 曷（hé）若：即"如何"。

[12] 幸姬：宠姬。

[13] 守节：旧指坚守节操，不违反封建道德规范。

[14] 赘旒（liú）：旗帜上的飘带，比喻虚居其位而无实权。

[15] 径：直接。

[16] 疏：粗疏。

[17] 肃：恭恭敬敬。

[18] 葬原仲：原仲，陈国大夫，他死后，旧友私自到陈国埋葬了他，孔子认为这是结党营私的体现。

[19] 翚（huī）帅师：翚，羽父，鲁国大夫。宋国伐郑，请鲁国共同出兵，鲁隐公不应，翚执意带兵而去，孔子认为这是目无君主的行为。

【作品要解】

此篇文章以反驳历代对"信陵君窃符救赵"的评论为切入，阐发作者对这一历史事件的看法，阐明为人臣的信陵君罪不在窃符，而在于心中无王，心生结党营私之心；为人君的魏王罪在于君权不明，导致王权旁落。

文章先扬后抑，先从六朝形势出发，正面叙述了信陵君的窃符救赵存魏，救一国而救六国的历史作用。然后提出"信陵果无罪乎"的质疑，进而否定，提出"余所诛者，信陵君之心也"的观点，下来围绕这一论点层层剥析，以两"非"两"必不救"，得出信陵君窃符的初心，不是为了存魏而救赵的国家利益，而是出于因姻亲之故以救平原君的个人私利。赵遇险境不求救于魏王，而求救于信陵君，说明赵心中只有信陵君而无魏王；信陵君窃符救赵说明信陵君心中只有姻亲之私，而无君臣之忠和国家之义。

然后文章在否定信陵君救赵之心的基础上，进而论述信陵君救赵程序的错误，通过三个"王必悟"指出为人臣者进谏之计和忠君爱国之心。一正一误，一反一正，不仅再次强调信陵君主于己、决于己而不请于王、决于王，导致"皆知有公子，不知有王"君不君、臣不臣的局面，亦正面指出救赵的正确方式及为人臣之道。最后笔锋一转，由信陵君之失引至魏王之失，因魏王的不作为，导致君威不振，"皆知有公子，不知有王"。

全篇构思严谨，逻辑鲜明，欲抑先扬，层层深入，环环相扣，有条不紊地论述自己的观点，切中时弊，亦以《春秋》笔法引戒当代，发人深省。

豁然堂记

徐 渭

越中山之大者[1]，若禹穴、香炉、蛾眉、秦望之属，以十数，而小者至不可计。至于湖，则总之称鉴湖[2]，而支流之别出者，益不可胜计矣。郡城隍祠[3]，在卧龙山之臂[4]，其西有堂，当湖山环会处。语其似，大约缭青萦白，鬐崎带澄[5]。而近俯雉堞[6]，远问村落。其间林莽田隰之布错[7]，人禽宫室之亏蔽[8]，稻黍菱蒲莲芡之产，畦渔犁楫之具，纷披于坻洼[9]，烟云雪月之变，倏忽于昏旦[10]。数十百里间，巨丽纤华，无不毕集人衿带上。或至游舫冶尊[11]，歌笑互答，若当时龟龄所称"莲女""渔郎"者[12]，时亦点缀其中。于是登斯堂，不问其人，即有外感中攻，抑郁无聊之事，每一流瞩，烦虑顿消。而官斯土者，每当宴集过客，亦往往寓庖于此。独规制无法，四蒙以辟[13]，西面凿牖[14]，仅容两躯。客主座必东，而既背湖山，起座一观，还则随失。是为坐斥旷明，而自取晦塞。予病其然，悉取西南牖之，直辟其东一面，令客座东而西向，倚几以临，即湖山，终席不去。而后向之所云诸景，若舍塞而就旷，却晦而即明。工既讫，拟其名，以为莫豁然。宜既名矣，复思其义曰："嗟乎，人之心一耳。当其为私所障时，仅仅知我有七尺躯，即同室之亲，痛痒当前，而盲然若一无所见者，不犹向之湖山，虽近在目前，而蒙以辟者耶？及其所障既彻，即四海之疏，痛痒未必当吾前也，而灿然若无一而不婴于吾之见者[15]，不犹今之湖山虽远在百里，而通以牖者耶？由此观之，其豁与不豁，一间耳。而私一己、公万物之几系焉[16]。此名斯堂者与登斯堂者，不可不交相勉者也，而直为一湖山也哉？"既以名于是义，将以共于人也，次而为之记。

——选自徐渭《徐渭集》，中华书局 1992 年版

【作者简介】

徐渭，生平简介见前文。

【注释】

[1]越：这里指浙江绍兴府附近。相传古于越国始祖为夏少康庶子无余，封于会稽，即今绍兴。下句中的禹穴、香炉诸山，均距绍兴不远。

[2]鉴湖：即"镜湖"，在浙江绍兴南，总纳境内三十六源之水。

[3]郡：指绍兴府府治。城隍祠：祠城隍神，其祀多为求雨、祈晴、禳灾等事。

[4]卧龙山：今称府山，在绍兴市内。

[5]髻峙带澄：意思是山似发髻般峙立，水如衣带般澄澈。

[6]雉堞：泛指城墙。

[7]隰（xí）：低湿之地。布错：散布错列。

[8]亏蔽：遮蔽。

[9]纷披：散乱的样子。坻（chí）：水中小洲。

[10]昏旦：早晚。

[11]冶尊：华艳的酒器。

[12]龟龄：指宋代学者王十朋，字龟龄，温州乐清（今浙江乐清）人。绍兴进士，授绍兴府签判，历任各地地方官，以龙图阁学士致仕。他作有《会稽风俗赋》，写及鉴湖中莲女、渔郎往来的风光。

[13]辟：通"壁"，下同。

[14]牖（yǒu）：窗户。

[15]婴（yīng）：通"撄"，触犯。

[16]几：迹兆。

【作品要解】

此文融写景状物与抒情说理于一体，由豁然堂的"去晦塞即旷明"引申到人心的"去晦塞即旷明"，由物及景，融情于理，借物说理，描绘细致绵长，引人入胜。

记文先描述了"豁然堂"所处的地理位置和湖山胜景，依山傍水，恍如人间仙境；叙写人间物事，烦虑顿消，一派豁达祥和。然后笔锋一转，惜乎规制无法，人之所坐背向湖山，面向湖山的一面为窗所阻，堂与自然胜景相隔离，无法领略湖光山色和人情物事的豁然美好。然后由"豁然堂"的改建和命名，提出"去晦塞即旷明"之法，人与景融，堂与山融，人坐堂中恍坐景中，天然相和。"豁然"之名，恰好点出改建前后的变化，并由堂之豁然引申到人心的豁然。人心犹堂室，多为屏障所阻隔，如能拆除一己私心之屏障，亦能豁达见景。

此记文先记叙后说理，借景言情，借物说理，层次清晰，文理明畅，语言凝练，体现了深厚的文学功底。

童心说 [1]

李 贽

龙洞山农叙《西厢》末语云 [2]："知者勿谓我尚有童心可也。"夫童心者，真心也。若以童心为不可，是以真心为不可也。夫童心者，绝假纯真，最初一念之本心也。若失却童心，便失却真心；失却真心，便失却真人。人而非真，全不复有初矣。

童子者，人之初也；童心者，心之初也。夫心之初曷可失也 [3]！然童心胡然而遽失也 [4]？盖方其始也，有闻见从耳目而入 [5]，而以为主于其内而童心失 [6]。其长也，有道理从闻见而入，而以为主于其内而童心失。其久也，道理闻见日以益多，则所知所觉日以益广，于是焉又知美名之可好也，而务欲以扬之而童心失 [7]，知不美之名之可丑也，而务欲以掩之而童心失。夫道理闻见，皆自多读书识义理而来也。古之圣人，曷尝不读书哉！然纵不读书，童心固自在也 [8]，纵多读书，亦以护此童心而使之勿失焉耳，非若学者反以多读书识义理而反障之也。夫学者既以多读书识义理障其童心矣，圣人又何用多著书立言以障学人为耶？童心既障，于是发而为言语，则言语不由衷；见而为政事 [9]，则政事无根柢；著而为文辞 [10]，则文辞不能达 [11]。非内含于章美也，非笃实生辉光也 [12]，欲求一句有德之言，卒不可得 [13]。所以者何？以童心既障，而以从外入者闻见道理为之心也。

夫既以闻见道理为心矣，则所言者皆闻见道理之言，非童心自出之言也。言虽工 [14]，于我何与？岂非以假人言假言，而事假事文假文乎 [15]？盖其人既假，则无所不假矣。由是而以假言与假人言，则假人喜；以假事与假人道，则假人喜；以假文与假人谈，则假人喜。无所不假，则无所不喜。满场是假，矮人何辩也 [16]？然则虽有天下之至文，其湮灭于假人而不尽见于后世者 [17]，又岂少哉！何也？天下之至文，未有不出于童心焉者也。苟童心常存，则道理不行，闻见不立，无时不文，无人不文，无一样创制体格文字而非文者。诗何必古选 [18]，文何必先秦。降而为六朝，变而为近体 [19]；又变而为传奇 [20]，变而

为院本 [21]，为杂剧，为《西厢曲》，为《水浒传》，为今之举子业 [22]，皆古今至文，不可得而时势先后论也。故吾因是而有感于童心者之自文也，更说什么《六经》[23]，更说什么《语》、《孟》乎 [24]！

夫《六经》、《语》、《孟》，非其史官过为褒崇之词 [25]，则其臣子极为赞美之语。又不然，则其迂阔门徒、懵懂弟子 [26]，记忆师说，有头无尾，得后遗前，随其所见，笔之于书。后学不察 [27]，便谓出自圣人之口也，决定目之为经矣，孰知其大半非圣人之言乎？纵出自圣人，要亦有为而发，不过因病发药，随时处方，以救此一等懵懂弟子，迂阔门徒云耳。药医假病，方难定执，是岂可遽以为万世之至论乎？然则《六经》、《语》、《孟》，乃道学之口实 [28]，假人之渊薮也 [29]，断断乎其不可以语于童心之言明矣。呜呼！吾又安得真正大圣人童心未曾失者而与之一言文哉 [30]！

——选自《焚书、续焚书》，中华书局 1975 年版

【作者简介】

李贽（1527—1602），原姓林，一名载贽，号卓吾，又号宏甫，晋江（今福建省晋江县）人。嘉靖三十四年（1555）授辉县教谕，历官礼部司务、南京刑部员外郎中。万历五年（1577）任姚安知府，三年后弃官，寓黄安。不久移居麻城龙湖，著书讲学。他反对"以孔子之是非为是非"，猛烈批判程朱道学，大胆怀疑封建社会的传统教条，被封建统治集团视为"异端"。为了免除地方官吏的迫害，曾至外地躲避多时。万历三十年（1602），他被加上"敢倡乱道，惑世诬民"的罪名，被捕下狱，自刎而死。他是明代中叶重要的思想家、文学家。他的文学见解对"公安派"有很大影响。他的散文，见解精辟、大胆，风格尖锐、泼辣，揭露道学家的情伪矫饰，更是剥肤见骨，一针见血。著有《焚书》《续焚书》《藏书》《续藏书》《初潭集》等。

【注释】

[1]童心：孩子气，儿童般的心性。这里引申为本性，真心。

[2]龙洞山农：或认为是李贽别号，或认为颜钧，字山农。《西厢》：指元代王实甫的《西厢记》。

[3]曷（hé）：何，什么。

[4]胡然而遽（jù）失：为什么很快就失去。遽：急，突然。

[5]闻见：听到的和看到的，指儒家思想。

[6]而以为主于其内：耳闻目睹的东西进入人心，变成了心灵活动的主持者。

[7]扬：发扬。

[8]固：本来。

[9]见：通"现"。

[10]著（zhù）：显现。

[11]达：畅通。

[12]非内含于章美也，非笃（dǔ）实生辉光也：是因为那不是内里含有童心，外显而为美，不是内在忠厚老实的德性而发出的辉光。

[13]卒：最终。

[14]工：精巧。

[15]文：写（文章）。

[16]矮人何辩：这里以演戏为喻，矮人根本看不到，就无法分辨了。

[17]湮（yān）：埋没。

[18]诗何必古选：《文选》收录的古诗并不一定是最好的。选：指南朝梁代萧统编的古诗文集《文选》，又称《昭明文选》。古：推崇。

[19]变而为近体：指诗歌由古体变为近体律体。近体：指近体诗，包括律诗和绝句。

[20]传奇：指唐人的传奇小说。

[21]院本：金代行院演出的戏剧脚本。

[22]举子业：指科举考试的文章，也就是八股文。

[23]六经：指儒家的经典《诗》《书》《礼》《乐》《易》《春秋》。

[24]《语》、《孟》：指《论语》《孟子》，"四书"中的二种。

[25]过：过分。

[26]懵（měng）懂：糊涂。

[27]察：知晓。

[28]道学：指道学家。

[29]渊薮（sǒu）：原指鱼和兽类聚居的处所。比喻人或物聚集的地方。

[30]吾又安得真正大圣人童心未曾失者而与之一言文哉：我又从哪里能够找到一个童心未曾失掉的真正大圣人，可以与他谈一谈文章的道理呢？

【作品要解】

《童心说》是《焚书》卷三的一篇杂论，是一篇具有思想启蒙意义的文学论文。它以"童心"为核心，揭露了道学对人精神思想的禁锢，批判了道学的虚伪性，并以此为基础评论古今文学得失，抨击模拟剽窃的文学复古思潮，肯定文学的缘情本质，表现了鲜明的反叛精神和追求个性解放的思想，具有很强的时代精神。

此文开门见山直接提出论点，点明"童心"即为"绝假纯真，最初一念之本心"。这种本心是人的真心，是人心的最初状态，未受一切污染，因此它是纯洁而美好的。人心一旦被污染，失去最初一念之本心，人亦随之发生改变，不复初态。接着作者指出童子是人之本初，童心即为人之本心，但"童心胡然而遽失也"？围绕这一问题作者条理明晰进行解答，指出道理闻见对童心的逐级摧残，导致人失去最初一念之本心，为道理闻见所蔽。为闻见道理所蔽之人为假人，为闻见道理所蔽之心为假心，所发之言为假言，所做之事为假事，所作之文为假文，从而导致言不由衷，政事无根柢，文辞不能达。

考见自古之至文，未有不出于童心者，故诗不必古选，文不必秦汉。文学之优劣不应以时间之早晚为依据，文学之优劣亦不应以体裁形式为限制，只要发自最初一念至本心，即为天下至情之文，从而在根本上打破了复古主义思潮的基石。李贽还非常大胆指出"《六经》、《语》、《孟》，乃道学之口实，假人之渊薮也"，将批判的锋芒直指儒家经典，具有振聋发聩的效果。

此文正面剖析，酣畅淋漓，气概激昂，既是"童心说"的檄文，亦是"童心说"的实践，率真直露，绝假纯真。

牡丹亭记题词

汤显祖

天下女子有情宁有如杜丽娘者乎。梦其人即病[1]，病即弥连[2]，至手画形容传于世而后死[3]。死三年矣，复能溟莫中求得其所梦者而生[4]。如丽娘者，乃可谓之有情人耳。情不知所起，一往而深，生者可以死，死者可以生。生而不可与死，死而不可复生者，皆非情之至也[5]。梦中之情，何必非真[6]，天下岂少梦中之人耶。必因荐枕而成亲[7]，待挂冠而为密者[8]，皆形骸之论也[9]。

传杜太守事者，仿佛晋武都守李仲文、广州守冯孝将儿女事[10]。予稍为更而演之。至于杜守收拷柳生，亦如汉睢阳王收拷谈生也[11]。

嗟夫，人世之事，非人世所可尽。自非通人，恒以理相格耳[12]。第云理之所必无[13]，安知情之所必有邪。

——选自徐朔方笺注《汤显祖诗文集》，上海古籍出版社 1982 年版

【作者简介】

汤显祖（1550—1616），中国明代戏曲家、文学家。字义仍，号海若、若士、清远道人，江西临川人。出身书香门第，早有才名，他不仅于古文诗词颇精，而且能通天文地理、医药卜筮诸书。在汤显祖多方面的成就中，以戏曲创作为最，其戏剧作品《牡丹亭》（又名《还魂记》）、《紫钗记》、《南柯记》和《邯郸记》合称"临川四梦"，其中《牡丹亭》是他的代表作。这些剧作不但为中国人民所喜爱，而且已传播到英、日、德、俄等很多国家，被视为世界戏剧艺术的珍品。

【注释】

[1] 梦其人即病：杜丽娘梦到柳梦梅，相思成病。

[2] 弥连：即弥留，病重濒死。

[3] 形容：形貌。此指杜丽娘将梦中所遇的柳梦梅画成了像。

[4] 溟莫：即"冥莫"，此指阴间。

[5] 至：极致。

[6] 何必：用反问的语气表示未必。

[7] 荐枕：进献枕席，借指待寝。《文选·宋玉〈高唐赋〉》："昔者先王尝游高唐，怠而昼寝，梦见一妇人，曰：'妾巫山之女也，为高唐之客，闻君游高唐，愿荐枕席。'"

[8] 挂冠：辞官归隐。

[9] 形骸之论：浮浅表面的观点。

[10] 李仲文、冯孝将儿女事：晋武都太守李仲文在都丧女，年十八，权假葬郡城北。有张世之代为郡。世之男字子长，年二十，侍从在厩中，夜梦一女，年可十七八，颜色不常，自言："前府君女，不幸早亡。会今当更生。心相爱乐，故来相就。"如此五六夕。忽然昼见，衣服薰香殊绝，遂为夫妻。又：晋东平冯孝将为广州太守。儿名马子，年二十余，独卧厩中，夜梦见一女子，年十八九，言："我是前太守北海徐玄方女，不幸早亡。亡来今已四年，为鬼所枉杀。案生录，当八十余，听我更生，要当有依马子乃得生活，又应为君妻。"二事均见《搜神后记》卷四。

[11] 汉睢阳王收拷谈生：《太平广记》卷三一六：谈生与一女结为夫妇，后因故分离。女以一珠袍与之曰："可以自给。"裂取生衣裾，留之而去。后生持袍诣市，睢阳王家买之，得钱千万。王识之曰："是我女袍，此必发墓。"乃取拷之。生具以实对。王犹不信，乃视女冢，冢完如故。发视之，果棺盖下得衣裾。呼其儿视，正类王女，王乃信之。即召谈生，复赐遗衣，以为主婿。

[12] 格：扞格、隔阂。

[13] 第：只是。

【作品要解】

　　这篇题词作于万历二十六年（1598），作者在遂昌弃官返临川后数月写成，以题词的形式对《牡丹亭记》的创作思想和艺术手法给予精炼的概括，是明代性情说的理论纲领。

　　本文通过《牡丹亭记》女主人公杜丽娘与柳梦梅生死离合的爱情故事，热情歌颂了天下之至情的感人力量：情之所至，可以物我两忘、跨越生死，生者可以死，死者可以生；情之所至，可以超越情理，以情破理。"情"既是杜丽娘跨越生死的推动力，亦是文学作品的艺术源泉和精神力量。天下之至文往往不在以理相格，而在于以情动人。以"第云理之所必无，安知情之所必有邪"反诘道学礼教等理对于情感的束缚，具有很强的斗争精神。

满井游记 [1]

袁宏道

燕地寒 [2]，花朝节后 [3]，余寒犹厉 [4]。冻风时作 [5]，作则飞沙走砾 [6]。局促一室之内 [7]，欲出不得。每冒风驰行，未百步辄返。

廿二日，天稍和 [8]，偕数友出东直 [9]，至满井。高柳夹堤，土膏微润 [10]，一望空阔，若脱笼之鹄 [11]。于时冰皮始解 [12]，波色乍明 [13]，鳞浪层层 [14]，清澈见底，晶晶然如镜之新开 [15]，而冷光之乍出于匣也 [16]。山峦为晴雪所洗 [17]，娟然如拭 [18]，鲜妍明媚，如倩女之靧面而髻鬟之始掠也 [19]。柳条将舒未舒 [20]，柔梢披风 [21]。麦田浅鬣寸许 [22]。游人虽未盛，泉而茗者，罍而歌者，红装而蹇者 [23]，亦时有之。风力虽尚劲 [24]，然徒步则汗出浃背 [25]。凡曝沙之鸟，呷浪之鳞 [26]，悠然自得 [27]，毛羽鳞鬣之间 [28]，皆有喜气。始知郊田之外，未始无春 [29]，而城居者未之知也。

夫不能以游堕事 [30]，而潇然于山石草木之间者 [31]，惟此官也 [32]。而此地适与余近 [33]，余之游将自此始，恶能无纪 [34]？己亥之二月也。

——选自赵伯陶编选《袁宏道集》，凤凰出版社 2009 年版

【作者简介】

袁宏道（1568—1610），字中郎、一字无学，号石公，又号六休。湖北省公安县人。万历二十年（1592）进士，历任吴县知县、礼部主事、吏部验封司主事、稽勋郎中、国子博士等职。

袁宏道是明代文学反对复古运动主将，他既反对"前后七子"摹拟秦汉古文，亦反对唐顺之、归有光摹拟唐宋古文，认为文章与时代有密切关系。反对"文必秦汉，诗必盛唐"的风气，提出"独抒性灵，不拘格套"的性灵说。

袁宏道与其兄袁宗道、弟袁中道并有才名，史称"公安三袁"，由于他们都

是荆州公安县人。其文学流派世称"公安派"或"公安体"。世人认为，袁宏道是三兄弟中成就最高者。

【注释】

[1]满井：明清时期北京东北角的一个游览地，位于东直门北三四里。因有一口古井，"井高于地，泉高于井，四时不落"，所以叫"满井"。

[2]燕地：指今河北北部、辽宁西部、北京一带。这一地区原为周代诸侯国燕国故地。

[3]花朝节：旧时以阴历二月十二日为花朝节，据说这一天是百花生日。

[4]犹：仍然。

[5]冻风时作：冷风时常刮起来。作：起，兴起。

[6]砾：小石块，碎石子。

[7]局促：拘束，形容受到束缚而不得舒展。

[8]和：暖和。

[9]偕：一同；一起。东直：北京东直门，在旧城东北角。

[10]土膏：肥沃的土地。膏，肥沃。

[11]若脱笼之鹄（hú）：好像从笼中飞出去的天鹅。鹄：一种水鸟，俗名天鹅。

[12]于时：在这时。冰皮：冰层。始：刚刚。

[13]乍：刚刚，开始。

[14]鳞浪：像鱼鳞似的细浪纹。

[15]晶晶然：光亮的样子。镜之新开：镜子新打开。

[16]乍：突然。匣：指镜匣。

[17]山峦为晴雪所洗：山峦被融化的雪水洗干净。为，表被动。晴雪，晴空之下的积雪。

[18]娟然：美好的样子。拭：擦拭。

[19]如倩女之靧（huì）面而髻（jì）鬟（huán）之始掠也：像美丽的少女洗

好了脸刚梳好髻鬟一样。倩女：美丽的女子。靧：洗脸。掠：梳掠。

[20] 舒：舒展。

[21] 梢：柳梢。披风：在风中散开。披：开、分散。本句省略介词"于"，即"披于风"。

[22] 麦田浅鬣（liè）寸许：意思是麦苗高一寸左右。鬣：兽颈上的长毛，一说马鬃，这里形容不高的麦苗。

[23] 泉而茗（míng）者，罍（léi）而歌者，红装而蹇（jiǎn）者：汲泉水煮茶喝的，端着酒杯唱歌的，穿着艳装骑驴的。泉，这里指汲泉水。茗，这里指煮茶。罍，这里指端着酒杯。蹇，这里指骑驴。这里全是名词作动词用。

[24] 虽：虽然。劲（jìng）：猛、强有力。

[25] 浃（jiā）：湿透。

[26] 曝（pù）沙之鸟，呷（xiā）浪之鳞：在沙滩上晒太阳的鸟，浮到水面戏水的鱼。呷，吸，这里用其引申义。鳞，借代用法，代鱼。

[27] 悠然自得：悠闲舒适。悠然，闲适的样子。自得，内心得意舒适。

[28] 毛羽鳞鬣：毛，指虎狼兽类；羽，指鸟类；鳞，指鱼类和爬行动物；鬣，指马一类动物。合起来，泛指一切动物。

[29] 未始无春：未尝没有春天。这是对第一段"燕地寒"等语说的。

[30] 夫（fú）：用于句子开头，可翻译为大概。堕（huī）事：耽误公事。堕，古同"隳"，坏、耽误。

[31] 潇然：悠闲自在的样子。

[32] 惟：只。此官：当时作者任顺天府儒学教授，是个闲职。

[33] 适：正好。

[34] 恶（wū）能：怎能。恶，怎么。纪：通"记"，记录。

【作品要解】

此文是作者于万历二十七年（1599）写作的一篇山水游记，时任顺天府教授，通过描绘北京东郊满井的早春景色，表达了亲近自然的生活乐趣和乐观旷达的人生态度。

作者先抑后扬，欲写游却先写游而不得，描写燕北之地乍暖还寒的恶劣天气，以致冒风驰行，不满百步辄返，只能局促于室内。"促"既是环境之促，亦是身心之促，暗写作者欲出室而游的强烈愿望。

局促十数日，天气稍暖，作者终于得以踏出方室，一览自然之美景。作者以出游的时间、气候、人员、线路、地点为引，由远及近，由阔至密，层层描绘满井的初春景象，欢喜之情跃然纸上。"一望空阔"与"局促一室"相呼应，映衬身居之所和个人心境的由促转阔；"冰皮始解"与"余寒犹厉"相呼应，映衬自然气候和个人心情的由寒转暖，前后对比之中凸显作者终脱牢笼的雀跃之情。远处高柳夹堤，土膏微润，一片生机盎然的开阔之象。近处冰皮、波色、鳞浪，一片清澈如镜，如冷光之出匣，清新冷冽；山峦、柔柳、麦田，一片鲜妍明媚，如白雪之初洗，洁净潋滟；三五游人或茗、或歌、或蹇，一派灵动清越，如困鸟之脱牢笼，欢悦跳脱；曝沙之鸟、呷浪之鳞，一派喜乐祥和，如毛羽之遇清风，悠然自得。文中对景物的描写，大量使用拟人手法，"掠""披"等动词的使用更添灵动，可见对于自然景物的喜爱之情。而后又由写景转至说理，以"城居者未之知"再次呼应"局促一室"，回环往复，浑然一体，表达对局促城居生活的厌弃，以及对清新开阔自然生活的向往。

此文写景与抒情完美结合，语言简洁，比喻贴切，精细刻画了自然景致的灵动生机，巧妙而自然，充分显示了作者"独抒性灵，不拘格套"的文学主张。

《问山亭诗》序

钟 惺

今称诗不排击李于鳞[1]，则人争异之；犹之嘉、隆间不步趋于鳞者人争异之也[2]。或以为著论驳之者，自袁石公始[3]。与李氏首难者[4]，楚人也。夫于鳞前无为于鳞者，则人宜步趋之。后于鳞者，人人于鳞也，世岂复有于鳞哉！势有穷而必变，物有孤而为奇。石公恶世之群为于鳞者，始于鳞之精神光焰不复见于世。李氏功臣，孰有如石公者？今称诗者，遍满世界，化而为石公矣，是岂石公意哉？

吾友王季木[5]，奇情孤诣，所为诗有蹈险经奇，似温、李一派者[6]。乃读其全集，飞翥蕴藉[7]，顿挫沉着，出没幻化，非复一致[8]，要以自成其为季木而已，初不肯如近世效石公一语[9]。使季木舍其为季木者，而以为石公，斯皎然所以初不见许于韦苏州者也[10]，亦乌在其为季木哉[11]！

季木居石公时，不肯为石公，则居于鳞时，亦必不肯为于鳞。季木后于鳞起济南。予与石公皆楚人，石公驳于鳞，而予推重季木，其义一也。假令后于鳞为诗者，人人如季木，石公可以无驳于鳞，以解夫楚人之为济南首难者[12]。

——选自陈少松选注《钟惺散文选集》，百花文艺出版社 2009 年版

【作者简介】

钟惺（1574—1624），明代文学家。字伯敬，号退谷，湖广竟陵（今湖北天门市）人。万历三十八年（1610）进士。曾任工部主事，万历四十四年（1616）与林古度登泰山。后官至福建提学佥事。不久辞官归乡，闭户读书，晚年入寺院。其为人严冷，不喜接俗客，由此得谢人事，研读史书。他与同里谭元春共选《唐诗归》和《古诗归》（见《诗归》），名扬一时，形成"竟陵派"，世称"钟谭"。总之，钟惺诗文主张反拟古，主性灵，有积极的一面。他的求新求奇文风，对传统散

文有所突破，与"公安派"一样，对晚明小品文的大量产生有一定的促进作用。而其狭窄的题材及情怀，艰涩幽冷的语言及文风，无疑也束缚了他在创作上取得更大的成就。清代曾将"公安""竟陵"之作列为禁书，诋毁排击甚烈。

【注释】

[1] 李于鳞：李攀龙（1514—1570），明代文学家。字于鳞，号沧溟，历城（山东省济南市）人。嘉靖二十三年（1544）进士，官至河南按察使。与王世贞同为"后七子"首领，承袭李梦阳、何景明等"前七子"的主张，认为"文自西京、诗自天宝以下，皆无足观"，极力倡导"文必秦汉，诗必盛唐"的文学复古运动。诗文多拟古之作。著有《沧溟集》。

[2] 嘉、隆：嘉靖和隆庆。嘉靖为明世宗朱厚熜的年号（1522—1566）。隆庆为朱载垕的年号（1567—1572）。步趋：意即亦步亦趋，形容紧紧追随和模仿别人。《庄子·田子方》："夫子步亦步，夫子趋亦趋，夫子驰亦驰。"

[3] 袁石公：袁宏道（1568—1610），字中郎，号石公，公安（今湖北省公安县）人。万历二十年（1592）进士，官终吏部稽勋郎中。与其兄袁宗道、弟袁中道并有才名，史称"公安三袁"。他是明代著名的文学家，"公安派"的创始者和中坚。在拟古诗风弥漫时，他首先高举反复古旗帜，提倡"独抒性灵，不拘格套"，自创清新轻俊之体。著有《袁中郎全集》。

[4] 与李氏首难者：向李攀龙首先发难的。

[5] 王季木：王象春（1578—1632），明代文学家。字季木，新城（今山东省济南市）人。万历三十八年（1610）进士，官至南京吏部考功郎中。后因喜欢议论政事，被罢官。他以诗自负，才气奔逸，又嫉恶如仇。钱谦益戏论其诗歌创作时说："如西域波罗门教邪师外道，自有门庭，终难皈依正法。"（《列朝诗集小传·王考功象春》）著有《问山亭诗》。

[6] 温、李：晚唐著名诗人温庭筠、李商隐。两人诗歌色彩秾丽，笔调柔婉，风格相近，故并称"温李"。温庭筠（812？—866），初名岐，字飞卿，太原祁

（今山西祁县）人。官至国子助教。后人辑有《温庭筠诗集》。李商隐（约813—约858），字义山。号玉谿生，又号樊南生。祖籍怀州河内（今河南省沁阳县），后迁居郑州荥阳（今属河南省）。文宗开成二年（837）进士，曾任县尉秘书郎和东川节度使判官等职。著有《李义山诗集》。

[7]飞翥（zhù）：轩昂飞举。蕴藉：从容含蓄。

[8]非复一致：指不局限于一种风格。

[9]初不：从来不。

[10]"斯皎然"句：谓这是皎然的诗起先不被韦应物读了以后称许的缘故。据唐代赵璘《因话录》卷二记载：皎然擅长律诗，一次去拜见韦应物，特地学写了十多首古体诗作为见面礼。韦应物读完之后不置可否，皎然很失望。第二天，皎然又写了律诗献上，韦应物咏诵之后大加赞赏，并对皎然说："你几乎失掉了原本应有的诗名。为什么一开始不把自己擅长的律诗送来，而要苟且学作，来迎合老夫之意呢？"皎然：唐代诗僧，俗姓谢，字清昼，吴兴（今属浙江省）人。生卒年不详。著有论诗专著《诗式》。韦苏州：韦应物（737—792或793），中唐著名诗人。京兆长安（今陕西省西安市）人。曾任苏州刺史，故称韦苏州。著有《韦苏州集》。

[11]"亦乌在"句：意谓他作为有自己面目的季木也就不存在了。乌在：何在，在哪儿。

[12]"以解夫"句：因此可以免除楚人是首先向济南李攀龙发难的这种说法。

【作品要解】

明代诗坛有种风气，每当出现一个新的流派，喜欢群起仿效，诗歌写作很快变得千人一面，万口一响。钟惺对此极为不满。在这篇为友人王季木诗集写的序文中，他肯定"公安派"代表作家袁宏道率先批判人人步趋"后七子"代表作家李攀龙的诗风功不可没，批评当今那些称诗者不能体察袁宏道的本意，纷纷步趋袁宏道，而对王季木"居石公时，不肯为石公"，独辟蹊径，自成一家，大加赞赏。文中钟惺提出的"势有穷而必变"的观点，指出文学流派的发展规律为首开风气者追随日盛，也滋生流派之衰，逐渐风消云散。钟惺在本文中发表的见解无疑是正确的，但要改变一种长期形成的风气并非易事。当"竟陵派"继"公安派"崛起后，海内称诗者又竞仿"钟谭体"，这实在有违于钟惺的本意。

游南岳记

谭元春

丙辰三月，谭子自念其为楚人，忽与蔡先生言："我且欲之岳[1]。"于是遂之岳。

湖南山水，舟恋其清[2]。次江潭，盟周子以静游[3]，周子许焉。谭子曰："善游岳者先望，善望岳者，逐步所移而望之。"雨望于渌口，月望于山门[4]，皆不见，谭子怅然，都市乃得见之，深于云一纸耳[5]。

将抵衡，触望庄栗[6]，空中欲分天。又望于县之郊庵，云顶一二片绽者，的的见缥碧[7]。又望于道中，万岭皆可数，然是前山，非郊庵所望缥碧者也。道中多古松，枫色绿其旁，听睹如意。行三十里，入岳坊，杂木乱植，新叶洗人[8]。步寻集贤院[9]，荫松息竹，一僧瘦净，良久始启扉，问周子何来。盖周子少时读书院中，扁尚有周楷姓字[10]。是日意有余，再往水帘洞，越陌踏涧，涧中乱石流影，闲花开之，举头见山岩间，忽忽摇白光者，水帘也。水倾如帘，霜雪同根[11]，下坐冲退石[12]，且卧焉，以仰察其所飞。返于庙，天乃雨。

明日又雨，登峰者危之[13]。驱车而上，不雨。及华严峰，晴在络丝潭。及潭，晴在玉板溪。及溪，晴在祝高峰。若与晴逐者。紫云洞以上，泉气白坟[14]，络纬轧轧[15]，潭名不谬。过潭无不泉者，左右交相生，或左右隐，或左右微断，惟玉板桥左右会[16]，草木阴其响[17]。离桥南折，频上绿影，小憩半山亭，游者颇自足。香炉、狮子、南台诸峰，皆莫能自立，鸟莫能自飞。再上，可折入铁佛庵矣，曰："留以快归路[18]。"又上，则湘南寺，意不欲往，遂不往。惟一入丹霞寺，栋宇飘摇，若欲及客之身。自此以上，云雾僦居，冬夏一气，屋往往莫能自坚，僧莫能自必[19]。谭子每值平台，俯纳晴朗，所曾经危耸，已有冈焉者、有壑焉者矣。广畴细畎[20]，水微明如江，江水亦莫能自大。出丹霞门外望，又有异同矣。渐仰幽径，穿草木花竹行，有怪松拙怪可笑，顾周子而笑之。愈北斗岭，岭盘为星，数步一折，足不遑措，颇以此生喘。转寻飞来船石，众石支扶一石，翱翔甫定[21]，衔尾卧其上，人从隙中过，见石上树如藤皮半存，青青自有叶。望讲经台，甚了然，遂不往。取旧路边山而下，指隔山上封寺。道有级路，趾斜垂蚁影，游人与云遇于途，云不畏人，趾穷，坦然得寺。僧火于衲，客依于炉。是时春夏交候，有虫无鸟，亭午弄旭，澹若夕照。由寺后上祝融峰顶，新庵旧祠，仙往客来，四顾止有数人，数人止，各据一石。晴漾其里，云缝其外，上如海，下如天，幻冥一色 [22]，心目无主，觉万丈之下，漠漠送声，极意形状之转不似。谭子顾周子语："奇光难再得，愿坚坐以待其定 [23]。"周子许焉。久之云动，有顷，后云追前云不及，遂失队。万云乘其罅 [24]，绕山左飞，飞尽日现，天地定位，下界山争以青翠供奉 [25]。四峰皆莫能自起，远湖近江，皆作一缕白。谭子持周子手，不能言。右下会仙桥，是青玉坛也。桥垂空外，架空中石，老松矫首桥下 [26]，倚试心石 [27]，不可以俯。乃复过上封，见歧路幽翠，仿佛若有奇，欲搜之，僧曰："此下观音岩矣，留为明日南台路。"宿诸寺，云有去者，星月雍然，磬声不壮。

晨趋望日台。艰难出浅雾于天海之间 [28]，稍焉，日脱于窔 [29]，山山云洗，乃搜所谓幽翠，若有奇者，观音岩也。寺阁光洁，有泉鼎鸣 [30]。自幽径左行，忽得来时路，祝融追随，下铁佛庵，乃不见，此皆所谓后山也。庵以下为兜率庵。下极复上，为已公岩。稍上，即又平，为福严寺。惟狮子、天柱相从最远，左方溪涧沟塍 [31]，时时宕人眼 [32]。因思来时路，南台左翼所峙者，香炉、狮子、赤帝诸峰，所望者特右之溪涧沟塍，虽南台火无昔观，要当补为归路也。出南台，松径豁整如前 [33]。初入衡山道，想其未火时，谭子怅然，已复自解。游人各自有会，如所憩兜率庵，大竹桐如笋皮半脱，泉喧喧静其右，僧引入阁上听泉，晴天雨注，凭轩对天柱峰，峰气静好，可直此一来耳。下退道坡，坡尽榛楚荒寂处 [34]，有阁触目，知为紫虚阁。迹之道士樵，扃户 [35]，攀檐端，接魏夫人飞仙石，石盘空外，势出香林，高松寒覆，而溪声曲细，上合其涛。道士既不归，子亦去，与周子订方广游，周子许焉。于是遂以明日往。

初行平壤十余里，溪山效韵 [36]，望昨所为诸峰皆不见，无论祝融。陟岭 [37]，得疏林，云有须弥寺，意不欲往，遂不往。须弥而上，向背高低不一。沙边有石，石隙有泉，泉旁有壑，壑下复有奔响，响上有树，树间有花草青红光，光中又有飞流杂波，流急处有桥，桥上下皆有阴，阴内外有幽鸟啼。水可见则水响，不见水则汩汩中树响[38]。万树茂一山，则山暗，一山或未能丛，则两山映之使暗。崖石森沈[39]，多如幽斋结构。至于水蒲溪毛[40]，宛其盆秀[41]。步步怀新[42]，度三十余里，声影光三绝。惟至半道，缓行蔽翳间[43]，左右条叶，随目俱深，表里洞密[44]，有心斯肃[45]。谭子视周子良久，卒不能发一言。此山中，太阳易夕，壁无返照，小憩岭端，望之莲形若浸。瞑投方广寺，林火鸿濛[46]，泉鸟惊心。僧引至殿旁，折入禅栖，廊下忽度桥，泉声又自桥出。所宿处聒聒然，与来路莫辨。

晓起即出寺西，由林泉夹道中，过洗衲池，梁惠海尊者洗衲处。一石卧水面，旁守以大石，乱流汇泻，声上林间。石去地数寸耳，不能帘[47]，而亦依稀作帘光。稍进，为尊者补衲石，近人因其势，上置台，题曰"啸"，予易以"恋响"。恋响者，恋洗衲以下水石樕薄之响也[48]，然亦任人各领之[49]。又西高径山开，可入天台寺，意不欲往，遂不往，惟坐起林边水边，自西历东，低回澄涑而已[50]。如是者三往返。俗人知好，僮仆共清[51]。乃出方广路，天乃雨。影响无一增减，但初至重径，略有异同。当此之时，虎留迹，鹿争途，猿啼一声即止，蝶飞无算，似知春尽者。谭子怅然。

明日不雨，乃出岳。善辞岳者，亦逐步回首而望之。

——选自陈杏珍校注《谭元春集》，上海古籍出版社1998年版

【作者简介】

谭元春，生平简介见前文。

【注释】

[1]之：往。

[2]舟恋其清：言湖南之水清澈可爱，舟船也为之留恋。

[3]盟：约请。周以静：作者友人。

[4]"雨望"二句：雨中在渌口望南岳，月夜又在山门望南岳。渌口：在今湖南省株洲市。

[5]深于云一纸：深远过于一纸云烟。

[6]庄栗：庄严。

[7]的的：光亮、鲜明貌。缥（piǎo）碧：浅青色。

[8]洗人：形容树叶颜色鲜翠，令人清新。

[9]集贤院：即集贤书院。

[10]扁：通"匾"。

[11]霜雪同根：形容瀑布水色白如霜雪。

[12]冲退：谦让。此指不慕仕途、崇尚隐逸的情志。

[13]危：意动用法，觉得危险。

[14]坟：耸。

[15]络纬：虫名，即莎鸡。轧轧（yà）：象声词。

[16]会：此指两水相汇合。

[17]阴：覆盖于上。

[18]留以快归路：意谓先不游览铁佛庵，待返回时再去踏访，以作快意之事。

[19]自必：自己坚信。此指僧人不能保证房屋不倾塌。

[20]畴（chóu）：田地。畎（quǎn）：田地间的沟。

[21]甫：刚刚。

[22]幻冥：变幻昏暗。

[23]坚坐：久坐。

[24]罅（xià）：缝隙。

[25]供奉：奉献、呈送。此处为拟人修辞，指景色青翠，争先呈现在游客眼前。

[26]矫首：举起头。

[27]试心石：传说中试验人心真伪的石头。

[28]艰难：形容日出的缓慢。

[29] 日脱于窨：指旭日渐高，升出云海之间。

[30] 有泉鼎鸣：指泉水流动如鼎沸声。

[31] 塍（chéng）：田间土埂，小堤。

[32] 宕：此指光色荡漾。

[33] 豁整：明朗整饬。

[34] 榛楚：丛木。

[35] 扃（jiōng）：关闭。

[36] 效韵：呈献韵致。

[37] 陟（zhì）：登。

[38] 汩汩：流水声。中：通"草"。

[39] 森沈：亦作"森沉"，幽暗阴沉。

[40] 溪毛：水草。

[41] 盆秀：盆中栽种的秀丽花木。

[42] 步步怀新：指美景目不暇接，触目皆新。

[43] 蔽翳：树木交遮形成的树荫。

[44] 洞密：枝叶繁密透彻。

[45] 斯肃：斯，助词。肃，恭敬。

[46] 鸿濛：模糊。

[47] 不能帘：意思是石头低矮，流经的泉水形不成水帘。

[48] 樾薄：形容水声清凉细微。

[49] 领：体会，领悟。

[50] 澄竦：澄心竦志。形容景色令人心灵或安静或惊奇。

[51] 僮仆共清：意思是佳景能让尘俗之人清雅。

【作品要解】

此文为谭元春与友人周楷同游湖南南岳衡山之后写的游记。此文采用正面铺叙的手法，以游踪为线索，描写沿途的山色风光，渐次展现衡山的雄浑之貌和优美景致，寄寓了对楚地衡山的喜爱之情，表现了寄情山水的轻灵与洒脱。

作者在游历衡山之前，先写身为楚人对楚地衡山的向往之情。再写游历衡山之望衡山，欲望而不得见，怅然若有所失，将抵衡山才得望见。先"触望庄栗"，再"望于县之郊庵"，再"望于道中"，三望之后才得入岳坊，衡山之景才由远及近渐入眼帘。此种写法欲扬先抑，一波三折，追随作者的心、目、足渐次展开衡山的都市所见、郊庵所见、道中所见、山中所见。周子与僧侣问答穿插其中，移步换景，人与景谐，景随人动，愈显景之致。以后数日，目光追随作者的脚步，移步换景于衡山七十二峰之间，或登危于华严峰、祝高峰、祝融峰、天柱峰，或晴逐于络丝潭、玉板溪、紫云洞，或小憩于半山亭、铁佛庵、丹霞寺、兜率庵，怪松盘岭，云雾傲居，俯纳晴朗，幻冥一色。或晨趋望日台、观音岩，或游走于衡山道、林泉夹道，或晓出方广寺、过洗衲池，泉涧沟壑，疏林条叶，林火鸿蒙，低回澄辣。山中之雨，时断时续；虎鹿鸟蝶，时现时隐；红花绿柳，时阴时阳；壑岭泉涧，时高时低；僧侣友人，时动时静，恍如一幅幅生动的水墨画。作者穿行于水墨画中登峰赏泉之际，一望香炉、狮子、赤帝诸峰之溪涧沟塍，二望诸峰之所不见，三望山中岭端莲形若浸，四逐步回首望衡山之不舍；一怅于衡山道而自解，二怅于猿啼蝶飞知春尽；一与周子视良久而不能发一言。四望、二怅、一不语，与前文望衡山相呼应，抒发对衡山景物的喜爱之情。

全文轻巧倩丽，坦率自然，精巧蕴深，细致描绘了游南岳的全程，细致展现了南岳衡山的群峰叠衬、泉鸟惊心，读其文随其步，恍若置身其中，流连忘返。

狱中上母书

夏完淳

不孝完淳，今日死矣[1]。以身殉父，不得以身报母矣。痛自严君见背[2]，两易春秋[3]，冤酷日深[4]，艰辛历尽。本图复见天日[5]，以报大仇，恤死荣生[6]，告成黄土[7]。奈天不佑我，钟虐明朝[8]，一旅才兴[9]，便成齑粉[10]。去年之举[11]，淳已自分必死[12]，谁知不死，死于今日也！斤斤延此二年之命[13]，菽水之养，无一日焉[14]。致慈君托迹于空门[15]，生母寄生于别姓[16]，一门漂泊，生不得相依，死不得相问。淳今日又溘然先从九京[17]，不孝之罪，上通于天。

呜呼！双慈在堂[18]，下有妹女，门祚衰薄[19]，终鲜兄弟[20]。淳一死不足惜，哀哀八口，何以为生！虽然，已矣！淳之身，父之所遗；淳之身，君之所用。为父为君，死亦何负于双慈！但慈君推干就湿[21]，教礼习诗，十五年如一日。嫡母慈惠，千古所难。大恩未酬，令人痛绝。慈君托之义融女兄[22]，生母托之昭南女弟[23]。

淳死之后，新妇遗腹得雄[24]，便以为家门之幸；如其不然，万勿置后[25]。会稽大望[26]，至今而零极矣[27]。节义文章，如我父子者几人哉！立一不肖后，如西铭先生[28]，为人所诟笑，何如不立之为愈耶！呜呼！大造茫茫，总归无后[29]。有一日中兴再造，则庙食千秋，岂止麦饭豚蹄不为馁鬼而已哉[30]！若有妄言立后者，淳且与先文忠在冥冥诛殛顽嚚[31]，决不肯舍！

兵戈天地，淳死后，乱且未有定期。双慈善保玉体，无以淳为念。二十年后，淳且与先文忠为北塞之举矣[32]。勿悲，勿悲。相托之言，慎勿相负！

武功甥将来大器[33]，家事尽以委之。寒食盂兰[34]，一杯清酒，一盏寒灯，不至作若敖之鬼[35]，则吾愿毕矣。新妇结褵二年[36]，贤孝素著。武功甥好为我善待之。亦武功渭阳情也[37]。语无伦次，将死言善[38]。痛哉，痛哉！

人生孰无死，贵得死所耳。父得为忠臣，子得为孝子，含笑归太虚[39]，了我分内事。大道本无生[40]，视身若敝屣[41]，但为气所激[42]，缘悟天人理[43]。恶梦十七年，报仇于来世。神游天地间，可以无愧矣！

——选自白坚校笺《夏完淳集》，上海古籍出版社 2016 年版

【作者简介】

夏完淳（1631—1647），乳名端哥，别名复，字存古，号小隐，又号灵首。松江府华亭县（今上海市松江区）人，祖籍浙江会稽。明末（南明）诗人，抗清英雄。父亲夏允彝，江南名士。老师陈子龙，抗清将领。夏完淳幼聪慧，"五岁知五经，七岁能诗文"，14岁从军征战抗清，17岁英勇就义。弘光元年其父江南领兵激战，战败自杀殉国后，夏完淳和陈子龙继续抗清，兵败被俘，不屈而死，年仅16岁。殉国前怒斥了洪承畴一事，称名于世。

【注释】

[1] 不孝：作者自称。过去在写给父母的信件中或祭奠父母的悼词中，普遍地自称"不孝（子）"。

[2] 严君：对父亲的敬称。见背：去世。

[3] 两易春秋：换了两次春秋，即过了两年。作者父亲在两年前——弘光元年（1645）殉国。

[4] 冤酷：冤仇与惨痛。

[5] 复见天日：指恢复明朝。

[6] 恤死荣生：使死去的人（指其父）得到抚恤，使活着的人（指其母）得到荣封。

[7] 告成黄土：把复国成功的事向祖先的坟墓祭告。

[8] 钟：聚集。虐：指上天惩罚。

[9] 一旅：指吴易的抗清军队刚刚崛起。夏完淳参加了吴易的军队，担任参谋。

[10] 齑（jī）粉：碎粉末。这里比喻被击溃。

[11] 去年之举：指隆武二年（1646）起兵抗清失败事。吴易兵败后，夏完淳只身流亡。

[12] 自分：自料。

[13]斤斤：仅仅。

[14]菽水之养：代指对父母的供养。语出《礼记·檀弓下》："啜菽饮水尽其欢，斯之谓孝。"

[15]慈君：作者的嫡母盛氏。托迹：藏身。空门：佛门。

[16]生母：作者生母陆氏，是夏允彝的妾。寄生：寄居。

[17]溘（kè）然：忽然。从：追随。九京：泛指墓地。

[18]双慈：嫡母与生母。

[19]门祚（zuò）：家运。

[20]终鲜兄弟：这里指没有兄弟。

[21]推干就湿：把床上干处让给幼儿，自己睡在湿处，指母亲抚育子女的辛劳。

[22]义融女兄：作者的姐姐夏淑吉，号义融。

[23]昭南女弟：作者的妹妹夏惠吉，号昭南。

[24]新妇：这里指作者的妻子。雄：男孩。

[25]置后：抱养别人的孩子为后嗣。

[26]会稽大望：这里指夏姓大族。古代传说，夏禹曾会诸侯于会稽。于是后来会稽姓夏的人就说禹是他们的祖先。

[27]零极：零落到极点。

[28]西铭先生：张溥，别号西铭。明末文学家，复社的领袖。死于崇祯十四年（1641），无后，次年由钱谦益等代为立嗣。钱谦益后来投降了清朝。人们认为这有损张溥的名节。

[29]"大造"两句：如果上天不明，让明朝灭亡了，那么即使自己有后，也会被杀，终归无后。大造：造化，指天。茫茫：不明。

[30]"有一日"三句：将来如果明朝恢复自己为抗清而死，纵或无后，也将万古千秋地受人祭祀，何止像普通人那样只享受简单的祭品，不会做饿死鬼呢？中兴再造：指明朝恢复。庙食：指鬼神在祠庙里享受祭祀。麦饭豚蹄：指简单的祭品。馁（něi）鬼：挨饿的鬼。

[31]文忠：夏允彝死后，南明鲁王谥为文忠公。冥冥：阴间。诛殛（jí）：诛

杀。顽嚚（wán yín）：愚顽而多言不正的人。

[32]"二十年后"二句：意思是如果死后再度为人，那么二十年后，还要与父亲在北方起兵反清。

[33]武功甥：指作者姐姐夏淑吉的儿子侯檠，字武功。大器：大材。

[34]寒食：这里指清明节，是人们上坟祭祖的时节。盂兰：旧俗的农历七月十五日燃灯祭祀，超度鬼魂，称盂兰盆会。

[35]若敖之鬼：没有后嗣按时祭祀的饿鬼。若敖：若敖氏，春秋时楚国公族名。这一族的后代令尹子文看到族人子越椒行为不正，估计他可能会给整个家庭带来灾难，临死前，对族人哭着说："鬼犹求食，若敖氏之鬼，不其馁而。"后来，若敖氏终于因为越椒叛楚而被灭了全族。

[36]结褵（lí）：代指成婚。

[37]渭阳情：指甥舅之间的情谊。《诗经·秦风·渭阳》有"我送舅氏，曰至渭阳"句。据说是写晋公子重耳出亡，秦穆公收容他做晋君送他归国时，他的外甥康公送他到渭水之阳，作诗赠别。后世遂用渭阳比喻甥舅。

[38]将死言善：语出《论语·泰伯》："人之将死，其言也善。"

[39]太虚：天。

[40]"大道"句：依照道家的说法，人本来是从无而生，死后又归于无。

[41]敝屣（xǐ）：破草鞋。

[42]气：正义之气，激：激发。

[43]"缘悟"句：因为明了了天意与人事的关系。

【作品要解】

这篇文章是夏完淳太湖起兵抗清失败关押南京狱中，在行刑前给嫡母和生母写的绝笔信，信中历述国事、家事、身后事，既表露了对家人的不舍和愧疚之情，更表现了视死如归的英雄气概。

自古忠孝难两全，文章围绕家与国、生与义两对矛盾，抒发作者"以身殉父，不得以身报母"的遗憾愧疚和至死不渝。作者一方面为报国君之恩，恤死荣生，舍生取义，至死不渝；但另一方面，双慈在世，新妇遗腹，哀哀八口，心中牵挂，百转回肠。在忠孝难两全的矛盾中，作者感念嫡母和生母，十五年如一日的教养之恩；愧负于无一日啜菽饮水尽其欢，致嫡母托迹于空门，生母寄托于别姓。但国破家亡已难取舍，一己之身只能取国舍家，先报国恩、君恩、父恩，感叹家门衰薄，兄弟无以为继，只能恳请其姐抚养嫡母，嘱其妹侍奉生母，并一再告念双慈勿为己悲，勿为己念。除却双慈，家中尚有怀孕的妻子等哀哀八口，使之牵肠挂肚，临终之前，一一托付，并谆谆于西铭先生的前车之鉴，勿过继立嗣，以保家门忠义之风。

作者在"报国""殉父""报母"的取舍中，自省自责于不能承欢于双慈，不孝通于天，但在其事无巨细的托付中，却可见其孝心恰可通于天。特别在国破家亡的社会背景下，作者以报国之情突破一家之私，壮志未酬身先死，虽愧对双慈，却无愧于严君，无愧于家国，只希望自己死得其所，家国之仇来世得报。"人生孰无死，贵得死所耳"的坚贞不屈的民族气节，大义凛然，动人心魄。

这篇文章融家庭琐事与国家大事，骨肉之情和民族大义于一体，在家国之恩、亡父之义和双慈之孝的取舍中，表达了作者对未报双慈之恩的感愧，抒发了他为国捐躯，视死如归的民族大义和坚贞不屈的民族精神，洋溢着浩然正义和爱国情怀，字字血泪，感人肺腑。

词

明代文学作品选

水龙吟

　　鸡鸣风雨潇潇[1]，侧身天地无刘表[2]。啼鹃进泪，落花飘恨，断魂飞绕。月暗云霄，星沉烟水，角声清袅[3]。问登楼王粲，镜中白发，今宵又添多少？

　　极目乡关何处，渺青山、髻螺低小[4]。几回好梦，随风归去，被渠遮了。宝瑟弦僵，玉笙簧冷，冥鸿天杪[5]。但侵阶莎草，满庭绿树，不知昏晓。

——选自林家骊点校《刘基集》，浙江古籍出版社 1999 年版

【作者简介】

　　刘基，生平简介见前文。

【注释】

　　[1]鸡鸣：鸡叫。常指天明之前。《诗·郑风·风雨》："风雨凄凄，鸡鸣喈喈。"

　　[2]侧身：即厕身，置身。

　　[3]清袅（niǎo）：悠扬婉转。

　　[4]髻螺：盘旋如螺状的发髻。元张可久《凭阑人·席上分题》曲："妆淡亭亭堆髻螺，歌缓盈盈停眼波。"

　　[5]冥鸿：高飞的鸿雁。后以"冥鸿"喻避世隐居之士，或者比喻高才之士或有远大理想的人。唐李贺《高轩过》诗："我今垂翅附冥鸿，他日不羞蛇作龙。"天杪（miǎo）：犹天际。宋张先《熙州慢·赠述古》词："潇湘故人未归，但目送游云孤鸟。际天杪，离情尽寄芳草。"

【作品要解】

刘基是明代开国功臣之一，诗词文兼长。虽在元朝博取功名，但生逢元末动荡之际，仕途颇不顺利，屡受排抑，于是怒而弃官，归隐伏匿。后出而辅佐明太祖朱元璋，平定天下。徐珂云："伯温为元进士，入明以佐命功显，封诚意伯，此词为未遇时作。"抒发了对元末动乱之秋的忧虑与思乡之情。词上片用刘表、王粲事，抒写报国无门、怀才不遇的愤懑，也表现了对时局的深深忧虑。"鸡鸣风雨潇潇"，《诗经·郑风·风雨》写思妇思念征人，其有句云："风雨潇潇，鸡鸣胶胶。"词人正借用此意，表达乱世思念君子的忧怀。"侧身天地无刘表"一句点出所谓乱世君子，正像刘表其人。刘表为汉时荆州牧，在中原混战不休的时期，他治下的荆州地区比较安宁，故士民多归附之。"啼鹃迸泪，落花飘恨，断魂飞绕。月暗云霄，星沉烟水，角声清嫋"句以"啼鹃""落花""月暗""星沉"等意象，极写词人的忧愤之情。接下来"问登楼王粲，镜中白发，今宵又添多少"句与承上所及的刘表相呼应。王粲为"建安七子"之一，因董卓之乱，避难荆州，曾作《登楼赋》以抒其怀才不遇之感，后为刘表所赏识见用。此处词人以王粲自况，抒写对国家前途的忧虑。下片承"登楼"之意而来，抒写由不遇之叹而引发的思乡之情。"极目乡关何处，渺青山髻螺低小。几回好梦，随风归去，被渠遮了"。"髻螺"指盘旋如螺状的发髻，这里指苍翠的远山，词人极目远眺，希望能够看见故乡，多少次重回故乡的清梦，均被这层层叠叠的山峦遮挡。"宝瑟弦僵，玉笙指冷，冥鸿天杪"。虽宝瑟、玉笙，也难以奏响来排解心中的愁绪忧思，只能目送归鸿隐没于天际。词末句转到眼前之景，"但侵阶莎草，满庭绿树，不知昏晓"。莎草布满台阶，绿树满庭，却难辨晨昏，喻示着词人对前程渺茫的怅惘之情。

沁园春

雁

高 启

　　木落时来，花发时归，年又一年。记南楼望信，夕阳帘外，西窗惊梦，夜雨灯前。写月书斜，战霜阵整，横破潇湘万里天。风吹断，见两三低去，似落筝弦。相呼共宿寒烟。想只在、芦花浅水边。恨呜呜戍角，忽催飞起，悠悠渔火，长照愁眠。陇塞间关，江湖冷落，莫恋遗粮犹在田。须高举，教弋人空慕[1]，云海茫然。

——选自夏承焘、张璋《金元明清词选》，人民文学出版社 1983 年版

【作者简介】

　　高启，生平简介见前文。

【注释】

　　[1]弋：用带丝绳的箭来射。弋人：涉猎者。《诗·郑风·女曰鸡鸣》："将翱将翔，弋凫与雁。"郑玄笺："弋，缴射也。"唐李绅《翡翠坞》诗："弹射莫及弋不得，日暮虞人空叹息。"

【作品要解】

这是一首咏物抒怀的佳作。开篇三句,"木落时来,花发时归,年又一年",说大雁在草木凋落的秋季飞来,来年百花初绽时节归去,春去秋来年复一年。

接下来词人描述了对大雁的关切和盼望。"记南楼望信,夕阳帘外,西窗惊梦,夜雨灯前"。南楼,其面朝北,正对大雁飞回的方向;"西窗""夜雨"则化用唐代诗人李商隐《夜雨寄北》诗中"何当共剪西窗烛,却话巴山夜雨时"二句。意为期盼着南归之雁能够捎来故乡书信的人,夕阳中搴帘南楼,却难觅大雁的踪影,夜半惊起,似闻雁过之声,却南柯一梦,醒来惟有孤灯相伴而已。"写月书斜,战霜阵整,横破潇湘万里天。风吹断,见两三低去,似落筝弦"等句叙写大雁于月夜星空之中横贯天际的姿态。群雁常以"人"队列飞行,故曰"写月书斜","战霜"则是说大雁回归之路的艰险和遥远。潇湘二水在湘中交汇,衡阳回雁峰正在此处,据说大雁南飞至此而止,唐钱起《雁》诗"潇湘何事等闲回"正命此意。"风吹断,见两三低去,似落筝弦"句是说雁阵不幸被狂风吹断,三三两两地向地面落去,好像筝柱斜斜地排列在筝面上。古人习以雁形容筝柱,如李商隐《昨日》诗:"十三弦柱雁行斜。"此处将群雁降落的姿态喻为筝弦,工稳贴切。

下片主要是借物抒怀。"相呼共宿寒烟。想只在、芦花浅水边。恨呜呜戍角,忽催飞起,悠悠渔火,长照愁眠"。雁群栖息在寒烟笼罩的水边,因为戍角声突然响起,迫使它们匆忙迁徙,难得安宁。这里化用张继《枫桥夜泊》"江枫渔火对愁眠"句。这句的意思是写雁群不敢安息。"陇塞间关,江湖冷落,莫恋遗粮犹在田"中的"陇塞"指边关。此句子意思为边关虽艰险,江湖旷野虽冷落,但切不可贪恋田中的遗粮。"须高举,教弋人空慕,云海茫然"。"高举"是说高飞;弋人,指射猎者。杨子《法言》云:"鸿飞冥冥,弋人何慕焉。"词人认为,雁群应远走高飞,方能全身远祸。此句虽不离雁,实际上是借物咏怀。词人由元入明,此时群雄并立,他身处动乱之中。究竟如何去取,词人一时难以定夺,故有借对雁的吟咏,表现自己的矛盾心态。他觉得自己也须如大雁那样遁走远去，退隐于田园山水之间，以全身远祸。这首词的艺术成就很高，咏物不脱不粘，不露不晦，恰到好处。《四库全书总目提要》称："特其模仿古调之中，自有精神意象存乎其间。"

临江仙

《廿一史弹词》第三段说秦汉开场词[1]

杨 慎

滚滚长江东逝水，浪花淘尽英雄。是非成败转头空。青山依旧在，几度夕阳红。白发渔樵江渚上[2]，惯看秋月春风。一壶浊酒喜相逢。古今多少事，都付笑谈中。

——选自夏承焘、张璋《金元明清词选》，人民文学出版社 1983 年版

【作者简介】

杨慎（1488—1559），字用修，号升庵，四川新都人。明武宗正德六年（1511）进士第一，授翰林修撰。武宗微行，始出居庸关，慎抗疏切谏。世宗嗣位，起充经筵讲官。嘉靖三年（1524），杨慎因不愿与桂萼、张璁同列，偕廷臣力谏，撼门大哭，声彻殿庭，触怒嘉靖皇帝，悉下诏狱，廷杖之，并谪戍云南永昌卫三十余年。帝恶之特甚，每问慎在滇作何状，阁臣以老病对，乃稍解。慎闻之，益纵酒自放。慎幼警敏，十一岁能诗。十二拟作《古战场文》《过秦论》，长老惊异。入京，赋《黄叶诗》，李东阳见而嗟赏，令受业门下。既投荒多暇，书无所不览。尝语人曰："资性不足恃。日新德业，当自学问中来。"故好学穷理，老而弥笃。明世记诵之博，著作之富，推慎为第一。诗文外，杂著至一百余种，并行于世。隆庆初，赠光禄少卿。天启中，追谥文宪。有《升庵集》兼工散曲，《有陶情乐府》，又曾撰《词品》。词则华美流利，讲究情致。

【注释】

[1]杨慎有《二十一史弹词》，又名《历代史略十段锦词话》，其唱文均为十字句。以诗词结合之方法评述各朝各代之兴亡及得失。全书分为两卷，析为十段，每段每以西江月、南乡子、临江仙等词调开始，段末则以一诗作结。本词即是第三段"说秦汉"之开场词。

[2]渔樵：渔人和樵夫。唐王维《桃源行》："平明闾巷扫花开，薄暮渔樵乘水入。"江渚：江中小洲，亦指江边。

【作品要解】

此词是《二十一史弹词》第三段"说秦汉"的开场词。起句"滚滚长江东逝水，浪花淘尽英雄"一句便化用了苏东坡《念奴娇》"大江东去，浪淘尽，千古风流人物"词意，把历史和人生置于时光的长河之中观照，以此形象地展示历史的发展和人物的命运。长江滚滚，奔腾不息，而与此相对照的是历史人物的人生，即使是英雄、豪杰，也禁不过岁月的淘洗，百年之后也不过是黄土一抔，烟消云散。由此引出下句，"是非成败转头空"，无数人争名夺利，无数次的朝代更迭，在自然规律的操控之下，最终都变成了一场"空"。人间事没有什么是永恒存在的，只有"青山依旧在，几度夕阳红"——青山与夕阳日复一日，年复一年，随着岁月的脚步流转，生生不息，沉默而长久地注视着人间大地。唐代诗人张若虚著名的《春江花月夜》也表达了类似的感慨："人生代代无穷已，江月年年望相似。"上片以写景作结，也开启下片首句"白发渔樵江渚上，惯看秋月春风"。在不可违拗的自然规律面前，人能够做些什么呢？似乎一切都不可为。而能够领略生命存在的本真意义，莫过于白发渔樵，身在名利场之外，侣鱼虾而友麋鹿，超然物外，冷眼旁观。在秋月春风中寻找和体会人生的快乐和价值。至此，词人旷达的襟胸昭然若揭。下片以"一壶浊酒喜相逢。古今多少事，都付笑谈中"作结，将词人对生命的体认更向前推进一层。浊酒一壶，友朋相聚，将形形色色的世人在历史中的表演尽收眼底，付与一片轻松明快的笑谈之中。这是对历史最好的总结，悠然而至，余韵无穷。清人丁绍仪在《听秋声馆词话》中曾以"清空"二字称赞该词，言之不谬，极有见地。

词

唐多令

寒　食^[1]

陈子龙

碧草带芳林，寒塘涨水深^[2]，五更风雨断遥岑^[3]。雨下飞花花上泪，吹不去，两难禁。双缕绣盘金^[4]，平沙油壁侵^[5]，宫人斜外柳阴阴^[6]。回首西陵松柏路^[6]，肠断也，结同心。

——选自夏承焘、张璋《金元明清词选》，人民文学出版社 1983 年版

【作者简介】

陈子龙（1608—1647），字卧子，号大樽，松江华亭（今上海松江）人，生有异才，工举子业，兼治诗赋古文，取法魏、晋，骈体尤精妙。明崇祯十年进士，南明时为抗清将领。曾与夏允彝、徐孚远、王光承等组织"几社"，与"复社"相应。其文学主张继承"后七子"传统，有复古思想。清兵南下后所作诗歌感时伤事，悲愤苍凉，亦能词。有《陈忠裕公全集》。

【注释】

[1]寒食：节日名，清明前一日或二日。相传春秋时晋文公负其功臣介之推。介愤而隐于绵山。文公悔悟，烧山逼令出仕，之推抱树焚死。人们同情介之推的遭遇，相约于其忌日禁火冷食，以为悼念。以后相沿成俗，谓之寒食。有地亦称清明为寒食。唐韩翃《寒食》诗："春城无处不飞花，寒食东风御柳斜。"

[2]芳林：指春日之树木。《初学记》卷三引南朝梁元帝《纂要》："春日青阳……木曰华木、华树、芳林、芳树。"寒塘：寒冷的池塘。唐王维《奉寄韦太守

陟》诗：“寒塘映衰草，高馆落疏桐。”

[3]遥岑：远处陡峭的小山崖。唐韩愈孟郊《城南联句》：“遥岑出寸碧，远目增双明。”

[4]盘金：用金线在绣品图案上再加工。

[5]平沙：广阔的沙原。唐张仲素《塞下曲》：“朔雪飘飘开雁门，平沙历乱转蓬根。”油壁：即油壁车，古人乘坐的一种车子，省称“油壁”。据《西湖佳话·西泠韵迹》：“（苏小小）遂叫人去制造一驾小小的香车来乘坐，四围有幔幕垂垂，遂命名为油壁车。”金元好问《芳华怨》诗：“小小油壁车，轧轧出东华。”

[6]宫人斜：古代宫人的墓地。宋宋敏求《春明退朝录》卷上：“唐内人墓谓之宫人斜，四仲遣使者祭之。”元杨维桢《钱塘怀古率堵无傲同赋》诗：“惟有宫人斜畔月，多情还自照吹箫。”

[7]西陵：陵墓名。南朝齐钱塘名妓苏小小的墓。唐罗隐《江南行》：“西陵路边月悄悄，油壁轻车苏小小。”

【作品要解】

此词以叙写闺怨抒发亡国之痛。据王沄《陈子龙年谱续》载，此词作于1647年春，当时陈子龙欲结太湖兵举事，事露被获，乘间投水死之前而作，故为其绝笔。同时尚有另外一首《二郎神·清明感旧》。此时，南明政权前景业已一片黯淡，匿于江南的陈子龙正日思恢复之计。起首三句“碧草带芳林，寒塘涨水深，五更风雨断遥岑”，叙写寒食日清晨的景色：虽春寒料峭，但已碧草连茵，芳林成阵，只是池塘的池水仍给人彻骨的寒意。恰五更时分，风雨骤作，遮蔽了远处的山丘。“雨下飞花花上泪，吹不去，两难禁”，在凄风冷雨的侵袭之下，早春的花被吹打得七零八落，片片花瓣飞旋落下，沾着的雨水就像花朵被迫离开枝头而淌下的泪水。即使那些幸存在枝头的花儿，是否还能经受几次这样的风雨呢？乍现的春光皆被无情的风雨摧毁了，在沉重的哀痛之中，词人寄寓了对朝廷命运的巨大担忧。词的下片转为抒情，“双缕绣盘金，平沙

93

油壁侵，宫人斜外柳阴阴"。既已春残花谢，风雨如晦，词人却盛装出游，身着彩衣，油壁轻车，然而，他此行将欲何往呢？是否亦如当年的苏小小出行那样："妾乘油壁车，郎骑青骢马。何处结同心，西陵松柏下？"如果是那样的话，恐怕就要令人失望了。因为目之所及，惟有在惨淡的柳荫笼罩之下的，成片的埋葬着宫女的墓地而已。"回首西陵松柏路，肠断也，结同心"，遥想当年的情事，虽有永结同心之山盟海誓，如今只能让人绝望，让人痛断肝肠，因为一切都不可能再回到当初了。此词寄寓极深，表面上是叙写一场闺怨情事，但实际上表达的是词人内心所埋藏的绝望和哀挽之情。陈子龙亦曾云："寄之离人思妇，必有甚深之思，而过情之怨，甚于后世者。"此词正为此语注解。

长亭怨

与李天生冬夜宿雁门关作 [1]

屈大均

记烧烛雁门高处。积雪封城，冻云迷路 [2]。添尽香煤 [3]，紫貂相拥夜深语。苦寒如许。难和尔，凄凉句。一片望乡愁，饮不醉，垆头驼乳。无处。问长城旧主。但见武灵遗墓。沙飞似箭，乱穿向草中狐兔。那能使口北关南，更重作并州门户。且莫吊沙场，收拾秦弓归去 [4]。

——选自叶恭绰《全清词钞》卷一，中华书局 1982 年版

【作者简介】

屈大均（1630—1696），初名绍隆，字介子，一字翁山、令君，广东番禺人。明末诸生，从陈邦彦学。南明桂王永历元年（1647），清兵南下，屈大均随陈邦彦起义。失败后削发为僧，不久还俗，北上游历，与顾炎武等人交往。与陈恭尹、梁佩兰并称"岭南三大家"，而以屈大均影响最大。向以屈原后代自居，学屈原和《离骚》，兼学李白、杜甫，诗歌奔放纵横，激荡昂扬，于雄壮中飞腾驰骋，豪气勃勃，亦工词。有《翁山诗外》《翁山文外》，词集单行者《道援堂词》等。

【注释】

[1]李天生：即李因笃（1632—1692），字子德，一字孔德，号天生，陕西富平东乡（今富平薛镇韩家村）人。幼聪敏，精于经史、音韵，长于诗词，为明清之际教育家、思想家、诗人。雁门关：在山西省代县北部。长城重要关口之一。唐于雁门山顶置关，明初移筑今址。向为山西南北交通要冲。唐李白《古风》之

六："昔别雁门关，今戍龙庭前。"王琦注："《山西通志》：'雁门山在代州北三十五里，双阙陡绝，雁欲过者必由此径，故名。一名雁门塞。依山立关，谓之雁门关。'"亦省作"雁关""雁门"。

[2]冻云：严冬的阴云。宋陆游《好事近》词："扶杖冻云深处，探溪梅消息。"

[3]香煤：古代妇女用以画眉的化妆品。金元好问《眉》诗之二："石绿香煤浅淡间，多情常带楚梅酸。"

[4]秦弓：指古时秦地所产的弓。《楚辞·九歌·国殇》："带长剑兮挟秦弓，首身离兮心不惩。"

【作品要解】

此词作于屈大均寄居山西代州时，是与友人、秦中名士李因笃饮酒唱和之作。上片叙写与李因笃冬夜垆头饮酒的情景。"烧烛"即秉烛夜谈，词人在积雪封城、寒风呼啸的冬夜与友人拥垆对饮，互相唱和。或许因李词过于凄凉悲怆，词人竟一时难以相和，故云"难和尔，凄凉句"。二人本以对饮浇愁，无奈驼奶酒却无法使人沉醉，故胸中所积块垒难以顿消。下片宕开词意，回顾所处之地的历史风烟。"问长城旧主。但见武灵遗墓"是指战国时的赵武灵王，胡服骑射，锐意改革，使北方少数民族不敢南下数十年之久。然而如赵武灵王那样的功业，如今已经随着岁月的流逝，烟消云散，此地空余荒冢一片。而今乱世流离，国事衰微，明君不再，不禁令人扼腕。接下来叙景，"沙飞似箭，乱穿向草中狐兔"。语带双关，既是描写北地气候寒酷，也恨不得将风卷的黄沙变成御敌的利器。也许只有如此，才能"那能使口北关南，更重作并州门户"。口北关南均是北方要塞之地，希望能够恢复它们关口门户的作用。然而大势已去，这一切几乎变得不可能了，更寓悲愤之情。结句"且莫吊沙场，收拾秦弓归去"。且不要急着凭吊历史，缅怀古战场的功绩吧。那样只能徒增烦恼，不如立刻收拾起强弓硬弩，投入战斗，以俟来日有机会恢复故国。此词由与友人灯前夜饮，进而吊古伤今，激发家国之恨。格调激越悲壮，意境苍凉豪迈。

烛影摇红

十月十九日

王夫之

瑞霭金台 [1]，琼枝光射龙楼雪 [2]。群仙笑指九阍开 [3]，朱凤翔丹穴。云暗雁风高揭 [4]，向海屋重标珠阙。彩鹓飞舞，日暖霜轻，小春佳节。迢递谁知，碧鸡影里催啼鴂 [5]。骖鸾不得玉京游 [6]，难挽瑶池辙。黄竹歌声悲咽。望翠蔼双鸳翼折 [7]。金茎露冷 [8]，几处啼乌，桥山夜月。

——选自叶恭绰《全清词钞》卷一，中华书局 1982 年版

【作者简介】

王夫之（1619—1692），字而农，号薑斋，又号夕堂，一瓠道人。湖南衡阳人。与兄介之同举明崇祯十五年举人。清军南下时，组织抗击，战败匿于南岳。张献忠陷衡州，执其父以为质。夫之自引刀遍刺肢体，舁往易父。贼见其重创，免之，与父俱归。明王驻桂林，大学士瞿式耜荐之，授行人。明亡，辗转湘中，益自韬晦。归衡阳之石船山，筑土室曰观生居，晨夕杜门，学者称船山先生。清康熙间，吴三桂僭号于衡阳，又逃入深山。凡伏窜穷山四十年，一岁数徙其居，始终未剃发。卒葬大乐山之高节里，自题墓碣曰"明遗臣王某之墓"。学问淹博，以经学、史学、文学名家，平生著作极富，诗、词、文、曲与评论兼擅。湘乡曾氏汇刊《船山遗书》，词编《鼓棹初集》《鼓棹二集》以及《潇湘怨词》。其词音律多疏，然怆怀故国，风格凄恻缠绵。

【注释】

[1]瑞霭：吉祥之云气。亦以美称烟雾。宋赵长卿《浣溪沙》词："金兽喷香

瑞霭氛，夜凉如水酒醺醺。”

[2]龙楼：这里借指朝堂。

[3]九阍：指朝廷。

[4]雁风：指秋风。宋周密《醉落魄·洪仲鲁之江西书以为别》词：“寒侵径叶，雁风击碎珊瑚屑。”

[5]碧鸡：一种会报更的林鸟。亦指山名。在今云南省昆明市西南。明刘基《绝句漫兴》之七：“碧鸡啼落山头月，肠断槐根梦不回。”啼鴂：鸟名，即伯劳。

[6]骖鸾：谓仙人驾驭鸾鸟云游。唐薛逢《汉武宫词》：“绛节几时还入梦，碧桃何处更骖鸾。”

[7]甍（méng）：屋脊；屋栋。

[8]金茎：用以擎承露盘的铜柱。

【作品要解】

此词题名为“十月十九日”，此日乃是南明最后一个皇帝桂王朱由榔的诞辰。隆武二年（1646）八月，唐王朱聿键在福州被清军所杀。朱由榔在肇庆继立，改元永历。永历十六年（1662）四月，朱由榔被吴三桂所害，明王朝至此彻底终结。王夫之此词即以委婉曲折的手法，记载了南明桂王政权存废的这段史实。

词上片以浓墨重彩描绘神话传说中的殿阁楼台，以喻南明王朝。“瑞霭金台，琼枝光射龙楼雪”以下几句，描绘象征祥瑞的云气笼罩着龙楼与金台，与雪光相映衬，霞光万朵，紫气氤氲。仙界里崔巍高耸的宫殿之中，群仙面对九重阊阖指指点点，议论不已，似乎在惊叹着那里的富丽堂皇。词人以极富想象的笔触，华词丽句，描绘了天上宫阙的胜景，以此来表达对南明王朝的无限怀恋。接下来五句则隐晦地指出南明王朝覆亡的一段史实。“云暗雁风高揭”，雁风即秋风。秋风吹起，乌云黯淡，清军攻克福州，“小朝廷”旋即覆灭。“向海屋重标珠阙，彩鹓飞舞，日暖霜轻，小春佳节”，珠阙指以珍玉珠宝装饰的殿堂，这里指桂王朝廷，朱由榔在广东肇庆重新立国，故云"海屋"。词人对新建立的"小朝廷"抱有极大的热情和期待，故笔调乐观、轻松。然而形势却远未能如人意。朱由榔的桂王政权甫一建立，就遭到大举南下的清军的清剿，朱由榔仓皇逃离肇庆，辗转经过云南境内，进入缅甸。但仍未免于追杀，终被清军在昆明俘获而后杀害。因此，词的下片即对此展开叙写。"迢递谁知，碧鸡影里催啼鴂"，碧鸡即暗指朱由榔被俘获地。催啼鴂，化用屈原《离骚》句"恐啼鴂之先鸣兮，使夫百草为之不芳"。词人说谁知遥远的西南边陲，隐约传来消息，碧鸡山里啼鴂的悲鸣一阵紧似一阵，春意阑珊，百花凋零，盼望中的美好时节就这么迅速消逝了。以下数句则写桂王被害和词人的哀悼之情，"骖鸾不得玉京游，难挽瑶池辙。黄竹歌声悲咽。望翠蕤双鸳翼折"。说桂王已死，无法再驾车去游玉京，如同周穆王一去，再也不能重游瑶池一样，徒留哀婉悲咽的《黄竹歌》。南明王朝的宫阙殿阁业已残破不堪，连屋脊上装饰的鸳鸯瓦都已折断了双翅。结句"金茎露冷，几处啼乌，桥山夜月"。金茎，《三国故事》载，汉武帝好神仙，相信方士关于饮用和以玉屑的露水可以长生的话，在建章宫内立高二十丈、大十围的铜柱，上有仙人掌擎起承露盘。露冷，即指汉武皇帝已经死去。徒留桥山夜月，几只乌鸦在凄惨地啼叫，气氛极其悲凉冷落。

此词最显豁的特色即是将大量的史实，寓于象征与比喻之中，以曲折的笔法，叙写南明覆亡的历史过程，以及作者寄寓其中的哀痛之情。虽婉曲含蓄，表面上扑朔迷离，但实际上指意颇明。此词之所以如此作法，乃清初文网甚剧，为远祸全身，词人不得不如此。

烛影摇红

夏完淳

辜负天工，九重自有春如海。佳期一梦断人肠，静倚银釭待[1]。隔浦红兰堪采[2]。上扁舟，伤心欸乃[3]。梨花带雨，柳絮迎风，一番愁债。回首当年，绮楼画阁生光彩。朝弹瑶瑟夜银筝，歌舞人潇洒。一自市朝更改。暗销魂，繁华难再。金钗十二，珠履三千，凄凉千载。

——选自夏承焘、张璋《金元明清词选》，人民文学出版社 1983 年版

【作者简介】

夏完淳，生平简介见前文。

【注释】

[1]银釭：银白色的灯盏、烛台。夏完淳《寒灯赋》："渺银釭之寒夜，照羁愁之独眠。"

[2]红兰：兰草的一种。南朝梁江淹《别赋》："见红兰之受露，望青楸之罹霜。"

[3]欸乃：象声词。摇橹声。唐元结《欸乃曲》："谁能听欸乃，欸乃感人情。"题注："棹舡之声。"亦泛指歌声悠扬。

【作品要解】

夏完淳词集中两首思妇之词，其中一首为《满庭芳》(永巷惊风)，藉历史掌故借事抒怀，表达忧君怀国之意。此词则以历经世态炎凉，孤枕难眠的思妇口吻，喻写江山易主、物是人非的感慨。

上片叙写思妇伤春怀人的愁怨，"辜负天工，九重自有春如海"。虽春光旖旎，花海无限，思妇恐怕也要辜负天工的这般奇巧了。只因"佳期一梦断人肠，静倚银釭待"。心中离愁积久难消，彻夜难眠，孤守银灯以待消息。"隔浦红兰堪采。上扁舟，伤心欸乃"，隔浦的兰草已经长得郁郁葱葱，正是采撷的季节，然而形单影只，听着那单调的橹声更使人心绪难耐。"梨花带雨，柳絮迎风，一番愁债"此句以乐景写愁思。在思妇看来，眼前雨中的梨花，凌风飘扬的柳絮，似乎都与大好的春光无关，而是浓的化不开的离愁别绪。下片叙写处于寂寞中的思妇对往日繁华，与意中人朝夕相处的好时光。"回首当年，绮楼画阁生光彩。朝弹瑶瑟夜银筝，歌舞人潇洒。一自市朝更改。暗销魂，繁华难再"。而如今，昔日盛况顿然逝去，繁华难住，曾经的流连自己歌舞的人也不知所踪。"金钗十二，珠履三千，凄凉千载"句，所谓"金钗十二"，出自《谈苑》："(唐)牛僧孺自夸服金石千斤甚得力，而歌舞之伎颇多。乐天戏赠云'钟乳三千两，金钗十二行。'""珠履三千"则典出《史记·春申君列传》："赵平原君使人于春申君，……使欲夸楚，为玳瑁簪，刀剑室以珠玉饰之，请命春申君客。春申君客三千馀人，其上客皆蹑珠履以见赵使。"此句意为繁华之后徒留下长久的凄凉。

全词词旨遥深，寄托深远。表面上写一个或许曾是豪门所蓄的歌妓，流离之后对前尘往事的回顾与无限叹惋，实则以此闺怨之词慨叹国朝覆亡的悲哀。词人作此词时，已值清军南下、南明覆亡之后。以词人短暂的人生所经历的世事及其始终坚持抗清复国的心态来看，此词并非一首无端抒情之作。正如清况周颐《蕙风词话》解之所曰："节愍词，《烛影摇红》云：……声哀以思，与莲社词'双阙中天'阕，托旨略同。"

散曲

明代文学作品选

【北双调】雁儿落带过得胜令·饮中闲咏

康　海

数年前也放狂[1]，这几日全无况[2]。闲中件件思，暗里般般量[3]。真个是不精不细丑行藏[4]，怪不得没头没脑受灾殃。从今后花底朝朝醉，人间事事忘。刚方，傒落了膺和滂[5]；荒唐，周全了籍与康[6]。

——选自谢伯阳《全明散曲》，齐鲁书社 1994 年版

【作者简介】

康海（1475—1540），字德涵，号对山，又号沜东渔父，太白山人。今陕西武功人。生长于世代仕宦家庭，明孝宗弘治十五年（1502）状元及第，任翰林院修撰。明武宗时宦官刘瑾事败被杀后，他名列瑾党而免官。罢官回乡后，潜心词曲，与王九思等相互唱和，切磋交流，以山水声伎自娱。康海是明文坛"前七子"之一，所著有诗文集《对山集》，杂剧《中山狼》，并且擅长写散曲，有散曲集《沜东乐府》等。存小令二百余首，套数三十余套，抒发其愤世嫉俗的情怀与徜徉山水的闲情逸致，风格多豪放爽健。

【注释】

[1]放狂：放纵性情，不受拘束。唐白居易《醉后》诗："酒后高歌且放狂，门前闲事莫思量。"

[2]无况：犹言无所成就。宋苏舜钦《松江长桥观鱼》诗："我本宦游无况者，拟来随尔带笒箵。"

[3]闲中件件思，暗里般般量：暗地里一件件事情逐件思量。

[4]行藏：指出处或行止。

[5]膺和滂：李膺和范滂，汉代人。李膺，字元礼，曾任青州刺史、渔阳太守等职，有政声，后死于党锢之祸。范滂，字孟博，举孝廉，署功曹，办事严正不阿，亦死于党锢之祸。

[6]籍与康：魏晋时的阮籍与嵇康。阮籍，字嗣宗，生活于乱世，对现实不满，纵酒谈玄，以求自全，为"竹林七贤"之一。嵇康，字叔夜，"竹林七贤"之一，逍遥林下，弹琴咏诗，崇尚老庄，讲求养生服食之道。

【作品要解】

正德元年（1506），太监刘瑾专擅国政，刘瑾与康海为同乡，又慕其才名，欲招致康海为同党，康海一直未就。时李梦阳因代尚书韩文草拟弹劾刘瑾的奏章，触怒刘瑾，遂被下狱，准备处死。李梦阳从狱向康海求援，康海遂往见刘瑾，多方为李梦阳求释，李梦阳终得释还。后正德五年（1510），刘瑾被处死，康海亦因此被列为刘瑾同党而免官。此时已官复原职的李梦阳，却不为康海进言。

此曲即康海遭罢官之后所作，宣泄其一腔悲愤。前六句写罢官后的心情，将为官期间所作所为反复思量，感慨世态炎凉，不可预测。后四句作者痛定思痛，决定"从今后花底朝朝醉，人间事事事忘"。不再涉足官场，远离是非，以此全身远害。此曲放达中寄寓失意，悠闲中含藏不平，揭示了自己遭遇不平的背后，也揭示了仕宦沉沦的一些本质，颇发人深省。

【北双调】玉江引·阅世

冯惟敏

我恋青春，青春不恋我。我怕苍髯[1]，苍髯没处躲。富贵待如何？风流犹自可[2]。有酒当喝，逢花插一朵。有曲当歌，知音合一夥[3]。家私虽然不甚多[4]，权且糊涂过。平安路上行，稳便场中坐[5]，再不惹名缰和利锁[6]。

——选自谢伯阳《全明散曲》，齐鲁书社 1994 年版

【作者简介】

冯惟敏（1511—1580），字汝行，号海浮，又号石门，山东临朐人。自幼随父冯裕游宦南京等地。"聪颖博学，诗文雅丽，尤善乐府"，与兄冯惟健、冯惟重及弟冯惟讷俱以诗文名。齐鲁间，明世宗嘉靖十六年（1537）中乡试，后屡举进士不第，营造别墅于家乡海浮山下。嘉靖四十一年（1562）因曾得罪山东巡按段顾言而遭逮治，后入京谒选，任涞水知县。为官清正廉洁，抑豪扶弱，为当地势族所不容，谤诟四起，谪迁镇江府学教授，后又迁保定府通判，六十二岁时辞官归临朐，日与朋辈觞咏其间。著有《海浮山堂辑稿》《海浮山堂词稿》《击节余音》《石门集》，另有杂剧《梁状元不伏老》《僧尼共犯》两种行世。现存散曲四百余首，充满生活气息，辞气健爽。

【注释】

[1]苍髯：灰白色的胡须，谓已年老。

[2]自可：本来可以；自然可以。

[3]一夥：即一伙。

[4]家私：家财；家产。

[5]稳便：恰当；方便；稳妥。

[6]名缰：功名的缰绳。因功名能束缚人，故称。

【作品要解】

这是作者辞官归隐家乡后所作，透露出经历了多年仕宦生涯之后的人生体验，虽然此种情感较多地反映出那个时代士大夫不得志的牢骚和无奈，但是作者能够以一种豁达、欢快的笔调出之，全曲体现着爽朗明快和乐观的情绪。语言本色自然，不事雕琢，具有元代早期散曲具有的豪爽磊落之气。

【南商调】山坡羊·吊战场

薛论道

拥旌麾鳞鳞队队[1]，度胡天昏昏昧昧[2]，战场一吊多少征人泪？英魂归未归？黄泉谁是谁？森森白骨塞月常常会[3]，冢冢碛堆朔风日日吹[4]。云迷，惊沙带雪飞；风催，人随战角悲[5]。

——选自谢伯阳《全明散曲》，齐鲁书社 1994 年版

【作者简介】

薛论道（1531—1600），字谭德，号莲溪居士，保定定兴人。家贫，早年丧父，少时发愤读书，能文，尤喜谈论兵道。中年从军，军旅三十年，官至参将。后遭排挤弃官归。所作散曲多达千余首，描写边塞风光、军旅生涯，讽时嫉俗，悲慨忧愤，在明散曲中令人耳目一新。存有《林石逸兴》。

【注释】

[1] 旌麾：指挥军队的旗帜。鳞鳞：形容列队的情形。

[2] 胡天：指胡人地域的天空；亦泛指胡人居住的地方。昏昏昧昧：光线昏暗；阴暗。

[3] 塞月：边塞的月亮。

[4] 碛（qì）堆：沙漠中的坟墓。

[5] 战角：军队的号角。多借指战争的号角声。

【作品要解】

　　这首曲子渲染了古战场的肃杀与悲凉，表现出征战带来的白骨堆积的人间惨象，寄托了对骨埋沙场将士的缅怀之情，同时也表达了对在惊沙带雪、寂寥苍茫的边地捍卫边境的勇士的赞颂。

【北双调】水仙子·瓦匠

陈 铎

东家壁土恰涂交，西舍厅堂初宽了 [1]，南邻屋宇重修造。弄泥浆直到老，数十年用尽勤劳。金张第游麋鹿 [2]，王谢宅长野蒿 [3]，都不如手镘坚牢 [4]。

——选自谢伯阳《全明散曲》，齐鲁书社 1994 年版

【作者简介】

陈铎（1488？—1521），字大声，号秋碧、七一居士，徐州邳县（今江苏省邳州市）人，后寓居金陵，其曾祖父辅佐朱元璋开国，封睢宁伯，他于郑德初世袭济州卫指挥。所任虽为武职，但为人豪爽倜傥，耽于吟咏，尤喜谐谑；经史子传、百家九流，无不淹贯；工于诗词、绘画，妙解音律，善弹琵琶，常常牙板随身，被教坊子弟称为"乐王"。以散曲驰名当时，共创作散曲千余首，散曲集有《梨云寄傲》《秋碧乐府》《可雪斋稿》《月香亭稿》《滑稽余韵》。散曲创作题材广泛，风花雪月、鸟兽鱼虫、市井百象、民间风情等无不入曲。尤其是《滑稽余韵》中之作品，描绘社会数十种行业人群众生相，体物精细，摹写生动，是明代散曲中别开生面之作。

【注释】

[1] 宽（wà）：给建筑物上瓦。

[2] 金张第：代指豪门世族之家。金：指汉代的金日磾。金日磾从汉武帝至汉平帝，受七代皇帝的恩宠，一直为近侍。张：指汉代的张汤。汉宣帝以后，张汤家任侍中、常侍者有十余人。

[3]王谢宅：代指高门望族。六朝时，王、谢两家世为望族，门第很高。《南史·侯景传》载："（侯景）请娶于王、谢，帝曰：王、谢门高非偶，可与朱、张以下访之。"

[4]镘（màn）：瓦工抹墙用的工具，俗称"抹子"。

【作品要解】

此首曲子选自作者的《滑稽余韵》，描写瓦匠的劳作，同情其辛苦劳碌的生活。语言通俗明白，不事雕琢藻绘，表现直露而不迂曲，极富生活气息。末三句"金张第游麋鹿，王谢宅长野蒿，都不如手镘坚牢"，则蕴含着更深一层含义，说一时的富贵荣华或者生于豪门望族，皆不足羡，倒不如一技在身以安身立命来得稳当。

【北双调】沉醉东风·携酒过石亭会友

王　磐

顶半笠黄梅细雨，携一篮红蓼鲜鱼[1]。正青山酒熟时，逢绿水花开处，借樵夫紫翠山居，请几个明月清风旧钓徒[2]，谈一会羲皇上古[3]。

——选自谢伯阳《全明散曲》，齐鲁书社 1994 年版

【作者简介】

王磐（约 1470—1530），字鸿渐，号西楼，江苏高邮人。生于富室，少有俊才，好读书，曾为诸生，因秉性洒脱难耐拘束而弃之，遂终身不复应举，纵情于山水诗酒度曲。性好楼居，筑楼于高邮城西僻地，常与名士谈咏其间，因自号"西楼"。工诗能画，善音律。著有《王西楼乐府》，存小令 65 首，套曲 9 首。风格清丽娴雅，亦有讽刺作品较为豪辣。

【注释】

[1] 红蓼（liǎo）：蓼的一种。多生水边，花呈淡红色。唐杜牧《歙州卢中丞见惠名酝》诗："犹念悲秋更分赐，夹溪红蓼映风蒲。"

[2] 钓徒：钓鱼人。

[3] 羲皇：即伏羲氏。

【作品要解】

此为作者早年散曲，表达了安逸而放任的闲适生活乐趣。明前期承平日久，朝野太平。加之其本人向以脱略尘俗、逍遥闲淡为生活旨趣，故常以高人逸士自诩，徜徉乎山水，煮雪烹茶、登山临水、枕琴高卧，或呼朋引伴出游。此曲即叙写黄梅时节，作者约上友人到紫翠山居，饮酒话古，谈风弄月。全文充满了高雅、淡泊的意趣，曲风淡雅、潇洒而清俊。

【南商调】山坡羊·十不足

朱载堉

逐日奔忙只为饥，才得有食又思衣。置下绫罗身上穿，抬头却嫌房屋低。盖了高楼并大厦，床前缺少美貌妻。娇妻美妾都娶下。又虑出门没马骑。将钱买下高头马，马前马后少跟随。家人招下十数个，有钱没势被人欺。一铨铨到知县位[1]，又说官小势位卑。一攀攀到阁老位，每日思想要登基。一朝南面坐天下，又想神仙下象棋。洞宾陪他把棋下，又问那是上天梯[2]。上天梯子未做下，阎王发牌鬼来催[3]。若非此人大限到[4]，上到天上还嫌低！

——选自谢伯阳《全明散曲》，齐鲁书社 1994 年版

【作者简介】

朱载堉（1536—1611），字伯勤，号句曲山人，南直隶凤阳人（今安徽）。少时自号"狂生""山阳酒狂仙客"，又称"端靖世子"，明太祖朱元璋的九世孙，明宗室郑恭王朱厚烷之子。因皇族间的权力纷争，其父厚烷被陷入狱，朱载堉筑土室于宫门外独居十九年，直至 1567 年其父被赦免。早年从外舅祖何瑭学习天文、算术等。1591 年，父去世，作为长子的朱载堉七疏让国，拒袭王位，辞爵归里，潜心著书。精通乐律、数学、天文历学，首创"十二平均律"。其著作有《乐律全书》《醒世词》等。

【注释】

[1]铨：选官授职。

[2]天梯：古人想象中的登天的阶梯。

[3] 发牌：旧谓官吏向下属发送公文。

[4] 大限：寿数，死期。

【作品要解】

朱载堉作为明宗室之子，因宫廷内讧，目睹其父被构陷下狱多年，后虽遭赦免，但他已经看破世间人情冷暖，对世态炎凉颇多感慨，对荣辱无常的政治生涯亦产生了深深的厌倦，因此颇有一些叹世之作，此曲即是其中之一。

曲子层层递进、步步延展，将贪欲者对富贵功名孜孜不已、不知满足的追求心理逐层剥开，展露无遗，一时丑态尽露于纸上。贫者日为衣食所累，富贵又怀不足之心，作者在曲中对这类人进行了辛辣的嘲讽，同时也警醒世人要及时脱离物欲的苦海。若无限放纵自身的贪欲，导致的结局必将是毁灭。这首曲子语言通俗诙谐，描摹情状生动形象，立意惊警深刻。

民 歌

明代文学作品选

驻云飞

富贵荣华，奴奴身躯错配他[1]。有色金银价，惹的傍人骂[2]。嗏[3]，红粉牡丹花，绿叶青枝又被严霜打，便做尼僧不嫁他！

——选自蒲泉、群明编《明清民歌选》甲集，古典文学出版社 1957 年版

【注释】

[1]奴奴：犹奴家，妇女的自称。

[2]傍人：附近的人。

[3]嗏：叹词，表示提醒或者应答等。

【作品要解】

这首民歌写一个女子因贪图荣华富贵而错嫁恶人之后的悔恨心情，"富贵荣华，奴奴身躯错配他。有色金银价，惹的傍人骂"。说明这个女子的出嫁是贪图荣华富贵，因此她也被旁人辱骂。"红粉牡丹花，绿叶青枝又被严霜打"，是将自己比作牡丹花，本是娇艳无比，却受到严霜拷打，将自己的丈夫比作严霜，体现了他对妻子并不好。"便做尼僧不嫁他"！最后一句心意坚决，用词大胆泼辣，表现了女子的惊人勇气，对不幸婚姻的反抗意识，由此肯定了真挚爱情对于人生的重要。

明代文学作品选

描　真

碧纱窗下描郎像。描一笔，画一笔，想着才郎 [1]。描不成，画不就，添惆怅。描只描你风流态，描只描你可意庞，描不出你温存也 [2]，停着笔儿想。

——选自明冯梦龙编纂，关德栋选注《挂枝儿·山歌》，济南出版社 1992 年版

【注释】

[1]才郎：有才学的郎君。元吴弘道《青杏子·闺情》套曲："薄幸才郎不顾咱，有谁画青山两眉淡。"

[2]温存：温柔体贴。

【作品要解】

这首民歌主要描写女子因思念爱人而惆怅的情景。运用白描的手法，写一个女子坐在碧纱窗下描绘自己情人的模样，却是画一笔，就思念一次。又埋怨自己画不出自己郎君的样子，虽说体态、模样可以画出，却怎么也画不出他的温柔体贴，只得停下笔苦苦思念。将这一片段截取出来，创造了一个思念郎君的女子形象，可以看做是民间情歌的佳作。

民

歌

送　别

送情人，直送到丹阳路。你也哭，我也哭，赶脚的也来哭 [1]。赶脚的，你哭是因何故？道是"去的不肯去，哭的只管哭，你两下里调情也，我的驴儿受了苦。"

——选自明冯梦龙编纂，关德栋选注《挂枝儿·山歌》，济南出版社 1992 年版

【注释】

[1]赶脚：指赶着驴或骡子供人雇用的活计。赶脚的，就是赶牲口的人。

【作品要解】

这首民歌描绘了送别的场景。送情人一直送到丹阳路，两人都在哭，连赶牲口的人都哭了。接下来是一问一答的对话，"赶脚的人你又为什么哭呢？"赶脚的人回答说："你们要走的不走，送的只管哭，你俩是表现真情了，只是苦了我的驴子。"原本的送别是凄凉悲苦的，这首民歌中的送别因为赶脚的一席话，有了幽默的意味，但是也从侧面也表现了送别双方的不舍。

喷　嚏

对妆台，忽然间打个喷嚏，想是有情哥思量我[1]，寄个信儿。难道他思量我刚刚一次？自从别了你，日日泪珠垂。似我这等把你思量也，想你的喷嚏儿常似雨。

——选自明冯梦龙编纂，关德栋选注《挂枝儿·山歌》，济南出版社 1992 年版

【注释】

[1]思量：想念，思念，记挂。

【作品要解】

描写一个女子对镜梳妆，突然打了个喷嚏，由此她联想到应该是自己的情郎正在思念自己，用喷嚏当做信息捎过来他的思念。自从离别之后，女子心中常常思念情郎，甚至每日垂泪。像自己这般思念，那么情郎应当是喷嚏如雨了。

这首民歌，将喷嚏和思念联系起来，幽默生动，运用奇特的想象，自己因为情郎的思念打了喷嚏，再用时空转移的构思，想象着情郎因为自己的思念而喷嚏不停。表现了女子对情郎深刻的思念和奔放外露的情感。

❖

民

歌

传奇

明代文学作品选

寄　子

《浣纱记》第二十六出

梁辰鱼

【意难忘】(外小末扮伍员父子上 [1]，外) 岁月驱驰，笑终身未了，志转鬌颓 [2]。丹心空报主，白首坐抛儿。(小末) 爹爹，前路去竟投谁？(外) 孩儿，咫尺到东齐。(小末) 望故乡云山万叠，目断慈帏 [3]。

【庆春宫】(小末) 云接平冈，山围旷野，路回渐入齐城。(外) 衰柳啼鸦，惊风驱雁，动人一片秋声。(小末) 倦途休驾，淡烟里微茫见星。(外) 家乡何处，死别生离，说甚恩情！孩儿，我和你自离家乡，将及一月，不觉又到齐国了。(小末) 爹爹，母亲在家悬念，叮早完王事，火速同归。不知爹爹，为何在途只管愁闷？(外) 孩儿，我一向怕你烦恼，不好说得。我亏吴之先王，雪你公公深怨。国家大恩，未曾报得。不料主公近听伯嚭 [4]，反放越王。前日又信子贡游说，欲北伐齐国，遣我来请战期。我想起来，吴兵一出，则越乘虚遂入吴地，今我回去，势当谏死，以报国恩。只是与你同死，甚是无益。我有一个结义兄弟，唤做鲍牧，见做齐国大夫。今带你来，寄与他家，以存伍氏一脉。(悲介) 自今以后，我自去干我的事，你自去干你的事，再不要想念我。(小末) 爹爹，我只道路上冷静，带孩儿出来，不晓得到是这等。兀的不痛杀我也！(外) 孩儿，事已到此，不用伤悲。且速前去，再做道理。(外)

【胜如花】清秋路，黄叶飞，为甚登山涉水？只因他义属君臣，反教人分开父子，又未知何日欢会。(合) 料团圆今生已稀，要重逢他生怎期？浪打东西，似浮萍无蒂。禁不住数行珠泪。羡双双旅雁南归，羡双双旅雁南归。(合前)(小末)

【前腔】年还幼，发覆眉，膝下承颜无几。初还认落叶归根，谁道做浮花浪蕊？何日报双亲恩义？(合前外) 一入城来，此间已是鲍大夫门首。里头有人么？(末扮鲍大夫，丑扮家童上，末)

【燕归梁】叵耐强臣欲立威 [5]，看社稷垂危。侧闻吴国召戎衣，何日里静邦畿？小厮，你看外面那个？(丑) 此位老爷是何处？(外) 你进去说，吴国伍大夫要见。（丑报介，末）道有请。（外进见，末、小末同拜介，末）一自别沧洲，相思定几秋？（外）故人惊会面，新恨说从头。（末）哥哥，此位何人？（外）是小儿。（末）别来数年，令郎一发长成了。我陈恒弑逆，致召兵戈，哥哥远来，必有所谕。（外）兄弟，齐欲伐鲁，立威远国，今奉国命，来请战期。（末）哥哥，你报亲之怨，鞭平王于墓间[6]；复君之仇，囚勾越于石室[7]。一生忠孝，四海流传，可敬可敬。（外）兄弟，你知其一未知其二。昔父兄为楚平所害，孝道有亏；今主公为伯嚭所欺，忠心不遂。不知防越之策，反兴伐齐之师。眼见姑苏，即生荆棘。今承君命，来使齐邦。一则预料老朽诛夷，二则不忍宗祀灭绝。以吾弟一日之雅，付伍氏六尺之孤，留作螟蛉[8]，视同豚犬[9]。（末）哥哥是吴之忠臣，小弟亦齐之义士，既蒙分付，敢不尽心。但恐抚养不周，有负重托。（外）兄弟，小儿避难，窃恐人知，可改姓王孙，勿称伍氏。（末）谨领谨领。（小末）爹爹，你果然就把我撇在这里？（作悲介）

【泣颜回】听说不胜悲，顿教儿血泪交垂。双亲膝下，何曾顷刻分离？爹爹，衷肠怎提，为甚的将父子轻抛弃？当初望永祝椿枝[10]，又谁知顿撇斑衣[11]。（外）

【前腔】堪悲，家国渐倾欹[12]。我身无葬地汝尚何依？兄弟特求抚养，须存一脉衰微。（末）哥哥，若国家安辑了[13]，你可就来领令郎去。（外）我存亡未知，料孤臣定做沟渠鬼。我孩儿不用哀伤，望君家委曲提携。（末）

【前腔】三齐[14]，无主国摧危，笑区区株守庸劣无为[15]。蒙兄相托，敢不竭力扶持。哥哥，你丹心怎移？要念前王须尽忠和义。令郎呵，我看承胜似亲生，放心归不必狐疑。（外）孩儿，不是我无情就撇了你，事到其间，顾不得了。况报仇大事，我便做得，你做不得。我今日杀身报国，也是没奈何。你后日切不要学我。（小末哭介）爹爹，怎么撇了孩儿就去？（外）孩儿不要啼哭，或者后日还要相见。你今日就拜鲍叔叔做父亲，如嫡亲爹爹一般。听他教诲，不可违背。（小末拜末介）爹爹请转坐，待孩儿拜见。

【催拍】念孩儿未谙礼仪，望爹爹朝夕训规。岂敢有违，岂敢有违！（见外介）爹爹，但愿椿庭寿与山齐[16]。爹归去，拜上母亲，只说孩儿在齐游学，

不久就归。传示萱堂[17]，不用凄其。（合）从今去海角天涯，人何处？梦空归。（外）

【前腔】望长空孤云自飞，看寒林夕阳渐低。今生已矣，今生已矣，白首无成，往事依稀。日暮穷途，空挽斜晖。（同末）

【前腔】我哥哥你安心竟归，我侄儿你将身暂依。今当数奇，今当数奇，命蹇时乖[18]，偶尔睽违[19]。他日团圆，父子追随。（合前小末）

【一撮棹】爹爹，西风里泪湿旧缝衣，（外）亲骨肉因何事竟生离？（末）长亭远，极目处草萋萋。（合）回头望，欲去更徘徊。今日轻分手，他年会何地？肠断也，回首各东西。

（外）本是同林鸟，（小末）分飞竟失群。

（末）谁怜一片影，（合）相失万重云[20]。

——选自明毛晋辑《六十种曲》（一）中华书局 1958 年版

【作者简介】

梁辰鱼（约 1521—1594），字伯龙，号少白、仇池外史。江苏昆山人。他性格豪爽，风流任侠，曾与王世贞、李攀龙、戚继光、张凤翼等结交往来。他潜心研究古典戏曲，在曲坛颇负盛名，曾受到"昆曲之祖"魏良辅的教导，在昆曲清唱的基础上进行改革，使昆曲在舞台上焕发新的生命力。从此，昆曲胜过其他戏曲形式，在长达两个世纪里占据曲坛主流地位。今存著作有传奇《浣纱记》，杂剧《红线女》，诗集《梁国子生集》等。

【注释】

[1]外：传统戏曲中的脚色行当，一般指副脚，如外末、外旦，和正末、正旦

相对。小末：也叫"小末尼"，传统戏曲中的脚色行当，扮演少年男子形象。伍员父子：春秋时期吴国大夫伍子胥及其子。

[2]䗖颓：懒怠、消沉。

[3]慈帏：亦作"慈闱""慈帏"。旧时母亲的代称。清李渔《怜香伴·香咏》："念茕茕久矣失瞻依，也自小将严父当慈帏。"

[4]伯嚭：春秋晚期楚国贵族，原为晋国公族，吴王夫差时期太宰。曾编造谎言，陷害伍子胥，最终使伍子胥自杀而死。

[5]叵耐：亦作"叵奈"，指不可容忍，可恨。见《敦煌曲子词·鹊踏枝》中有："叵耐灵鹊多漫语，送喜何曾有凭据。"

[6]鞭平王于墓间：吴国大败楚国，攻占郢都之后，伍子胥为父兄报仇，派人掘开楚平王坟墓，鞭尸三百下。唐李白曾有《游溧阳北湖亭望瓦屋山怀古赠同旅》诗："运开展宿愤，入楚鞭平王。"用此典故。

[7]囚勾越于石室：吴王夫差把越王勾践囚禁在石室三年。

[8]螟蛉：即"螟蛉之子"，指干儿子，干女儿，出自《诗经·小雅·小宛》："螟蛉有子，蜾蠃负之。"

[9]豚犬：贱称自己的儿子。《幼学琼林·卷四·鸟兽类》："父谦子拙，谓豚犬之儿。"亦作"豚儿""小犬"。

[10]永祝椿枝：椿树树枝。椿树长寿，一般用来指代父亲。此处为希望孩子永远陪伴在身边。

[11]斑衣：语出"斑衣戏彩"，指子女身穿彩衣，作婴儿戏耍以娱父母。此处指代伍子。

[12]倾欹：倾倒、歪斜、倾覆之意。

[13]安辑：安定，使安定。《汉书·王莽传上》："居摄之义，所以统立天功，兴崇帝道，成就法度，安辑海内也。"

[14]三齐：古地区名，泛指今天山东的大部分地区。

[15]株守：死守不放。比喻安守故常，不求进取。

[16]椿庭：指父亲。以椿有寿考之征，庭即趋庭的庭，所以世称父为椿庭上古有大椿者，以八千岁为春，八千岁为秋。

[17]萱堂：本为母亲居住的房屋，也指代母亲。《诗经》疏称："北堂幽暗，可以种萱。"古时候，母亲居屋门前往往种有萱草，人们雅称母亲所居为萱堂，于是萱堂也代称母亲。

[18]命蹇时乖：时运不济，遭遇坎坷。明沈采《千金记·遇仙》："只恐命蹇时乖，且自存心守己。"

[19]睽违：指父子分隔，离别。见南朝梁何逊《仰赠从兄兴宁置南》诗："一朝异言宴，万里就睽违。"

[20]谁怜一片影，相失万重云：语出杜甫《孤雁》："孤雁不饮啄，飞鸣声念群。谁怜一片影，相失万重云？"此处形容父子分离。

【作品要解】

《浣纱记》是梁辰鱼传奇的代表作，在昆曲发展史上占有重要地位。全剧共四十五出，以春秋时期吴越争霸故事为背景，以范蠡和西施的爱情故事穿插其间，串联起吴国和越国之间的冲突与命运。《寄子》是其中第二十六出，主要讲述吴国大夫伍子胥为挽救国家危亡，要抱着必死之心进谏，在此之前，先借出使齐国的机会，将幼子寄养到齐国大夫鲍牧家的故事。剧本中，伍子胥的角色即"外"脚，伍子胥之子即"小末"。故事介绍了伍子胥在去齐国路上向幼子讲述"寄子"缘由，到齐国之后见到鲍牧托付幼子进而父子分离的过程。整出曲辞基调苍劲悲凉，将父子分离的悲痛伤感渲染得淋漓尽致。

《寄子》一出极大地丰富了伍子胥的形象，伍子胥作为一位忠心耿耿的老臣，一向是以忠孝智勇的形象出现，他冒着生命危险向吴王进谏，甚至不惜以父子分离为代价。和幼子的难舍难分，依依惜别使他的性格在忠孝、勇敢、智慧之外增加了亲情的温和与慈爱，伍子胥的形象变得更加充实与鲜活。

《寄子》的曲文风格激越悲凉，全篇蔓延着哀伤的韵味。在开篇便以"志转膘颓"点明伍子胥的消沉颓丧；在向儿子说明寄养原委之后，又以"料团圆今生已稀，要重逢他生怎期？浪打东西，似浮萍无蒂。禁不住数行珠泪。羡双双旅雁南归，羡双双旅雁南归"表达自己的不舍之情。曲辞中善于运用典故，如"斑衣"等，形象生动。景物描写典丽自然，苍劲悲凉，如"望长空孤云自飞，看寒林夕阳渐低……日暮穷途，空挽斜晖"，以深秋日暮之衰景预示吴国国运凄凉，伍子胥此去也带上了"壮士一去不复返"的悲壮色彩。

寄 弄

《玉簪记》第十六出

高 濂

【懒画眉】（生上[1]）月明云淡露华浓，欹枕愁听四壁蛩。伤秋宋玉赋西风[2]，落叶惊残梦，闲步芳尘数落红。小生看此溶溶夜月，悄悄闲庭，背井离乡孤衾独枕，好生烦闷！只得在此闲玩片时。不免到白云楼下，散步一番，多少是好！（下）

【前腔】（旦上[3]）粉墙花影自重重，帘卷残荷水殿风。抱琴弹向月明中，香袅金猊动[4]，人在蓬莱第几宫？妙常连日茸茸俗事[5]，未曾整此冰弦[6]。今夜月明风静，水殿生凉，不免弹《潇湘水云》一曲，少寄幽情，有何不可！（作弹科。生上听琴科）

【前腔】步虚声度许飞琼[7]，乍听还疑别院风；凄凄楚楚那声中，谁家夜月琴三弄？细数离情曲未终。此是陈姑弹琴，不免到他堂中，细听一番，多少是好。

【前腔】（旦）朱弦声杳恨溶溶，长叹空随几阵风。（生）仙姑弹得好琴。（旦惊科）仙郎何处入帘栊，早是人惊恐。（生）小生得罪了！（旦）莫不是为听云水声寒一曲中[8]。（生）小生孤枕无眠，闲吟步月，忽听花下琴声嘹呖，清响绝伦，不觉步入到此。（旦）小道亦见月明如洗，夜色新凉，故尔操弄丝桐，少寄岑寂。欲乘此兴，请教一曲如何？（生）小生略记一二，弄斧班门[9]，休笑，休笑！（生作弹吟曰）雉朝雌兮清霜[10]，惨孤飞兮无双。念寡阴兮少阳[11]，怨鳏居兮彷徨[12]。（旦）此曲乃《雉朝飞》也。君方盛年。何故弹此无妻之曲？（生）小生实未曾有妻。（旦）也不干我事！（生）敢求仙姑，面教一曲如何？（旦）既听佳音，已清俗耳。何必初学，又乱芳声。（生）休得太谦。（旦）污耳，污耳。（作弹吟曰）烟淡淡兮轻云，香霭霭兮桂阴。喜长宵兮孤冷，抱玉兔兮自温。（生）此《广寒游》也，正是仙姑所弹，争奈终朝孤冷，难消遣些儿。（旦）相公，你听我道。

【朝元歌】长清短清^[13]，那管人离恨。云心水心，有甚闲愁闷。一度春来，一番花褪，怎生上我眉痕。云掩柴门，钟儿磬儿枕上听。柏子坐中焚，梅花帐绝尘，果然是冰清玉润。长长短短，有谁评论，怕谁评论。

【前腔】（生）更深漏深^[14]，独坐谁相问。琴声怨声，两下无凭准。翡翠衾闲，芙蓉月印，三星照人如有心^[15]。露冷霜凝，衾儿枕儿谁共温。（旦怒科）先生出言太狂，屡屡讥讪，莫非春心飘荡，尘念顿起。我就对你姑娘说来，看你如何分解！（作背立科。生）小生信口相嘲，言出颠倒，伏乞海涵！（作跪，旦扶起科。生）巫峡恨云深，桃原羞自寻^[16]，你是慈悲方寸，望恕却少年心性，少年心性。小生就此告辞，肯把心肠铁样坚。（旦作背语科）岂无春意恋尘凡。（生）今朝两下轻离别，一夜相思枕上看。（生作下科。旦）潘相公，花阴深处，仔细行走。（生回科）借一灯行如何？（旦急关门科。生）陈姑十分有情，不免躲在此间，听他里面说些什么，便知分晓。（旦）潘郎潘郎！

【前腔】你是个天生后生，曾占风流性。无情有情，只看你笑脸儿来相问。我也心里聪明，脸儿假狠，口儿里装做硬。待要应承，这羞惭怎应他那一声！我见了他假惺惺，别了他常挂心，我看这些花阴月影，凄凄冷冷，照他孤另^[17]，照奴孤另！夜深人静，不免抱琴进去安宿则个^[18]。此情空满怀，未许人知道。明月照孤帏，泪落知多少。（下。生）小生在此听了半晌，虽是不甚明白。

【前腔】我想他一声两声，句句含愁恨。我看他人情道情，多是尘凡性。妙常！你一曲琴声，凄清风韵，怎教你断送青春。那更玉软香温，情儿意儿，那些儿不动人。他独自理瑶琴，我独立得苍苔冷，分明是西厢行径^[19]。老天，老天！（作揖科）早成就少年秦晋^[20]，少年秦晋。

闲庭看明月，有话和谁说。

榴花解相思，瓣瓣飞红血。

——选自明毛晋辑《六十种曲》（三）中华书局 1982 年版

【作者简介】

高濂（生卒年不详），一字深甫，号瑞南、瑞南道人、桃花渔等。钱塘（今浙江杭州市）人。明代著名戏曲家、藏书家，主要活动于万历年间。曾两次参加科举考试，均失利落第，后隐居于杭州西湖，与昆曲名家梁辰鱼等交游。高濂平生通音律，工词曲，能诗文，兼通养生医理，兴趣广泛，著述颇丰。今传诗文集《雅尚斋诗草二集》《芳芷栖词》，传奇剧本《玉簪记》《节孝记》，小品杂文《遵生八笺》等。

【注释】

[1] 生：传统戏曲的脚色行当，指剧中男主角，与元杂剧的"正末"相当。此处指剧中书生潘必正。

[2] 宋玉：战国末期辞赋家，曾作《九辩》："悲哉秋之为气也！萧瑟兮，草木摇落而变衰。"被称为"千古悲秋之祖"。

[3] 旦：传统戏曲的脚色行当，指剧中女主角。此处指剧中角色陈妙常。

[4] 金猊：形状像狮子的香炉。

[5] 茸茸：也写作"冗冗"，指事件繁琐细碎。

[6] 冰弦：古代名琴，以冰蚕丝为琴弦。

[7] 许飞琼：传说中西王母的侍女，善于弹奏乐曲。《汉武帝内传》："〔王母〕又命侍女许飞琼鼓震灵之簧。"

[8] 云水声寒：指陈妙常弹奏的《潇湘水云》曲琴声。

[9] 弄斧班门：即成语"班门弄斧"，比喻在行家面前卖弄本领，多用来自谦。

[10] 雉朝雊：雉，野鸡。雊，雄鸡鸣叫声。指清晨雄雉鸣叫。

[11] 寡阴兮少阳：寡阴少阳比喻女子没有丈夫。兮，语气助词。

[12] 鳏居：谓独身无妻室。唐孙棨《北里志·郑合敬先辈》："余顷年住长安中，鳏居侨寓。"

[13] 长清短清：指古琴曲名，《琴历》记载有长清短清、长侧短侧曲。

[14]更深漏深："更"和"漏"是古代夜间计时的工具。此处指夜晚时间漫长。

[15]三星照人：语出《诗经·唐风·绸缪》："绸缪束薪，三星在天。"形容夫妇成婚时的景象。

[16]桃原：即"桃源"，传说中有仙女居住的地方。

[17]孤另：孤单、孤独。宋刘克庄《水调歌头·十三夜》中有："嫦娥老去孤另，离别匹如闲。"

[18]则个：早期白话中的语气助词，相当于"罢了""便了"之意。如元关汉卿《感天动地窦娥冤》中"只望婆婆看觑则个"。

[19]西厢行径：指像《西厢记》中张生和崔莺莺之间的爱情故事一样。

[20]秦晋：即"秦晋之好"。春秋时期秦国和晋国几代联姻，后世用"秦晋"指两家结为婚姻。此处指潘必正希望自己能早日和陈妙常成婚。

【作品要解】

　　高濂的传奇《玉簪记》描写的是典型的才子佳人的爱情故事。书生潘必正与道姑陈妙常本有婚约，却因战乱离散，互不相识。二人偶然相遇之后逐渐产生爱情，并敢于冲破世俗阻碍，私自结合。被道观观主发现之后，潘必正不得已进京赶考，登第得官后与陈妙常成婚团圆。

　　《玉簪记》全剧共三十三出，本出名为《寄弄》，在昆曲中也叫《琴挑》，是潘必正与陈妙常爱情发展最关键的一出。二人相识之后互相试探，以琴曲传情，潘必正情意绵绵，步步紧逼；陈妙常春心萌动，似怒实喜。琴声是催发他们爱情的媒介，陈妙常上场后弹奏《潇湘水云》曲，吸引潘必正前来倾听；潘必正弹奏《雉朝飞》逗引陈妙常，向她求爱；陈妙常又弹《广寒游》，不失身份，矜持自重。双方既是评论琴曲，又是互相试探感情，琴曲为他们的恋爱创造了条件，成为二人情愫暗生的背景。高濂将潘必正倾慕陈妙常，以琴曲试探挑逗，陈妙常既想追求爱情，又害羞畏怯的矛盾心情描写得细致生动。

《寄弄》一出曲辞优美典雅，曲调委婉细腻。曲文符合人物的身份与心境，能够恰如其分地表达感情。如"烟淡淡兮轻云，香霭霭兮桂阴""长清短清，那管人离恨。云心水心，有甚闲愁闷"等，辞藻华美，历来为人传诵。

惊　梦

《牡丹亭》第十出

汤显祖

【绕地游[1]】（旦上）梦回莺啭，乱煞年光遍[2]。人立小庭深院。炷尽沉烟[3]，抛残绣线，恁今春关情似去年[4]？

【乌夜啼】"（旦）晓来望断梅关[5]，宿妆残。（贴）你侧着宜春髻子恰凭阑[6]。（旦）剪不断，理还乱[7]，闷无端。（贴）已分付催花莺燕借春看。"（旦）春香，可曾叫人扫除花径？（贴）分付了。（旦）取镜台衣服来。（贴取镜台衣服上）"云髻罢梳还对镜，罗衣欲换更添香[8]"。镜台衣服在此。

【步步娇】（旦）袅晴丝吹来闲庭院[9]，摇漾春如线。停半晌、整花钿[10]。没揣菱花[11]，偷人半面，迤逗的彩云偏[12]。（行介）步香闺怎便把全身现！（贴[13]）今日穿插的好。

【醉扶归】（旦）你道翠生生出落的裙衫儿茜，艳晶晶花簪八宝填，可知我常一生儿爱好是天然[14]。恰三春好处无人见[15]。不提防沉鱼落雁鸟惊喧，则怕的羞花闭月花愁颤。（贴）早茶时了，请行。（行介[16]）你看："画廊金粉半零星，池馆苍苔一片青。踏草怕泥新绣袜，惜花疼煞小金铃[17]。"（旦）不到园林，怎知春色如许！

【皂罗袍】原来姹紫嫣红开遍，似这般都付与断井颓垣[18]。良辰美景奈何天[19]，赏心乐事谁家院！恁般景致，我老爷和奶奶再不提起。（合）朝飞暮卷，云霞翠轩；雨丝风片，烟波画船——锦屏人忒看的这韶光贱[20]！（贴）是花都放了，那牡丹还早。

【好姐姐】（旦）遍青山啼红了杜鹃，荼蘼外烟丝醉软[21]。春香啊，牡丹虽好，他春归怎占的先！（贴）成对儿莺燕啊。（合）闲凝眄[22]，生生燕语明如翦[23]，呖呖莺歌溜的圆。（旦）去罢。（贴）这园子委是观之不足也[24]。（旦）提他怎的！（行介）

【隔尾】观之不足由他缱[25]，便赏遍了十二亭台是枉然。到不如兴尽回家闲过遣。（作到介）（贴）"开我西阁门，展我东阁床。瓶插映山红，炉添沉水香。"小姐，你歇息片时，俺瞧老夫人去也。（下）（旦叹介）"默地游春转，小试宜春面[26]。"春啊，得和你两留连，春去如何遣？咳，恁般天气，好困人也。春香那？（作左右瞧介）（又低首沉吟介）天呵，春色恼人，信有之乎！常观诗词乐府，古之女子，因春感情，遇秋成恨，诚不谬矣。吾今年已二八，未逢折桂之夫[27]；忽慕春情，怎得蟾宫之客[28]？昔日韩夫人得遇于郎[29]，张生偶逢崔氏[30]，曾有《题红记》《崔徽传》二书[31]。此佳人才子，前以密约偷期，后皆得成秦晋[32]。（长叹介）吾生于宦族，长在名门。年已及笄，不得早成佳配，诚为虚度青春，光阴如过隙耳。（泪介）可惜妾身颜色如花，岂料命如一叶乎！

【山坡羊】没乱里春情难遣[33]，蓦地里怀人幽怨。则为俺生小婵娟，拣名门一例、一例里神仙眷[34]。甚良缘，把青春抛的远！俺的睡情谁见？则索因循腼腆[35]。想幽梦谁边，和春光暗流传？迁延，这衷怀那处言！淹煎[36]，泼残生，除问天！身子困乏了，且自隐几而眠。（睡介）（梦生介）（生持柳枝上）"莺逢日暖歌声滑，人遇风情笑口开。一径落花随水入，今朝阮肇到天台[37]。"小生顺路儿跟着杜小姐回来，怎生不见？（回看介）呀，小姐，小姐！（旦作惊起介）（相见介）（生）小生那一处不寻访小姐来，却在这里！（旦作斜视不语介）（生）恰好花园内，折取垂柳半枝。姐姐，你既淹通书史，可作诗以赏此柳枝乎？（旦作惊喜，欲言又止介）（背云）这生素昧平生，何因到此？（生笑介）小姐，咱爱杀你哩！

【山桃红】则为你如花美眷，似水流年，是答儿闲寻遍[38]。在幽闺自怜。小姐，和你那答儿话去。（旦作含笑不行）（生作牵衣介）（旦低问）那边去？（生）转过这芍药栏前，紧靠着湖山石边。（旦低问）秀才，去怎的？（生低答）和你把领扣松，衣带宽，袖梢儿揾着牙儿苫也[39]，则待你忍耐温存一晌眠。（旦作羞）（生前抱）（旦推介）（合）是那处曾相见，相看俨然，早难道这好处相逢无一言？（生强抱旦下）（末扮花神束发冠，红衣插花上）"催花御史惜花天，检点春工又一年。蘸客伤心红雨下[40]，勾人悬梦彩云边。"吾乃掌管南安府后花园花神是也。因杜知府小姐丽娘，与柳梦梅秀才，后日有姻缘之分。杜小姐游春感伤，致使柳秀才入梦。咱花神专掌惜玉怜香，竟来保护他，要他云雨十分欢幸也。

【鲍老催】（末）单则是混阳蒸变，看他似虫儿般蠢动把风情扇。一般儿娇凝翠绽魂儿颠[41]。这是景上缘，想内成，因中见[42]。呀，淫邪展污了花台殿[43]。咱待拈片落花儿惊醒他。（向鬼门丢花介）他梦酣春透了怎留连？拈花闪碎的红如片。秀才才到的半梦儿；梦毕之时，好送杜小姐仍归香阁。吾神去也。（下）

【山桃红】（生、旦携手上）（生）这一霎天留人便，草借花眠。小姐可好？（旦低头介）（生）则把云鬟点，红松翠偏。小姐休忘了呵，见了你紧相偎，慢厮连[44]，恨不得肉儿般团成片也，逗的个日下胭脂雨上鲜。（旦）秀才，你可去啊？（合）是那处曾相见，相看俨然，早难道这好处相逢无一言？（生）姐姐，你身子乏了，将息，将息。（送旦依前作睡介）（轻拍旦介）姐姐，俺去了。（作回顾介）姐姐，你可十分将息，我再来瞧你那。"行来春色三分雨，睡去巫山一片云。"（下）（旦作惊醒，低叫介）秀才，秀才，你去了也？（又作痴睡介）（老旦上）"夫婿坐黄堂[45]，娇娃立绣窗。怪他裙衩上，花鸟绣双双。"孩儿，孩儿，你为甚瞌睡在此？（旦作醒，叫秀才介）咳也。（老旦）孩儿怎的来？（旦作惊起介）奶奶到此！（老旦）我儿，何不做些针指，或观玩书史，舒展情怀？因何昼寝于此？（旦）孩儿适在花园中闲玩，忽值春暄恼人，故此回房。无可消遣，不觉困倦少息。有失迎接，望母亲恕儿之罪。（老旦）孩儿，这后花园中冷静，少去闲行。（旦）领母亲严命。（老旦）孩儿，学堂看书去。（旦）先生不在，且自消停。（老旦叹介）女孩儿长成，自有许多情态，且自由他。正是："宛转随儿女，辛勤做老娘。"（下）（旦长叹介）（看老旦下介）哎也，天那，今日杜丽娘有些侥幸也。偶到后花园中，百花开遍，睹景伤情。没兴而回，昼眠香阁。忽见一生，年可弱冠，丰姿俊妍。于园中折得柳丝一枝，笑对奴家说："姐姐既淹通书史，何不将柳枝题赏一篇？"那时待要应他一声，心中自忖，素昧平生，不知名姓，何得轻与交言。正如此想间，只见那生向前说了几句伤心话儿，将奴搂抱去牡丹亭畔，芍药阑边，共成云雨之欢。两情和合，真个是千般爱惜，万种温存。欢毕之时，又送我去睡眠，几声"将息"。正待自送那生出门，忽值母亲来到，唤醒将来。我一身冷汗，乃是南柯一梦[46]。忙身参礼母亲，又被母亲絮了许多闲话。奴家口虽无言答应，心内思想梦中之事，何曾放怀。行坐不宁，自觉如有所失。娘呵，你教我学堂看书去，知他看那一种书消闷也。（作掩泪介）

【绵搭絮】雨香云片，才到梦儿边。无奈高堂，唤醒纱窗睡不便。泼新鲜冷汗粘煎，闪的俺心悠步软[47]，意软鬟偏。不争多费尽神情，坐起谁忺[48]？则待去眠。（贴上）"晚妆销粉印，春润费香篝。"小姐，薰了被窝睡罢。

【尾声】（旦）困春心游赏倦，也不索香薰绣被眠。天呵，有心情那梦儿还去不远。

春望逍遥出画堂，间梅遮柳不胜芳。

可知刘阮逢人处？回首东风一断肠。

——选自徐朔方校《牡丹亭》，人民文学出版社 1963 年版

【作者简介】

汤显祖（1550—1616），明末戏曲家。字义仍，号海若、若士、清远道人、茧翁，江西临川（今江西抚州）人。出身书香门第，祖上四代均有才名。他天资聪慧，勤奋好学，善做古诗文，21 岁中举人。因为性格刚正不阿，拒绝当朝首辅张居正的拉拢，直到 34 岁才中进士。曾担任南京太常寺博士、礼部主事等职。汤显祖重视文学创新，其文学思想与当时文坛盛行的复古之风大相径庭，受李贽、达观等晚明启蒙思想家的影响，曾言"如明德先生（罗汝芳）者，时在吾心眼中矣。见以可上人（达观）之雄，听以李百泉（李贽）之杰，寻其吐属，如获美剑"（汤显祖《答管东溟》）。在晚明泰州学派和个性解放思想的影响之下，汤显祖逐渐形成自己的"至情"论。他认为"世总为情"（《耳伯麻姑游诗序》）、"人生而有情"（《宜黄县戏神清源师庙记》），情可以贯通生死虚实，甚至"情不知所起，一往而深。生者可以死，死可以生。生而不可与死，死而不可复生者，皆非情之至也"（《牡丹亭

记·题词》)。汤显祖写的四部传奇《紫箫记》(后改为《紫钗记》)、《牡丹亭》(又名《还魂记》)、《南柯记》、《邯郸记》，合称为"玉茗堂四梦"或"临川四梦"。另有诗文集《玉茗堂全集》《玉茗堂尺牍》，小说《续虞初新志》等。

【注释】

[1]绕地游：也作"绕池游"，昆曲曲牌名。

[2]乱煞年光遍：乱煞，缭乱之意；年光，春光。此句是说春光缭乱，到处扰人心地。

[3]炷尽沉烟：沉烟指沉水烟，一种熏香用的香料。

[4]恁：如此，这样。

[5]梅关：大庾岭，今在江西赣州市大余县。汤显祖是江西临川人，所写《牡丹亭》故事发生在梅关附近。

[6]宜春髻子：旧时春日里妇女所梳的一种发髻。

[7]剪不断，理还乱：不能了断，也不能理出头绪来。指感情的纷繁缭乱。语出南唐后主李煜的《相见欢》："剪不断，理还乱，是离愁。别是一番滋味在心头。"

[8]云髻罢梳还对镜，罗衣欲换更添香：梳好了如云的发髻，还在不断地照镜子，想要换的衣服还要再一次薰香。语出唐代薛逢《宫词》。

[9]袅晴丝：袅，指飘动的样子。晴丝，虫子吐出来的丝缕。指春光如晴丝一般摇曳飘荡。

[10]花钿：古时候女子涂在脸上的一种花饰。

[11]没揣菱花：没揣，蓦然间，没料到。菱花，指镜子。指不经意间照了一下镜子。

[12]迤逗：挑逗，引诱。联系上句，指少女整妆的时候没想到被铜镜照进半边面庞，害得她把发髻都整偏了。

[13]贴：传统戏曲中的脚色行当，指次要角色。这里是指丫鬟春香。

[14]天然：自然本色。

[15]三春：指孟春、仲春、季春。这里用来指代自己的青春美貌。

[16]行介：走路的姿态动作。介，指古代戏曲表演中用于表现人物动作、表情和效果的提示，也称"科"。

[17]小金铃：悬挂在花梢上的金铃。因为爱惜花朵，挂上金铃以拉动绳子驱赶鸟雀。此处意指爱花惜春。

[18]原来姹紫嫣红开遍，似这般都付与断井颓垣：此二句指各种颜色的花朵娇艳动人，而无人观赏，只能与破井残墙相伴，表达了对美好青春被禁锢扼杀的叹息。

[19]奈何天：无法排遣之意。

[20]锦屏人：指闺中女郎，亦指富家中人。意指闺中少女不知时光可贵，白白浪费了美好青春。

[21]荼蘼：花名。醉软，像喝醉酒一般轻柔摇荡。

[22]闲凝眄：毫无目的地凝神斜视。

[23]生生：指燕子的鸣叫声清脆悦耳，与后句"呖呖"相同。

[24]观之不足：看不够。

[25]缱：留恋，难舍难分。

[26]宜春面：梳有宜春髻的脸容。常以借指少女的青春容貌。

[27]折桂：我国古代把夺冠登科比喻成折桂，古时科举考试正处在秋季，恰逢桂花开的时候，故借喻高中状元。

[28]蟾宫之客：即"蟾宫客"，科举时代对新进士的美称。金董解元的《西厢记诸宫调》卷六有："蟾宫客，赴帝阙，相送临郊野。"

[29]韩夫人得遇于郎：唐传奇小说《流红记》中记载唐僖宗时宫女韩氏在红叶上题诗，红叶顺水流出宫外，被于祐拾到。二人红叶题诗，互诉衷情，后结为夫妇。明代王骥德将其改编为传奇《题红记》。

[30]张生偶逢崔氏：即唐传奇《莺莺传》中记载的张生和崔莺莺之间的爱情故事，后被改编为《西厢记》。

[31]崔徽传：唐传奇《崔徽传》中记载唐代歌妓崔徽与裴敬中的爱情故事，此处应为《莺莺传》笔误。

[32]秦晋：原指春秋时秦、晋两国世通婚姻，后泛称任何两姓之联姻。亦指

双方和睦相处。

[33]没乱里：指心神不宁，春愁难以排遣。

[34]一例：一类，指门当户对。

[35]则索因循腼腆：则索，只能，只得；因循，沿袭按老办法做事；腼腆，害羞。此句意为只能一贯害羞腼腆。

[36]淹煎：指受煎熬，遭受折磨。

[37]阮肇到天台：比喻身临胜境。元王实甫《西厢记》第四本第一折："我这里软玉温香抱满怀，呀，阮肇到天台，春至人间花弄色。"

[38]是答儿：也作"是搭儿"指到处。元马致远的散曲《清江引·野兴》有："一枕葫芦架，几行垂杨树，是搭儿快活闲住处。"

[39]袖梢儿揾着牙儿苫：衣袖边碰到了嘴唇，意指为男女卿卿我我时亲昵的动作。揾，碰。苫，遮盖。

[40]蘸客：蘸，沾着。这里指落花如雨沾在人身上。

[41]"单则是混阳蒸变"三句：指二人幽会时的情景。

[42]景上缘，想内成，因中见：佛教说法，指二人幽会是虚幻的梦境，虽是梦境，也是因为因缘所致。景，影。

[43]汙：也作"污"。

[44]厮连：互相纠缠拉扯。

[45]黄堂：古代州郡太守都在厅事墙上涂饰雌黄，以驱邪消灾，故称其厅事为"黄堂"。后泛指知府。元代关汉卿杂剧《蝴蝶梦》第二折有："枉教你坐黄堂带虎符，受荣华请俸禄。"

[46]南柯一梦：唐传奇《南柯太守传》写书生淳于棼做梦到大槐安国享受富贵荣华，醒来后发现乃一场大梦，大槐安国原来是大槐树下蚁穴。后用此典故比喻梦幻境界的事。

[47]步踹：脚步沉重。

[48]坐起谁侒：指坐立不安的样子。

【作品要解】

《牡丹亭》也叫《牡丹亭还魂记》《还魂记》等，是汤显祖最著名的代表作，汤显祖曾说："一生四梦，得意处惟在《牡丹》。"全剧共二卷，五十五出，故事讲述的是千金小姐杜丽娘与书生柳梦梅生生死死的爱情故事。

杜丽娘是南宋太守杜宝的女儿，是一位典型的养在深闺中的千金小姐。在封建礼教的束缚和封建家长的管束之下，杜丽娘一直压抑自己的天性，偶然间受到《诗经》"关关雎鸠"的启发，又在游园时欣赏到姹紫嫣红的春日风光，开始萌动春心，梦到书生柳梦梅，梦醒之后甚至为情而死。杜丽娘死后被葬于牡丹亭畔，柳梦梅进京赶考，路过牡丹亭，拾得杜丽娘的自画像，倾慕于画中美人，竟唤出杜丽娘的魂魄。杜丽娘由死复生，与柳梦梅结成夫妇，一起进京赴试。考试结束后，柳梦梅找到杜府，被杜宝以掘墓之罪判刑，杜丽娘也被父亲视作妖精。最终杜丽娘上朝申诉，皇帝赐婚，父子夫妻相认，团圆美满。

本出内容由"游园"和"惊梦"两部分组成，着重写出杜丽娘青春的觉醒。杜丽娘处在封闭压抑的环境中，过去十几年的光阴中，连自己花园的大好春光都不曾欣赏过。一旦走出闺房，进入到光华灿烂的大好春光中，仿佛被压抑的精神终于能够自由倾泻。所以杜丽娘在游园伤春之际，才在睡梦中遇到书生柳梦梅，进而热烈大胆地追求爱情，为爱一往情深。

《牡丹亭》的曲词精工典丽，含蓄委婉。本出《惊梦》中的几支曲子词藻优美，缠绵悱恻，不仅精细地描摹出主人公的心理世界，还能以诗化的语言塑造高雅境界，以其独特的艺术生命力在舞台上传唱，经久不衰。以【皂罗袍】为例："原来姹紫嫣红开遍，似这般都付与断井残垣。良辰美景奈何天，赏心乐事谁家院！……锦屏人忒看的这韶光贱！"这支曲子语言清秀婉丽，以明媚的春日景色无人欣赏来暗喻人生的寂寞幽怨。杜丽娘的情感在哀怨缠绵的曲词中抒发的淋漓尽致。

杂 剧

明代文学作品选

狂鼓史渔阳三弄

《四声猿》第一折

徐 渭

（外扮判官引鬼上 [1]）咱这里算子忒明白 [2]，善恶到头来撒不得赖，就如那少债的会躲也躲不得几多时，却从来没有不还的债。咱家姓察名幽，字能平，别号火珠道人，平生以善断持公，在第五殿阎罗天子下，做一个明白洒落的好判官。当日祢正平先生 [3]，与曹操老瞒对讦那一宗案卷 [4]，是咱家所掌。俺殿主向来以祢先生气概超群，才华出众，凡一应文字，皆属他起草，待以上宾。昨日晚衙，殿主对咱家说：上帝旧用一伙修文郎 [5]，并皆迁次别用。今拟召劫满应补之人，祢生亦在数中。汝可预备装送之资，万一来召，不得有误时刻。我想起来，当时曹瞒召客，令祢生奏鼓为欢，却被他横睛裸体，掉板掀搥，翻古调作《渔阳三弄》 [6]，借狂发愤，推哑装聋，数落得他一个有地皮没躲闪，此乃岂不是踢弄乾坤、提大傀儡的一场奇观 [7]。他如今不久要上天去了，俺待要请将他来，一并放出曹瞒，把旧日骂座的情状，两下里演述一番，留在阴司中做个千古的话靶 [8]。又见得善恶到头，就是少债还债一般，有何不可。手下与我请过祢先生，就一面放出曹操并他旧使唤的一两个人，在左壁厢伺候指挥。（鬼）领台旨。（下）（引生扮祢，净扮曹从二人上）（曹从留左边）（鬼）禀上爷，祢先生请到了。（相见介）（祢上座，判下陪云）先生当日借打鼓骂曹操，此乃天下大奇。下官虽从鞫问时左证得闻一二 [9]，终以未曾亲观为歉。（判立云）又一件，而今恭喜先生为上帝所知，有请召修文的消息。不久当行，而此事缺然，终为一生耿耿。这一件尚是小事，阴司僚属，并那些诸鬼众，传流激劝，更是少此一桩不可。下官斗胆，敢请先生权做旧日行径，把曹操也扮做旧日规模，演述那旧日骂座的光景，了此夙愿，先生意下如何？（祢）这个有何不可。只是一件，小生骂座之时，那曹瞒罪恶尚未如此之多。骂将来冷淡寂寥，不甚好听。今日要骂呵，须直捣到铜雀台分香卖履 [10]，方痛快人心。（判）更妙！更妙！手下带曹操与他的从人过来。曹操，今日要你仍旧扮做丞相，与祢先生演述旧日打鼓骂座那一桩事。你若是乔做那等小心畏惧，藏过了那狠恶的模样，手下就与他一百铁鞭，再从头做起。（曹众扮介）（祢）判翁大人，你一向谦厚，必不肯坐观，就不成一场戏耍。当日骂座，原有宾客在座，今日就权屈大人为曹瞒之宾，坐以观之，方成一个体面。（判）这也见教得是。（揖云）先生告罪，却斗胆了也。（判左曹右举酒坐，祢以常衣进前将鼓）（曹喝云）野生，你为鼓史[11]，自有本等服色[12]，怎么不穿？快换！（校喝云）还不快换！（祢脱旧衣裸体向曹立）（校喝云）禽兽，丞相跟前，可是你裸体赤身的所在！却不道驴臊子朝东，马臊子朝西[13]。（祢）你那颡丞相臊子朝南，我的臊子朝北。（校喝云）还不换上衣服，买什么嘴！（祢换锦巾绣服扁绦介）

【点绛唇】俺本是避乱辞家，遨游许下，登楼罢[14]，回首天涯，不想道屈身躯扒出他们胯[15]。

【混江龙】他那里开筵下榻，教俺操槌按板把鼓来挝[16]，正好俺借槌来打落，又合着鸣鼓攻他。俺这骂一句句锋芒飞剑戟，俺这鼓一声声霹雳卷风沙。曹操这皮是你身儿上躯壳，这槌是你肘儿下肋巴，这钉孔儿是你心窝里毛窝，这板杖儿是你嘴儿上獠牙，两头蒙总打得你泼皮穿，一时间也酹不尽你亏心大。且从头数起，洗耳听咱。

（鼓一通）（曹）狂生，我教你打鼓，你怎么指东话西，将人比畜。我这里铜槌铁刃，好不利害，你仔细你那舌头和那牙齿。（判）这生果是无礼。（祢）

【油葫芦】第一来逼献帝迁都[17]，又将伏后来杀[18]，使郗虑去拿。唉！可怜那九重天子救不得一浑家[19]。帝道后少不得你先行，咱也只在目下。更有那两个儿，又不是别树上花，都总是姓刘的亲骨血在宫中长大，却怎生把龙雏凤种做一瓮鲊鱼虾。

（鼓一通）（曹）说着我那一桩事了。（祢）

【天下乐】有一个董贵人，是汉天子第二位美娇娃。他该什么刑罚，你差也不差，他肚子里又怀着两三月小娃娃。既杀了他的娘，又连着胞一搭，把娘儿们两口砍做血虾蟆。

（鼓一通）（曹）狂生，自古道风来树动，人害虎虎也要害人，伏后与董承等阴谋害俺[20]，我故有此举。终不然是俺先怀歹意害他！（判）丞相说得是。（祢）你也想着他们要害你为着什么来，你把汉天子逼迁来许昌，禁得就是这里的鬼一般。要穿没有，要吃没有，要使用的没有，要传三指大一块纸条儿，鬼也没得理他。你又先杀了董贵人，他们极了，不谋你待几时？你且说就是天子无故要杀一个臣下，那臣下可好就去当面一把手采将他妈妈过来，一刀就砍做两段，世上可有这等事么？（判）这又是狂生说得有理。且请一杯解嘲。（祢）

【哪吒令】他若讨吃么你与他几块歪剌[21]，他若讨穿么你与他一疋縩麻[22]，他有时传旨么教鬼来与拿，是石人也动心，总痴人也害怕，羊也咬人家。

（鼓一通）（判）丞相，这却说他不过。（曹）说得他过，我倒不到这田地了。（祢）

【鹊踏枝】袁公那两家不留他片甲[23]，刘琮那一答又逼他来献纳[24]，那孙权呵几遍几乎[25]，玄德呵两遍价抢他妈妈[26]。是处儿城空战马，递年来尸满啼鸦[27]。

（鼓一通）（曹）大人，那时节乱纷纷，非只我曹操一人如此。（判）这个俺阴司各衙门也都有案卷。（祢）

【寄生草】仗威风只自假，进官爵不由他。一个女孩儿竟坐中宫驾[28]，骑中郎直做了侯王霸[29]，铜雀台直把那云烟架[30]，僭车旗直按倒朝廷胯[31]。在当时险夺了玉皇尊[32]，到如今还使得阎罗怕。

（鼓一通）（判低声分付小鬼，令扮女乐鼓吹介）（判）丞相，女儿嫁做皇后，造房子大了些，这还较不妨。打鼓的且停了鼓，俺闻得丞相有好女乐，请出来劳一劳。（曹）这是往事，如今那里讨？（判）你莫管，叫就有，只要你好生纵放着使用他。（曹）领台命，分付手下，叫我那女乐出来。（二女持乌悲词乐器上[33]）（曹）你两人今日却要自造一个小令，好生弹唱着，劝俺们三杯酒。（祢对曹蹾地坐介）（女唱）

那里一个大鹈鹕[34]，呀，一个低都呀，呀一个低都。变一个花猪，低打都，打低都，唱鹧鸪[35]，呀，一个低都，呀，一个低都。唱得好时犹自可，呀，一个低都，呀，一个低都；不好之时，低打都，打低都，唤王屠[36]，呀，一个低都，呀，一个低都。

（曹）怎说唤王屠？（女）王屠杀猪。（进判酒）（又一女唱）

丞相做事太心欺，呀，一个跷蹊^[37]，呀，一个跷蹊。引惹得旁人，跷打蹊，打跷蹊，说是非，呀，一个跷蹊，呀，一个跷蹊。雪隐鹭鸶飞始见，呀，一个跷蹊，呀，一个跷蹊；柳藏鹦鹉，跷打蹊，打跷蹊，语方知。呀，一个跷蹊，呀，一个跷蹊。

（曹）这两句是旧话。（女）虽是旧话，却贴题。（曹）这妮子朝外叫^[38]。（女）也是道其实，我先首免罪。（进曹酒）（一女又唱）

抹粉搽脂只一会而红，呀，一个冬烘^[39]，呀，一个冬烘。（又一女唱）报恩结怨，烘打冬，打冬烘，落花的风。呀，一个冬烘，呀，一个冬烘。（二女合唱）万事不由人计较，呀，一个冬烘，呀，一个冬烘；算来都是，烘打冬，打冬烘，一场空，呀，一个冬烘，呀，一个冬烘。

（二女各进酒）（判）这一曲才妙，合着咱们天机。（曹）女乐且退，我倦了。（判笑介）（祢起立云）你倦了，我的鼓儿骂儿可还不了。

【六幺序】哄他人口似蜜，害贤良只当耍。把一个杨德祖立断在辕门下^[40]，碜可可血唬零喇^[41]。孔先生是丹鼎灵砂^[42]，月邸金蟆^[43]，仙观琼花，易奇而法，诗正而葩^[44]。他两人嫌隙于你只有针尖大，不过是口唠噪有甚争差^[45]！一个为忒聪明参透了鸡肋话^[46]，一个则是一言不洽，都双双命掩黄沙。

（鼓一通）（判）丞相，这一桩却去不得。（曹）俺醉了，要睡了。（打顿介）（判）手下采将下去，与他一百铁鞭，再从头做起。（曹慌介云）我醒，我醒。（判）你才省得哩。（祢）

【幺】哎，我的根芽也没大兜搭^[47]，都则为文字儿奇拔，气概儿豪达，拜帖儿长拿，没处儿投纳，绣斧金樋，东阁西华，世不曾挂齿沾牙^[48]。唉！那孔北海没来由也说有些缘法^[49]，送在他家。井底虾蟆也一言不洽，怒气相加。早难道投机少话，因此上暗藏刀把我送与黄江夏^[50]。又逢着鹦鹉撩咱^[51]，彩毫端满纸高声价。竟躬身持觞劝酒，俺掷笔还未了杯茶。

（鼓一通）（判）这祸从这上头起。咳！仔细鹦鹉赋害事。（祢）

【青哥儿】日影移窗楞，窗楞一罅^[52]，赋草掷金声^[53]，金声一下。黄祖的心肠忒狠辣，起鳞甲，放出槎牙^[54]，香怕风刮，粉怪娟搽，士忌才华，女妒娇娃，昨日菩萨，顷刻罗刹。哎！可怜俺祢衡的头呵，似秋尽壶瓜，断藤无计再生发，霜檐挂。

（鼓一通）（判）这贼元来这每巧弄了这生。（曹）大人这也听他不得，俺前日也是屈招的。（判）这般说，这生的头也是自家掉下来的？（曹）祢的爷饶了罢么。（判）还要这等虚小心，手下铁鞭在那里？（曹慌作怒介）狂生，俺也有好处来。俺下令求贤，让还三州县[55]，也埋没了俺。（祢）

【寄生草】你狠求贤为自家，让三州直什么。大缸中去几粒芝麻罢，馋猫哭一会慈悲诈，饥鹰饶半截肝肠挂，凶屠放片刻猪羊假。你如今还要哄谁人？就还魂改不过精油滑。

（鼓一通）（判）痛快！痛快！大杯来一杯。先生尽着说。（祢）

【葫芦草混】你害生灵呵！有百万来的还添上七八，杀公卿呵，那里查？借仓的大斗来斛芝麻。恶心肝生就在刀枪上挂，狠规模描不出丹青的画，狡机关我也拈不尽仓猝里骂。曹操，你怎生不再来牵犬上东门[56]、闲听唳鹤华亭坝[57]？却出乖弄丑！带锁披枷！

（鼓一通）（判）老瞒，就教你自家处此，也饶自家不过了。先生尽着说。（祢）

【赚煞】你造铜雀要锁二乔[58]，谁想道梦巫峡羞杀[59]，靠赤壁那火烧一把，你临死时和那些歪刺们活离别[60]，又卖履分香待怎么？亏你不害羞，初一十五教望着西陵月月的哭他[61]，（不想这些歪刺们呵，）带衣麻就搂别家。曹操你自说么，且休提你一世的贤达，（只临了这一桩呵，）也该几管笔题跋[62]。咳，俺且饶你罢，争奈我《渔阳三弄》的鼓槌儿乏。

（末扮阎罗鬼使上）（判）手下，快把曹操等收监。（鬼）禀上老爹，玉帝差人召祢先生。殿主爷说刻限甚急，教老爹这里径自厚赍远饯[63]，记在殿主爷的支应簿上。爷呵，会勘事忙，不得亲送，教老爹多上覆先生。他日朝天，自当谢过。（判）知道了，你自去回话。（鬼应下）（判）叫掌簿的，快备第一号的金帛与饯送果酒伺候。（内应介）（小生扮童、旦扮女捧书节上云[64]）汉阳江草摇春日，天帝亲闻鹦鹉笔[65]。可知昨夜玉楼成，不用陇西李长吉[66]。咱两人奉玉帝符命，到此召请祢衡，不免径入宣旨。那一个是第五殿判官。（判跪介）玉帝有旨，召祢衡先生。你请他过来，待俺好宣旨。（祢同判跪，二使付书介）祢先生，上帝有旨召你。你可受了这符册自看，临到却要拜还。就此起行，不得有违时刻。（童唱）

【耍孩儿】文章自古真无价，动天廷玉皇亲迓[67]。飞凫降鹤踏红霞[68]，请先生即便登遐[69]。修葺了旧衔螭首黄金阁[70]，准办着新鲊麟羔白玉叉[71]，倒琼浆三奏钧天罢[72]。校书郎侍玉京香案[73]，支机女倚银汉仙槎[74]。

（内作细乐）（女唱）

【三煞】祢先生你挟鸿名懒去投[75]，赋鹦哥点不加[76]，文光直透俺三台下[77]，奇禽瑞兽虽嘉兆，倚马雕龙却祸芽。（祢先生，谁似你这般前凶后吉，）这好花样谁能搨[78]？待枣儿甜口，已橄榄酸牙。（祢）

【二煞】向天门渐不遥，辞地主痛愈加[79]。几时再得陪清话[80]？叹风波满狱君为主，已后呵，倘裘马朝天我即家。（小生有一句说话。（判）愿闻。）（祢）大包容饶了曹瞒罢。（（判）这个可凭下官不得。）（祢）我想眼前业景，尽雨后春花。（判）

【一煞】谅先生本太山[81]，如电目一似瞎。俺此后呵，扫清斋图一幅尊容挂，你那里飞仙作队游春圃，俺这里押鬼成群闹晚衙。怎再得邀文驾，又一件，倘三彭诬枉[82]，望一笔涂抹。

这里已到阴阳交界之处，下官不敢越境再送。（祢）就请回。（判）俺殿主有薄贶[83]，令下官奉上，伏望俯纳。下官自有一个小果酒，也要仰屈三杯，表一向侍教的薄意。（祢）小生叨向天廷，要贶物何用。仰烦带回，多多拜上殿主，携樏该领[84]，却不敢稽留天使。（判）这等，就此拜别了。（各磕头共唱）

【尾】自古道胜读十年书，与君一席话。提醒人多因指驴说马，方信道曼倩诙谐不是耍[85]。

（祢下）

判曰：看了这祢正平渔阳三弄，笑得我察判官眼睛一缝。若没有狠阎罗刑法干条，都只道曹丞相神仙八洞。（下）

——选自《徐渭集》中华书局 1983 年版

149

【作者简介】

徐渭，生平简介见前文。

【注释】

[1]外：传统戏曲中的脚色行当，一般指次要角色。

[2]算子：筹算，谋划。

[3]祢正平：祢衡（173—198），字正平，平原郡（今山东德州临邑德平镇）人。个性恃才傲物，曹操召为鼓史，大会宾客，欲当众辱之，反为衡所辱。操怒，遣送荆州刘表。又不合，转送江夏太守黄祖，终被杀。其作品今仅存《鹦鹉赋》一篇。

[4]老瞒：指曹操。曹操小名阿瞒。对讦：相互攻击、指责。

[5]修文郎：传说中在阴曹掌管著作，起草文书的官职。《太平广记》卷三一九引晋王隐《晋书》："颜渊、卜商，今见在为修文郎，修文郎凡有八人，鬼之圣者。"

[6]《渔阳三弄》：鼓曲名。亦称"渔阳参挝""渔阳掺挝"。

[7]提大傀儡：傀儡，木偶戏里的木头人，本义指傀儡是死物，被人操纵做出各种动作。指人或物被随意摆弄，根本不能依靠。

[8]话靶：供人谈论的目标、对象。宋罗大经《鹤林玉露》卷十："今日到湖南，又成一话靶。"

[9]鞫问：审讯。左证：也作"佐证"，指证据，证实。出自《新唐书·刘子玄传》："举十二条左证其谬。"

[10]分香卖履：曹操临死前遗令，将余香分与诸夫人，并命诸妾做鞋出卖，以补贴生计。指临死不忘妻妾。亦形容霸业已空，风流已散，凭吊怀古。

[11]鼓史：《周礼·地官司徒·叙官》："鼓人，中士六人，府二人，史二人，徒二十人。"后以"鼓史"指掌鼓的官吏。曹操曾任命祢衡为"鼓史"。

[12]服色：衣服的样式、颜色。

[13] 驴膦子朝东，马膦子朝西：浙东民间谚语，意指各人要守本分。

[14] 登楼：用王粲登楼典故，比喻怀才不遇，不受重用。

[15] 屈身躯扒出他们胯：用韩信遭受胯下之辱的典故，暗指自己受到曹操的侮辱。

[16] 扠：是指打，抓等，古同"抓"，用指或爪挠。

[17] 逼献帝迁都：指建安元年（196），曹操挟献帝迁都许昌事。

[18] 将伏后来杀：建安十九年（214），曹操逼汉献帝废去伏皇后，又以尚书令华歆为郗虑副手，统兵入宫逮捕伏后。曹操将伏后下于掖庭暴室，幽禁杀之。

[19] 浑家：妻子。

[20] 董承：东汉末年外戚大臣，汉灵帝母亲董太后侄子，汉献帝嫔妃董贵人之父。受献帝密诏，令刘备诛曹操所杀。事泄，为曹操所杀。

[21] 歪剌：牛角中的臭肉。

[22] 檾麻：通称青麻，这里指粗麻布。

[23] 袁公那两家：指袁绍和袁术两家，皆被曹操打败，病死。

[24] 刘琮：东汉末年荆州牧刘表次子，刘琦之弟。继任荆州太守之后被迫投降曹操，被曹操封为青州刺史，后迁谏议大夫，爵封列侯。

[25] "几遍几乎"句：指曹操多次攻打孙权，使孙权几乎遇难。

[26] "两遍价抢他妈妈"句：曹操两次攻打刘备，把刘备的两个妻子都劫走。妈妈，此处指妻子。

[27] 递年：一年又一年，连年。

[28] 一个女孩儿竟坐中宫驾：中宫驾是皇后乘坐的马车，这里指曹操的女儿做了汉献帝的皇后。

[29] 骑中郎直做了侯王霸：指曹操的功劳和官爵不符合。

[30] 直把那云烟架：形容曹操修筑的铜雀台巍峨高耸。

[31] 僭车旗直按倒朝廷胯：指曹操擅自使用朝廷的仪仗，不合礼制。

[32] 玉皇：指汉献帝。

[33] 乌悲词：一种类似琵琶的乐器。

[34] 鹈鹕：水鸟名。体大嘴长，嘴下有皮囊可以伸缩，捕食鱼类。《诗经·曹

风·候人》中以"维鹈在梁，不濡其翼"比喻小人在朝中为官。

[35]鹧鸪：曲名。

[36]王屠：姓王的屠夫。语出谚语"死了王屠，连毛吃猪"，比喻少了某人或某条件，照样办成事。

[37]跷蹊：亦作"蹊奇""蹊跷""蹻蹊"。奇怪；可疑。

[38]朝外叫：胳膊朝外弯之意。

[39]冬烘：糊涂懵懂；迂腐浅陋。含讽刺意。

[40]杨德祖：汉末文学家杨修，字德祖。为人好学，有俊才，建安年间被举孝廉，除郎中，后担任丞相曹操的主簿。后因故被曹操杀害。

[41]磣可可血唬零喇：鲜血淋漓，血肉模糊的样子。

[42]孔先生：孔融，东汉末年文学家，"建安七子"之一，性格激越，爱抨击时政，后因为得罪曹操被杀。丹鼎灵砂：炼丹炉中的灵丹妙药，比喻孔融才华出众。

[43]月邸金蟆：月宫中的金蟾，同样比喻孔融有仙才。

[44]易奇而法，诗正而葩：语出韩愈《进学解》，《易经》玄妙而有法则，《诗经》纯正而文辞华美。

[45]唠噪：形容喜欢多言，啰嗦，说话絮絮不休。争差：纠纷。见元郑庭玉《后庭花》第三折："兀的是人命争差，恰便似金刚厮打，佛也理会不下。"

[46]鸡肋话：出自《三国志·魏书·武帝纪》"备因险拒守"裴松之注引晋司马彪《九州春秋》："时王欲还，出令曰：'鸡肋。'官属不知所谓。主簿杨修便自严装，人惊问修：'何以知之？'修曰：'夫鸡肋，弃之如可惜，食之无所得，以比汉中，知王欲还也。'"

[47]根芽：原因，根源。兜搭：麻烦，周折。《水浒传》第八回："亦且本人年纪又不高大，如何作的这缘故，倘使有些兜搭，恐不方便。"

[48]"拜帖儿长拿"五句：据《后汉书·祢衡传》记载，祢衡初到许昌，经常怀揣拜帖，想去拜见名人。但是一直到名帖上字迹模糊，仍觉得没有可以拜见的人。此处侧面写出祢衡的性格恃才傲物。

[49]孔北海：孔融。此处指孔融向曹操推荐祢衡之事。

[50]黄江夏：东汉末年将领黄祖，曾在刘表任景州牧师，担任江夏太守。此人无才无德，却镇守江夏多年。

[51]鹦鹉撩咱：指祢衡在黄祖之子黄射设宴时作《鹦鹉赋》，宴席上有人进献鹦鹉，并要求祢衡作赋来供人娱乐消遣，祢衡借题发挥，以《鹦鹉赋》曲折表达自己生不逢时的遭际和身不由己的哀怨。

[52]一罅：一条缝隙，指时间过得很快。

[53]赋草掷金声：指祢衡称自己所作的《鹦鹉赋》极为精美。《世说新语》记载，晋孙绰作《天台山赋》成，示友人范荣期，云："卿试掷地，当作金石声也。"

[54]槎牙：本意指树枝横生，参差不齐。此处指找麻烦。

[55]下令求贤，让还三州县：建安十五年，曹操下令求贤，将阳夏、柘、苦三县让还给汉天子，表明自己并非汉贼。

[56]牵犬上东门：《史记·李斯列传》记载李斯临刑前曾对儿子说："吾欲与若复牵黄犬俱出上蔡东门逐狡兔，岂可得乎？"

[57]唤鹤华亭：《晋书·陆机传》记载陆机被害之前曾感慨："华亭鹤唳，岂可复闻乎？"引申为感慨生平，悔入仕途。

[58]造铜雀要锁二乔：相传曹操造铜雀台，要锁住大乔、小乔。

[59]梦巫峡：指楚襄王游高唐，梦中与巫山神女幽会之事。

[60]歪刺：牛角中的臭肉，常用来指对女子的贱称。这里指曹操的妻妾们。

[61]西陵：曹操的陵墓。

[62]题跋：写在书籍、碑帖、字画等前面的文字叫做题，写在后面的，叫做跋，总称题跋，题跋中一般包含对作品的评论。此处指对曹操的评论。

[63]厚赍远饯：赠送厚礼，设宴饯行。

[64]书节：指玉帝的诏书和使者的符节。

[65]鹦鹉笔：指祢衡作《鹦鹉赋》的文笔和才华。

[66]陇西李长吉：指唐代诗人李贺。

[67]迓：迎接。

[68]飞凫：指仙人所穿的鞋子。

[69]登遐：升天，本意谓死者升天而去，后引申为对他人死去的讳称；又特

指帝王之死；又犹言登仙远去。

[70] 螭首：古代宫殿屋脊上雕刻的龙头形花纹。螭，龙的一种。

[71] 鲊：一种腌制的鱼。

[72] 钧天："钧天广乐"的简称，指天上的音乐。见《吕氏春秋·有始》："中央曰钧天。"高诱注："钧，平也。为四方主，故曰钧天。"

[73] 校书郎：掌管书籍校勘的官员，这里指祢衡上天后担任的官职。

[74] 支机女：古代神话中的织女，此处泛指天上的仙女。仙槎：仙人乘坐的竹筏。

[75] 挟鸿名懒去投：指祢衡恃才傲物，享有盛名却不愿向权贵投拜帖，依附权贵。

[76] 赋鹦哥点不加：指祢衡作《鹦鹉赋》文不加点，一气呵成。

[77] 三台：星名。《晋书·天文志上》："三台六星，两两而居。"此处借指天廷。

[78] 搨：同"拓"，在刻铸有文字或图像的器物上，涂上墨，蒙上一层纸，捶打后使凹凸分明，显出文字图像来。

[79] 地主：地府的主人，此处指判官。

[80] 陪清话：聊天畅谈。如宋李铸《赠英公大师》诗："幸对风情添逸趣，好陪清话在莲官。"

[81] 太山：即泰山。

[82] 三彭：也叫"三尸""三虫"，指在人体内作祟，影响人修炼的三种神。三尸神能够窥见人类过失，向天帝报告。

[83] 薄赆：离别时赠送的薄礼。

[84] 榼：古代盛酒的酒具。

[85] 曼倩：东方朔，字曼倩。西汉时期著名文学家，曾任汉武帝身边的常侍郎、太中大夫等职。他性格诙谐，言词敏捷，滑稽多智，常在武帝前谈笑取乐，以寓言劝谏汉武帝。

【作品要解】

徐渭的杂剧《四声猿》包含《狂鼓史渔阳三弄》《玉禅师翠乡一梦》《雌木兰替父从军》和《女状元辞凰得凤》四个故事，其中《四声猿·狂鼓史渔阳三弄》简称《狂鼓史》，是《四声猿》中艺术价值最高、表达感情最激越的一折。故事讲述的是祢衡在阴司期满，奉召上天，被天帝任命为修文郎。阴司判官想起祢衡在阳间担任渔阳掺挝时，曾经击鼓骂曹，便请他在升天之前重演一遍。阴间的曹操鬼魂仍扮作丞相，判官扮作宾客观看。演完之后，曹操仍被关押在阴曹地府，祢衡升到天廷去做官。全剧诙谐幽默，痛快淋漓。明代戏曲理论家祁彪佳在《远山堂剧品》评此剧为"千古快谈"。

剧中祢衡从曹操逼汉献帝迁都开始骂起，历数他杀伏后和太子、杀董贵人及其腹中胎儿、杀袁氏兄弟、嫁女做皇后、杀杨修和孔融、让还三州等罪状。鼓一通，骂一通，当曹操为自己狡辩时，祢衡对其驳斥讽刺，令曹操哑口无言。

徐渭写的是汉末时候的历史，但实际却影射自己生活的明代社会。他以奸诈残暴、欺君罔上的曹操来影射明代后期把持朝政的严嵩父子；以恃才傲物，刚直傲慢的祢衡来暗指明代嫉恶如仇的沈炼。全剧表达了作者对权臣专权误国的憎恨和对刚直不阿之士被迫害的痛惜之情。语言豪荡狂放、酣畅淋漓，嬉笑怒骂，皆成文章，正如明代文学家袁宏道在《四声猿》剧首眉批中的评价"语气雄越，击壶和筑，同此悲歌"。

小说

明代文学作品选

《三国演义》

罗贯中

废汉帝陈留践位　谋董贼孟德献刀

且说董卓欲杀袁绍，李儒止之曰："事未可定，不可妄杀。"袁绍手提宝剑，辞别百官而出，悬节东门，奔冀州去了。卓谓太傅袁隗曰："汝侄无礼，吾看汝面，姑恕之。废立之事若何？"隗曰："太尉所见是也。"卓曰："敢有阻大议者，以军法从事！"群臣震恐，皆云："一听尊命。"宴罢，卓问侍中周毖、校尉伍琼曰："袁绍此去若何？"周毖曰："袁绍忿忿而去，若购之急，势必为变。且袁氏树恩四世，门生故吏遍于天下；倘收豪杰以聚徒众，英雄因之而起，山东非公有也。不如赦之，拜为一郡守，则绍喜于免罪，必无患矣。"伍琼曰："袁绍好谋无断，不足为虑；诚不若加之一郡守，以收民心。"卓从之，即日差人拜绍为渤海太守。

九月朔，请帝升嘉德殿，大会文武。卓拔剑在手，对众曰："天子暗弱，不足以君天下。今有策文一道，宜为宣读。"乃命李儒读策曰：

> 孝灵皇帝，早弃臣民；皇帝承嗣，海内侧望。而帝天资轻佻，威仪不恪，居丧慢惰：否德既彰，有忝大位。皇太后教无母仪，统政荒乱。永乐太后暴崩，众论惑焉。三纲之道，天地之纪，毋乃有阙？陈留王协，圣德伟懋[1]，规矩肃然；居丧哀戚，言不以邪；休声美誉，天下所闻：宜承洪业，为万世统。兹废皇帝为弘农王，皇太后还政。请奉陈留王为皇帝，应天顺人，以慰生灵之望。

李儒读策毕，卓叱左右扶帝下殿，解其玺绶[2]，北面长跪，称臣听命。又呼太后去服候敕[3]。帝后皆号哭，群臣无不悲惨。阶下一大臣，愤怒高叫曰："贼臣董卓，敢为欺天之谋，吾当以颈血溅之！"挥手中象简[4]，直击董卓。卓大怒，喝武士拿下：乃尚书丁管也。卓命牵出斩之。管骂不绝口，至死神色不变。后人有诗叹之曰：

董贼潜怀废立图，汉家宗社委丘墟。满朝臣宰皆囊括，惟有丁公
是丈夫。

卓请陈留王登殿。群臣朝贺毕，卓命扶何太后并弘农王及帝妃唐氏于永安宫闲
住，封锁宫门，禁群臣无得擅入。可怜少帝四月登基，至九月即被废。卓所立
陈留王协，表字伯和，灵帝中子，即献帝也；时年九岁。改元初平。董卓为相
国，赞拜不名，入朝不趋，剑履上殿，威福莫比。李儒劝卓擢用名流，以收人
望，因荐蔡邕之才。卓命征之，邕不赴。卓怒，使人谓邕曰："如不来，当灭
汝族。"邕惧，只得应命而至。卓见邕大喜，一月三迁其官，拜为侍中，甚见
亲厚。

却说少帝与何太后、唐妃困于永安宫中，衣服饮食，渐渐少缺；少帝泪不
曾干。一日，偶见双燕飞于庭中，遂吟诗一首。诗曰：

嫩草绿凝烟，袅袅双飞燕。洛水一条青，陌上人称羡。远望碧云
深，是吾旧宫殿。何人仗忠义，泄我心中怨！

董卓时常使人探听。是日获得此诗，来呈董卓。卓曰："怨望作诗，杀之有名
矣。"遂命李儒带武士十人，入宫弑帝。帝与后、妃正在楼上，宫女报李儒至，
帝大惊。儒以鸩酒奉帝[5]，帝问何故。儒曰："春日融和，董相国特上寿酒。"
太后曰："既云寿酒，汝可先饮。"儒怒曰："汝不饮耶？"呼左右持短刀白练
于前曰："寿酒不饮，可领此二物！"唐妃跪告曰："妾身代帝饮酒，愿公存母
子性命。"儒叱曰："汝何人，可代王死？"乃举酒与何太后曰："汝可先饮？"
后大骂何进无谋，引贼入京，致有今日之祸。儒催逼帝，帝曰："容我与太后
作别。"乃大恸而作歌，其歌曰：

天地易兮日月翻，弃万乘兮退守藩。为臣逼兮命不久，大势去兮
空泪潸！

唐妃亦作歌曰：

皇天将崩兮后土颓，身为帝姬兮命不随。生死异路兮从此毕，奈
何茕速兮心中悲！

歌罢，相抱而哭，李儒叱曰："相国立等回报，汝等俄延，望谁救耶？"太后
大骂："董贼逼我母子，皇天不佑！汝等助恶，必当灭族！"儒大怒，双手扯

住太后，直撺下楼；叱武士绞死唐妃；以鸩酒灌杀少帝，还报董卓。卓命葬于城外。自此每夜入宫，奸淫宫女，夜宿龙床。尝引军出城，行到阳城地方，时当二月，村民社赛[6]，男女皆集。卓命军士围住，尽皆杀之，掠妇女财物，装载车上，悬头千余颗于车下，连轸还都[7]，扬言杀贼大胜而回；于城门外焚烧人头，以妇女财物分散众军。

越骑校尉伍孚，字德瑜，见卓残暴，愤恨不平，尝于朝服内披小铠，藏短刀，欲伺便杀卓。一日，卓入朝，孚迎至阁下，拔刀直刺卓。卓气力大，两手抠住；吕布便入，揪倒伍孚。卓问曰："谁教汝反？"孚瞪目大喝曰："汝非吾君，吾非汝臣，何反之有？汝罪恶盈天，人人愿得而诛之！吾恨不车裂汝以谢天下[8]！"卓大怒，命牵出剖剐之[9]。孚至死骂不绝口。后人有诗赞之曰：

汉末忠臣说伍孚，冲天豪气世间无。朝堂杀贼名犹在，万堪称大丈夫！

董卓自此出入常带甲士护卫。

时袁绍在渤海，闻知董卓弄权，乃差人赍密书来见王允[10]。书略曰：

卓贼欺天废主，人不忍言；而公恣其跋扈，如不听闻，岂报国效忠之臣哉？绍今集兵练卒，欲扫清王室，未敢轻动。公若有心，当乘间图之。如有驱使，即当奉命。

王允得书，寻思无计。一日，于侍班阁子内见旧臣俱在，允曰："今日老夫贱降，晚间敢屈众位到舍小酌。"众官皆曰："必来祝寿。"当晚王允设宴后堂，公卿皆至。酒行数巡，王允忽然掩面大哭。众官惊问曰："司徒贵诞，何故发悲？"允曰："今日并非贱降，因欲与众位一叙，恐董卓见疑，故托言耳。董卓欺主弄权，社稷旦夕难保。想高皇诛秦灭楚，奄有天下；谁想传至今日，乃丧于董卓之手：此吾所以哭也。"于是众官皆哭。坐中一人抚掌大笑曰："满朝公卿，夜哭到明，明哭到夜，还能哭死董卓否？"允视之，乃骁骑校尉曹操也。允怒曰："汝祖宗亦食禄汉朝[11]，今不思报国而反笑耶？"操曰："吾非笑别事，笑众位无一计杀董卓耳。操虽不才，愿即断董卓头，悬之都门，以谢天下。"允避席问曰："孟德有何高见？"操曰："近日操屈身以事卓者，实欲乘间图之耳。今卓颇信操，操因得时近卓。闻司徒有七宝刀一口，愿借与操入相府刺杀之，虽死不恨！"允曰："孟德果有是心，天下幸甚！"遂亲自酌酒奉操。操沥酒设誓[12]，允随取宝刀与之。操藏刀，饮酒毕，即起身辞别众官而去。众官又坐了一回，亦俱散讫[13]。

次日，曹操佩着宝刀来至相府，问："丞相何在？"从人云："在小阁中。"操径入。见董卓坐于床上，吕布侍立于侧。卓曰："孟德来何迟？"操曰："马羸行迟耳。"卓顾谓布曰："吾有西凉进来好马，奉先可亲去拣一骑赐与孟德。"布领令而出。操暗忖曰："此贼合死！"即欲拔刀刺之，惧卓力大，未敢轻动。卓胖大不耐久坐，遂倒身而卧，转面向内。操又思曰："此贼当休矣！"急掣宝刀在手，恰待要刺，不想董卓仰面看衣镜中，照见曹操在背后拔刀，急回身问曰："孟德何为？"时吕布已牵马至阁外。操惶遽[14]，乃持刀跪下曰："操有宝刀一口，献上恩相。"卓接视之，见其刀长尺余，七宝嵌饰，极其锋利，果宝刀也；遂递与吕布收了。操解鞘付布。卓引操出阁看马，操谢曰："愿借试一骑。"卓就教与鞍辔。操牵马出相府，加鞭望东南而去。布对卓曰："适来曹操似有行刺之状，及被喝破，故推献刀。"卓曰："吾亦疑之。"正说话间，适李儒至，卓以其事告之。儒曰："操无妻小在京，只独居寓所。今差人往召，如彼无疑而便来，则是献刀；如推托不来，则必是行刺，便可擒而问也。"卓然其说，即差狱卒四人往唤操。去了良久，回报曰："操不曾回寓，乘马飞出东门。门吏问之，操曰'丞相差我有紧急公事'，纵马而去矣。"儒曰："操贼心虚逃窜，行刺无疑矣。"卓大怒曰："我如此重用，反欲害我！"儒曰："此必有同谋者，待拿住曹操便可知矣。"卓遂令遍行文书，画影图形，捉拿曹操：擒献者，赏千金，封万户侯；窝藏者同罪。

且说曹操逃出城外，飞奔谯郡。路经中牟县，为守关军士所获，擒见县令。操言："我是客商，覆姓皇甫。"县令熟视曹操，沉吟半晌，乃曰："吾前在洛阳求官时，曾认得汝是曹操，如何隐讳！且把来监下，明日解去京师请赏。"把关军士赐以酒食而去。至夜分，县令唤亲随人暗地取出曹操，直至后院中审究；问曰："我闻丞相待汝不薄，何故自取其祸？"操曰："'燕雀安知鸿鹄志哉！'汝既拿住我，便当解去请赏。何必多问！"县令屏退左右[15]，谓操曰："汝休小觑我。我非俗吏，奈未遇其主耳。"操曰："吾祖宗世食汉禄，若不思报国，与禽兽何异？吾屈身事卓者，欲乘间图之，为国除害耳。今事不成，乃天意也！"县令曰："孟德此行，将欲何往？"操曰："吾将归乡里，发矫诏[16]，召天下诸侯兴兵共诛董卓：吾之愿也。"县令闻言，乃亲释其缚，扶之上坐，再拜曰："公真天下忠义之士也！"曹操亦拜，问县令姓名。县令曰："吾姓陈，名宫，字公台。老母妻子，皆在东郡。今感公忠义，愿弃一官，从公而逃。"操甚喜。是夜陈宫收拾盘费，与曹操更衣易服，各背剑一口，乘马投故乡来。

行了三日，至成皋地方，天色向晚。操以鞭指林深处谓宫曰："此间有一人姓吕，名伯奢，是吾父结义弟兄；就往问家中消息[17]，觅一宿，如何？"宫曰："最好。"二人至庄前下马，入见伯奢。奢曰："我闻朝廷遍行文书，捉汝甚急，汝父已避陈留去了。汝如何得至此？"操告以前事，曰："若非陈县令，已粉骨碎身矣。"伯奢拜陈宫曰："小侄若非使君，曹氏灭门矣。使君宽怀安坐，今晚便可下榻草舍。"说罢，即起身入内。良久乃出，谓陈宫曰："老夫家无好酒，容往西村沽一樽来相待。"言讫，匆匆上驴而去。

操与宫坐久，忽闻庄后有磨刀之声。操曰："吕伯奢非吾至亲，此去可疑，当窃听之。"二人潜步入草堂后，但闻人语曰："缚而杀之，何如？"操曰："是矣！今若不先下手，必遭擒获。"遂与宫拔剑直入，不问男女，皆杀之，一连杀死八口。搜至厨下，却见缚一猪欲杀。宫曰："孟德心多，误杀好人矣！"急出庄上马而行。行不到二里，只见伯奢驴鞍前鞒悬酒二瓶，手携果菜而来，叫曰："贤侄与使君何故便去？"操曰："被罪之人，不敢久住。"伯奢曰："吾已分付家人宰一猪相款，贤侄、使君何憎一宿？速请转骑。"操不顾，策马便行。行不数步，忽拔剑复回，叫伯奢曰："此来者何人？"伯奢回头看时，操挥剑砍伯奢于驴下。宫大惊曰："适才误耳，今何为也？"操曰："伯奢到家，见杀死多人，安肯干休？若率众来追，必遭其祸矣。"宫曰："知而故杀，大不义也！"操曰："宁教我负天下人，休教天下人负我。"陈宫默然。

当夜，行数里，月明中敲开客店门投宿。喂饱了马，曹操先睡。陈宫寻思："我将谓曹操是好人，弃官跟他；原来是个狼心之徒！今日留之，必为后患。"便欲拔剑来杀曹操。正是：设心狠毒非良士，操卓原来一路人。毕竟曹操性命如何，且听下文分解。

——选自《三国演义》，人民文学出版社 1979 年版

【作者简介】

罗贯中（1330—1400），名本，字贯中，号湖海散人，祖籍山西太原，长期居住于杭州。罗贯中曾经在张士诚手下干过谋士，后来张士诚被朱元璋消灭，他就隐居了。一生著作颇丰，除了《三国演义》，还有小说《隋唐两朝志传》《残唐五代演义》《三遂平妖传》等和杂剧《赵太祖龙虎风云会》《忠正孝子连环谏》《三凭章死哭蛮虎子》等。其中影响最大的，就是《三国演义》。关于《三国演义》的成书年代，说法不一。版本则有：嘉靖本《三国志通俗演义》，24 卷，240 则，每则前有七言单题，是现存最早版本；《李卓吾先生批评三国志》，简称"李评本"，不分卷，120 回，目录由单题变双题，有眉批、总批，系叶昼假托，故后人称"伪李评本"；清康熙年间毛纶、毛宗岗父子刊本《三国演义》，简称"毛本"，对"李评本"回目、正文多有修改、增删，正统道德色彩更浓，评点多精辟见解，是三百多年来最流行的版本。

【注释】

[1] 伟懋：同"伟茂"，盛大貌。《献帝起居注》："陈留王协，圣德伟茂，规矩邈然，丰下兑上，有尧图之表。"

[2] 玺绶：古代印玺上所系的彩色丝带，借指印玺。《后汉书·王霸传》："霸追斩王郎，得其玺绶。"

[3] 敕：帝王的命令或诏书。

[4]象简：即象笏，为象牙制的手板。古代品位较高的官员朝见君主时所执，供指画和记事。宋文同《和张屯田雪中朝拜天庆观》："遥望玉宸端象简，宛然身在广寒宫。"

[5]鸩酒：毒酒。用鸩羽浸制，饮之立死。晋葛洪《抱朴子·嘉遁》："渊鱼之引芳饵，泽雉之咽毒粒，咀漏脯以充饥，酣鸩酒以止渴也。"

[6]社赛：指社日迎神赛会，是古代农民祭祀土神的一种风俗。

[7]连轸：车后横木相接，用以形容车多。晋左思《魏都赋》："百隧毂击，连轸万贯；凭轼捶马，袖幕纷半。"

[8]车裂：俗称五马分尸。古代酷刑的一种。原为车裂尸体，将被杀之人的头和四肢分别拴在五辆车上，以五马驾车，同时分驰，撕裂肢体。亦有车裂活人者。《左传·襄公二十二年》："昔观起有宠于子南，子南得罪，观起车裂。"

[9]剐：古代社会一种残酷的死刑，把人的身体割成许多块。

[10]赍（jī）：怀抱着，带着。

[11]食禄：享受俸禄。汉司马迁《史记·循吏列传》："食禄者，不得与下民争利。"

[12]沥酒设誓：洒酒于地起誓。明陶宗仪《辍耕录·释怨结姻》："具白前所仇事，沥酒为誓，语酖儿曰：'子识之，试用此警世间人。'"

[13]散讫：走光、分散。清吴敬梓《儒林外史》第三三回："闹了一会，席面已齐，杜少卿出来奉席坐下，吃了半夜酒，各自散讫。"

[14]惶遽：恐惧慌张。《资治通鉴·唐肃宗至德元年》："癸巳，国忠集百官于朝堂，惶懅流涕，问以策略，皆唯唯不对。"

[15]屏退：斥退。《隋书·音乐志》："恶情屏退，善心兴起。"

[16]矫诏：假托的皇帝诏书。《汉书·佞幸传》："后果有上书告显颛命矫诏开宫门。"

[17]消息：休息。《晋书·谢玄传》："诏遣高手医一人，令自消息，又使还京口疗疾。"

【作品要解】

本文为《三国演义》的第四回，详述董卓废汉帝，奸杀百姓等罪行；司徒王允召集义士，曹操谋杀董卓未果转献宝刀等智行；以及陈宫弃官私放曹操的义举和曹操杀吕伯奢一家始末。小说在叙写曹操杀董卓之前，先写丁管、伍孚的刺杀。前后两种刺杀固为义举，既显示董卓的人人皆欲诛之的民心向背，也显示刺杀董卓之困难，且董卓历经丁管、伍孚的刺杀后，防心益甚，守备益严，刺杀的难度升级，为曹操刺杀未果留下伏笔。丁管、伍孚与曹操的形似情境的不同表现，展示曹操的机敏和智慧。

毛宗岗父子评曰："丁管、伍孚奋不顾身，若使两人当曹操之地，必不肯为献刀之举矣。曹操欲谋人，必先全我身。丁管、伍孚所不及曹操者，智也；曹操所不及丁管、伍孚者，忠也。"此回目充分刻画了曹操人物形象的多面性和立体性：综观王允一众的哭啼叹息，唯有曹操奋勇而出主动请缨刺杀董卓，可见其勇；提前讨要七星宝刀，准备战马，想必亦已事先谋略刺杀失败之后的退路，可见其谋；刺杀董卓败露，灵机转献宝刀并从容退离，可见其智；心系世袭汉禄，欲矫诏兴兵讨贼，可见其忠；误杀吕伯奢家人而后将错就错续杀吕伯奢，可见其奸。如此，一代英勇有谋、忠义奸诈的乱世奸雄的形象跃然于纸上。曹操颇为人诟病处正在其杀吕伯奢一事，然正如毛氏父子所言"孟德杀伯奢一家，误也，可原也；至杀伯奢，则恶极矣。更说出'宁使我负人，休教人负我'之语，读书者至此，无不诟之、詈之，争欲杀之矣。不知此犹孟德之过人处也。试问天下人，谁不有此心者，谁复能开此口乎？至于讲道学诸公，且反其语曰：'宁使人负我，休教我负人。'非不说得好听，然察其行事，却是步步私学孟德二语者。则孟德犹不失为心口如一之小人；而此曹之口是心非，而不如孟德之直捷痛快也。吾故曰：此犹孟德之过人处也。"大错已经铸成，若一时心软放过吕伯奢，待吕伯奢回见家中老少惨死之状，岂能不揭发曹操以报灭门之仇？如此，则何如得见一代枭雄的崛起和三分天下的战局？况面对此种情景，与曹操做出同样抉择的恐非少数，但大都默默做了，不会出此宣言。相较于那些做尽坏事却口称孔孟的伪君子，曹操之举倒也磊落。"宁使我负人，休教人负我"之语固非义言，然亦见曹操为人的痛快直口及欲为枭雄的取舍和韬略。

诸葛亮舌战群儒（节选）

肃乃引孔明至幕下。早见张昭、顾雍等一班文武二十余人，峨冠博带 [1]，整衣端坐。孔明逐一相见，各问姓名。施礼已毕，坐于客位。张昭等见孔明丰神飘洒，器宇轩昂，料道此人必来游说。张昭先以言挑之曰："昭乃江东微末之士 [2]，久闻先生高卧隆中，自比管、乐。此语果有之乎？"孔明曰："此亮平生小可之比也。"昭曰："近闻刘豫州三顾先生于草庐之中，幸得先生，以为'如鱼得水'，思欲席卷荆襄 [3]。今一旦以属曹操，未审是何主见？"孔明自思张昭乃孙权手下第一个谋士，若不先难倒他，如何说得孙权，遂答曰："吾观取汉上之地，易如反掌。我主刘豫州躬行仁义，不忍夺同宗之基业，故力辞之。刘琮孺子，听信佞言，暗自投降，致使曹操得以猖獗。今我主屯兵江夏，别有良图，非等闲可知也。"昭曰："若此，是先生言行相违也。先生自比管、乐——管仲相桓公，霸诸侯，一匡天下；乐毅扶持微弱之燕，下齐七十余城：此二人者，真济世之才也。先生在草庐之中，但笑傲风月，抱膝危坐。今既从事刘豫州，当为生灵兴利除害，剿灭乱贼。且刘豫州未得先生之前，尚且纵横寰宇，割据城池；今得先生，人皆仰望。虽三尺童蒙，亦谓彪虎生翼，将见汉室复兴，曹氏即灭矣。朝廷旧臣，山林隐士，无不拭目而待：以为拂高天之云翳 [4]，仰日月之光辉，拯民于水火之中，措天下于衽席之上 [5]，在此时也。何先生自归豫州，曹兵一出，弃甲抛戈，望风而窜；上不能报刘表以安庶民，下不能辅孤子而据疆土；乃弃新野，走樊城，败当阳，奔夏口，无容身之地：是豫州既得先生之后，反不如其初也。管仲、乐毅，果如是乎？愚直之言，幸勿见怪！"孔明听罢，哑然而笑曰："鹏飞万里，其志岂群鸟能识哉？譬如人染沉疴 [6]，当先用糜粥以饮之 [7]，和药以服之；待其腑脏调和，形体渐安，然后用肉食以补之，猛药以治之：则病根尽去，人得全生也。若不待气脉和缓，便以猛药厚味，欲求安保，诚为难矣。吾主刘豫州，向日军败于汝南，寄迹刘表，兵不满千，将止关、张、赵云而已：此正如病势尫羸已极之时也 [8]。新野山僻小县，人民稀少，粮食鲜薄，豫州不过暂借以容身，岂真将坐守于此耶？夫以甲兵不完，城郭不固，军不经练，粮不继日，然而博望烧屯，白河用水，使夏侯惇，曹仁辈心惊胆裂；窃谓管仲、乐毅之用兵，未必过此。至于刘琮降操，豫州实出不知；且又不忍乘乱夺同宗之基业，此真大仁大义也。当阳之败，豫州见有数十万赴义之民，扶老携幼相随，不忍弃之，日行十里，不思进取江陵，甘与同败，此亦大仁大义也。寡不敌众，胜负乃其常事。昔高皇数败于项羽，而垓下一战成功，此非韩信之良谋乎？夫信久事高皇，未尝累胜。盖国家大计，社稷安危，是有主谋。非比夸辩之徒，虚誉欺人：坐议立谈，无人可及；临机应变，百无一能。——诚为天下笑耳！"这一篇言语，说得张昭并无一言回答。

座上忽一人抗声问曰："今曹公兵屯百万，将列千员，龙骧虎视，平吞江夏，公以为何如？"孔明视之，乃虞翻也。孔明曰："曹操收袁绍蚁聚之兵，劫刘表乌合之众，虽数百万不足惧也。"虞翻冷笑曰："军败于当阳，计穷于夏口，区区求教于人，而犹言'不惧'，此真大言欺人也！"孔明曰："刘豫州以数千仁义之师，安能敌百万残暴之众？退守夏口，所以待时也。今江东兵精粮足，且有长江之险，犹欲使其主屈膝降贼，不顾天下耻笑。——由此论之，刘豫州真不惧操贼者矣！"虞翻不能对。

座间又一人问曰："孔明欲效仪、秦之舌，游说东吴耶？"孔明视之，乃步骘也。孔明曰："步子山以苏秦张仪为辩士，不知苏秦、张仪亦豪杰也：苏秦佩六国相印，张仪两次相秦，皆有匡扶人国之谋，非比畏强凌弱，惧刀避剑之人也。君等闻曹操虚发诈伪之词，便畏惧请降，敢笑苏秦、张仪乎？"步骘默然无语。

忽一人问曰："孔明以曹操何如人也？"孔明视其人，乃薛综也。孔明答曰："曹操乃汉贼也，又何必问？"综曰："公言差矣。汉传世至今，天数将终。今曹公已有天下三分之二，人皆归心。刘豫州不识天时，强欲与争，正如以卵击石，安得不败乎？"孔明厉声曰："薛敬文安得出此无父无君之言乎！夫人生天地间，以忠孝为立身之本。公既为汉臣，则见有不臣之人，当誓共戮之：臣之道也。今曹操祖宗叨食汉禄，不思报效，反怀篡逆之心，天下之所共愤；公乃以天数归之，真无父无君之人也！不足与语！请勿复言！"薛综满面羞惭，不能对答。

座上又一人应声问曰："曹操虽挟天子以令诸侯，犹是相国曹参之后。刘豫州虽云中山靖王苗裔，却无可稽考，眼见只是织席贩屦之夫耳，何足与曹操抗衡哉！"孔明视之，乃陆绩也。孔明笑曰："公非袁术座间怀桔之陆郎乎[9]？请安坐，听吾一言：曹操既为曹相国之后，则世为汉臣矣；今乃专权肆横，欺凌君父，是不惟无君，亦且蔑祖，不惟汉室之乱臣，亦曹氏之贼子也。刘豫州堂堂帝胄，当今皇帝，按谱赐爵，何云'无可稽考'？且高祖起身亭长，而终有天下；织席贩屦，又何足为辱乎？公小儿之见，不足与高士共语！"陆绩语塞。

座上一人忽曰："孔明所言，皆强词夺理，均非正论，不必再言。且请问孔明治何经典？"孔明视之，乃严畯也。孔明曰："寻章摘句，世之腐儒也，何能兴邦立事？且古耕莘伊尹[10]，钓渭子牙[11]，张良、陈平之流。邓禹、耿弇之辈，皆有匡扶宇宙之才，未审其生平治何经典。——岂亦效书生，区区于笔砚之间，数黑论黄，舞文弄墨而已乎？"严畯低头丧气而不能对。

忽又一人大声曰："公好为大言，未必真有实学，恐适为儒者所笑耳。"孔明视其人，乃汝阳程德枢也。孔明答曰："儒有小人君子之别。君子之儒，忠君爱国，守正恶邪，务使泽及当时，名留后世。——若夫小人之儒，惟务雕虫，专工翰墨；青春作赋，皓首穷经；笔下虽有千言，胸中实无一策。且如扬雄以文章名世，而屈身事莽，不免投阁而死，此所谓小人之儒也；虽日赋万言，亦何取哉！"程德枢不能对。众人见孔明对答如流，尽皆失色。

同坐上张温、骆统二人，又欲问难。忽一人自外而入，厉声言曰："孔明乃当世奇才，君等以唇舌相难，非敬客之礼也。曹操大兵临境，不思退敌之策，乃徒斗口耶！"众视其人，乃零陵人，姓黄，名盖，字公覆，现为东吴粮官。当时黄盖谓孔明曰："愚闻多言获利，不如默而无言。何不将金石之论为我主言之，乃与众人辩论也？"孔明曰："诸君不知世务，互相问难，不容不答耳。"于是黄盖与鲁肃引孔明入。至中门，正遇诸葛瑾，孔明施礼。瑾曰："贤弟既到江东，如何不来见我？"孔明曰："弟既事刘豫州，理宜先公后私。公事未毕，不敢及私。望兄见谅。"瑾曰："贤弟见过吴侯，却来叙话。"说罢自去。

鲁肃曰："适间所嘱，不可有误。"孔明点头应诺。引至堂上，孙权降阶而迎，优礼相待。施礼毕，赐孔明坐。众文武分两行而立。鲁肃立于孔明之侧，只看他讲话。孔明致玄德之意毕，偷眼看孙权：碧眼紫髯，堂堂一表。孔明暗思："此人相貌非常，只可激，不可说。等他问时，用言激之便了。"献茶已毕，孙权曰："多闻鲁子敬谈足下之才，今幸得相见，敢求教益。"孔明曰："不才无学，有辱明问。"权曰："足下近在新野，佐刘豫州与曹操决战，必深知彼军虚实。"孔明曰："刘豫州兵微将寡，更兼新野城小无粮，安能与曹操相持。"权曰："曹兵共有多少？"孔明曰："马步水军，约有一百余万。"权曰："莫非诈乎？"孔明曰："非诈也。曹操就兖州已有青州军二十万；平了袁绍，又得五六十万；中原新招之兵三四十万；今又得荆州之军二三十万：以此计之，不下一百五十万。——亮以百万言之，恐惊江东之士也。"鲁肃在旁，闻言失色，以目视孔明；孔明只做不见。权曰："曹操部下战将，还有多少？"孔明曰："足智多谋之士，能征惯战之将，何止一二千人。"权曰："今曹操平了荆、楚，复有远图乎？"孔明曰："即今沿江下寨，准备战船，不欲图江东，待取何地？"权曰："若彼有吞并之意，战与不战，请足下为我一决。"孔明曰："亮有一言，但恐将军不肯听从。"权曰："愿闻高论。"孔明曰："向者宇内大乱，故将军起江东，刘豫州收众汉南，与曹操并争天下。今操芟除大难，略已平矣；近又新破荆州，威震海内；纵有英雄，无用武之地：故豫州遁逃至此。愿将军量力而处之：若能以吴、越之众，与中国抗衡，不如早与之绝；若其不能，何不从众谋士之论，按兵束甲，北面而事之？"权未及答。孔明又曰："将军外托服从之名，内怀疑贰之见，事急而不断，祸至无日矣！"权曰："诚如君言，刘豫州何不降操？"孔明曰："昔田横，齐之壮士耳，犹守义不辱。况刘豫州王室之胄，英才盖世，众士仰慕。——事之不济，此乃天也。又安能屈处人下乎！"

孙权听了孔明此言，不觉勃然变色，拂衣而起，退入后堂。众皆哂笑而散。鲁肃责孔明曰："先生何故出此言？幸是吾主宽洪大度，不即面责。先生之言，藐视吾主甚矣。"孔明仰面笑曰："何如此不能容物耶！我自有破曹之计，彼不问我，我故不言。"肃曰："果有良策，肃当请主公求教。"孔明曰：

"吾视曹操百万之众，如群蚁耳！但我一举手，则皆为齑粉矣[12]！"肃闻言，便入后堂见孙权。权怒气未息，顾谓肃曰："孔明欺吾太甚！"肃曰："臣亦以此责孔明，孔明反笑主公不能容物。破曹之策，孔明不肯轻言，主公何不求之？"权回嗔作喜曰："原来孔明有良谋，故以言词激我。我一时浅见，几误大事。"便同鲁肃重复出堂，再请孔明叙话。权见孔明，谢曰："适来冒渎威严[13]，幸勿见罪。"孔明亦谢曰："亮言语冒犯，望乞恕罪。"权邀孔明入后堂，置酒相待。

数巡之后，权曰："曹操平生所恶者：吕布、刘表、袁绍、袁术、豫州与孤耳。今数雄已灭，独豫州与孤尚存。孤不能以全吴之地，受制于人。吾计决矣。非刘豫州莫与当曹操者；然豫州新败之后，安能抗此难乎？"孔明曰："豫州虽新败，然关云长犹率精兵万人；刘琦领江夏战士，亦不下万人。曹操之众，远来疲惫；近追豫州，轻骑一日夜行三百里，此所谓'强弩之末，势不能穿鲁缟'者也。且北方之人，不习水战。荆州士民附操者，迫于势耳，非本心也。今将军诚能与豫州协力同心，破曹军必矣。操军破，必北还，则荆、吴之势强，而鼎足之形成矣。成败之机，在于今日。惟将军裁之。"权大悦曰："先生之言，顿开茅塞。吾意已决，更无他疑。即日商议起兵，共灭曹操！"

——节选自罗贯中《三国演义》，人民文学出版社 1979 年版

【作者简介】

罗贯中，生平简介见前文。

【注释】

[1]峨冠博带：高帽子和阔衣带。古代儒生或士大夫的装束，后常用以比喻穿

着礼服。清凌濛初《二刻拍案惊奇》卷三九："似这等人，也算做穿窬小人中大侠了。反比那面是背非、临时苟得、见利忘义一班峨冠博带的不同。"

[2]微末之士：微不足道的小人物，乃自谦之词。

[3]席卷：形容全部占有或吞并。《战国策·楚策一》："虽无出兵甲，席卷常山之险，折天下之脊，天下后服者先亡。"

[4]拂高天之云翳：本义为扫拂天上的乌云，借喻扫除乱臣贼子，恢复太平盛世。

[5]衽席：宴席、座席。梁刘勰《文心雕龙·时序》："傲雅觞豆之前，雍容衽席之上。"

[6]沉疴：重病；久治不愈的病。《晋书·乐广传》："客豁然意解，沈疴顿愈。"

[7]糜粥：粥。《礼记·问丧》："水浆不入口，三日不举火，故邻里为之糜粥以饮食之。"孔颖达疏："糜厚而粥薄。"

[8]尫（wāng）羸：指身体瘦弱或虚弱。宋王炎《九月二十九日到思溪庄避人事十月初四日过生》："僻远无来客，尫羸厌久生。"

[9]怀桔陆郎：即陆绩怀橘之典，用以表示孝敬父母，诸葛亮反用其意，谓指偷盗。《三国志·吴志·陆绩传》："绩年六岁，于九江见袁术。术出橘，绩怀三枚，去，拜辞堕地，术谓曰：'陆郎作宾客而怀橘乎？'"

[10]耕莘伊尹：指伊尹未辅佐商汤时耕于莘野、隐居乐道之典。出自《孟子·万章上》："伊尹耕于有莘之野，而乐尧、舜之道焉。"宋魏了翁《送从子令宪西归》："须知陋巷忧中乐，又识耕莘乐处忧。"

[11]钓渭子牙：指周吕尚垂钓于渭水遇文王事。典出《史记·齐太公世家》："吕尚盖尝穷困，年老矣，以渔钓奸周西伯。西伯将出猎，卜之，曰'所获非龙非彲，非虎非罴；所获霸王之辅'。于是周西伯猎，果遇太公于渭之阳。"

[12]齑粉：粉末、碎屑，常用以喻粉身碎骨。《庄子·杂篇·列御寇》："今宋国之深，非直九重之渊也；宋王之猛，非直骊龙也；子能得车者，必遭其睡也。使宋王而寤，子为齑粉夫！"唐杜甫《青丝》："殿前兵马破汝时，十月即为齑粉期。"

[13]冒渎：冒犯、亵渎，多作谦词。唐元稹《上令狐相公诗启》："词旨琐劣，冒黩尊严，俯伏刑书，不敢逃让，死罪死罪。"

【作品要解】

本文节选自《三国志演义》第四十三回"诸葛亮舌战群儒　鲁子敬力排众议"。故事的前情是诸葛亮向刘备提出三分天下的伟大理想和"先成鼎足之势力，然后再图中原"的发展战略，然当时刘备方失荆州，连立足之地都没有，曹操趁胜率领八十万大军南下追击，企图歼灭刘备、侵吞东吴，进而一统天下。曹操的南下追袭，既将刘备方逼到生死攸关的绝境，又为其提供了连吴抗曹的契机，因此诸葛亮承担刘备集团的全部希望，赶赴东吴游说孙权。然而面临被曹操吞并危险的东吴，却并非无路可退，尚可"求和"以保全性命。诸葛亮如何在无立锥之地的弱势之下，突破东吴求和派的壁垒，说服孙权加入抗曹的阵营，就显得异常重要且困难重重。

毛宗岗父子在评价本文的叙事时曾言："此回文字曲处，妙在孔明一至东吴，鲁肃不即引见孙权，且歇馆驿，此一曲也；又妙在孙权不即请见，必待明日，此再曲也；及至明日，又不即见孙权，先见众谋士，此三曲也；及见众谋士，又彼此角辩，议论龃龉，四曲也；孔明言语既触众谋士，又忤孙权，此五曲也；迨孙权作色而起，拂衣而入，读者至此几疑玄德之与孙权终不相合，孔明之至东吴竟成虚往也者：然后下文峰回路转，词洽情投。将欲通之，忽若阻之；将欲近之，忽若远之。令人惊疑不定，真是文章妙境。"诚如其言，诸葛亮舌战群儒可谓一波三折，险象环生，然究其原因，恐与孙权的抉择有关：曹操大军压进，东吴阵营分化为主和和主战两大阵营，孙权本人亦有意与曹操决一死战，然如何说服朝中持主和主张的一众重臣，于他是个难题。因而孙权将这个难题扔给诸葛亮，一方面测试刘备方的实力和诚意；另一方借诸葛亮之口以说服众人。诸葛亮不负刘备的重托，经受住了孙权的考验，凭借自己的三寸不烂之舌论战群儒，将尔等逐一击破，进而谋定曹操、刘备、孙权三足鼎立天下的局面。

《水浒传》

施耐庵

张天师祈禳瘟疫　洪太尉误走妖魔

诗曰：

绛帻鸡人报晓筹[1]，尚衣方进翠云裘。

九天阊阖开宫殿[2]，万国衣冠拜冕旒[3]。

日色才临仙掌动，香烟欲傍衮龙浮[4]。

朝罢须裁五色诏[5]，佩声归到凤池头。

话说大宋仁宗天子在位，嘉佑三年三月三日五更三点，天子驾坐紫宸殿，受百官朝贺。但见：

祥云迷凤阁，瑞气罩龙楼。含烟御柳拂篮旗，带露宫花迎剑戟。天香影里，玉簪珠履聚丹墀；仙乐声中，绣袄锦衣扶御驾。珍珠帘卷，黄金殿上现金舆；凤尾扇开，白王阶前停宝辇。隐隐净鞭三下响，层层文武两班齐。

当有殿头官喝道："有事出班早奏[6]，无事卷帘退朝。"只见班部从中[7]，宰相赵哲、参政文彦博出班奏曰："目今京师瘟疫盛行，民不聊生，伤损军民多矣。伏望陛下释罪宽恩，省刑薄税，祈禳天灾，救济万民。"天子听奏，急敕翰林院随即草诏：一面降赦天下罪囚，应有民间税赋悉皆赦免；一面命在京宫观寺院，修设好事禳灾。不料其年瘟疫转盛。仁宗天子闻知，龙体不安，复会百官，众皆计议。向那班部中，有一大臣越班启奏。天子看时，乃是参知政事范仲淹。拜罢起居，奏曰："目今天灾盛行，军民涂炭，日夕不能聊生。人遭缧绁之厄[8]。以臣愚意，要禳此灾，可宣嗣汉天师星夜临朝，就京师禁院修设三千六百分罗天大醮[9]，奏闻上帝，可以禳保民间瘟疫。"仁宗天子准奏。急令翰林学士草诏一道，天子御笔亲书，并降御香一炷，钦差内外提点殿前太尉洪信为天使，前往江西信州龙虎山，宣请嗣汉天师张真人星夜临朝，祈禳瘟疫。就金殿上焚起御香，亲将丹诏付与洪太尉[10]，即便登程前去。

洪信领了圣敕，辞别天子，不敢久停。从人背了诏书，金盒子盛了御香，带了数十人，上了铺马[11]，一行部从，离了东京，取路径投信州贵溪县来。于路上但见：

> 遥山叠翠，远水澄清。奇花绽锦绣铺林，嫩柳舞金丝拂地。风和日暖，时过野店山村；路直沙平，夜宿邮亭驿馆。罗衣荡漾红尘内，骏马驱驰紫陌中。

且说太尉洪信赍擎御书丹诏[12]，一行人从上了路途，夜宿邮亭，朝行驿站，远程近接，渴饮饥餐，不止一日，来到江西信州。大小官员出郭迎接，随即差人报知龙虎山上清宫住持道众，准备接诏。次日，众位官同送太尉到于龙虎山下。只见上清宫许多道众，鸣钟击鼓，香花灯烛，幢幡宝盖[13]，一派仙乐，都下山来迎接丹诏，直至上清宫前下马。太尉看那官殿时，端的是好座上清宫。但见：

> 青松屈曲，翠柏阴森。门悬敕额金书，户列灵符玉篆。虚皇坛畔，依稀垂柳名花；炼药炉边，掩映苍松老桧。左壁厢天丁力士，参随着太乙真君；右势下玉女金童，簇捧定紫微大帝。披发仗剑，北方真武踏龟蛇；靸履顶冠，南极老人伏龙虎。前排二十八宿星君，后列三十二帝天子。阶砌下流水潺缓，墙院后好山环绕。鹤生丹顶，龟长绿毛。树梢头献果苍猿，莎草内衔芝白鹿。三清殿上鸣金钟，道士步虚；四圣堂前敲玉磬，真人礼斗。献香台砌，彩霞光射碧琉璃；召将瑶坛，赤日影摇红玛瑙。早来门外祥云现，疑是天师送老君。

当下上至住持真人，下及道童侍从，前迎后引，接至三清殿上，请将诏书，居中供养着。洪太尉便问监宫真人道："天师今在何处？"住持真人向前禀道："好教太尉得知：这代祖师号曰'虚靖天师'，性好清高，倦于迎送，自向龙虎山顶结一茅庵，修真养性，因此不住本宫。"太尉道："目今天子宣诏，如何得见？"真人答道："容禀：诏敕权供在殿上，贫道等亦不敢开读。且请太尉到方丈献茶，再烦计议。"当时将丹诏供养在三清殿上，与众官都到方丈。太尉居中坐下，执事人等献茶，就进斋供，水陆俱备。斋罢，太尉再问真人道："既然天师在山顶庵中，何下着人请将下来相见，开宣丹诏？"真人禀道：

"太尉，这代祖师虽在山顶，其实道行非常，清高自在，倦惹凡尘，能驾雾兴云，踪迹不定，未尝下山。贫道等如常亦难得见，怎生教人请得下来！"太尉道："似此如何得见！目今京师瘟疫盛行，今上天子特遣下官为使，赍捧御书丹诏，亲奉龙香，来请天师，要做三千六百分罗天大醮，以禳天灾，救济万民。似此怎生奈何？"真人禀道："天子要救万民，只除是太尉办一点志诚心，斋戒沐浴，更换布衣，休带从人，自背诏书，焚烧御香，步行上山礼拜，叩请天师，方许得见。如若心不志诚，空走一遭，亦难得见。"太尉听说便道："俺从京师食素到此，如何心不志诚！既然恁地，依着你说，明日绝早上山。"当晚各自权歇。

次日五更时分，众道士起来，备下香汤斋供。请太尉起来，香汤沐浴，换了一身新鲜布衣，脚下穿上麻鞋草履，吃了素斋，取过丹诏，用黄罗包袱背在脊梁上，手里提着银手炉，降降地烧着御香。许多道众人等，送到后山，指与路径。真人又禀道："太尉要救万民，休生退悔之心，只顾志诚上去。"太尉别了众人，口诵天尊宝号，纵步上山来。将至半山，望见大顶直侵霄汉，果然好座大山。正是：

> 根盘地角，顶接天心。远观磨断乱云痕，近看平吞明月魄。高低不等谓之山，侧石通道谓之岫，孤岭崎岖谓之路，上面极平谓之顶，头圆下壮谓之峦，隐虎藏豹谓之穴，隐风隐云谓之岩，高人隐居谓之洞，有境有界谓之府，樵人出没谓之径，能通车马谓之道，流水有声谓之涧，古渡源头谓之溪，岩崖滴水谓之泉。左壁为掩，右壁为映。出的是云，纳的是雾。锥尖象小，崎峻似峭，悬空似险，削蜡如平[14]。千峰竞秀，万壑争流。瀑布斜飞，藤萝倒挂。虎啸时风生谷口，猿啼时月坠山腰。恰似青黛杂成千块玉，碧纱笼罩万堆烟。

这洪太尉独自一个，行了一回，盘坡转径，揽葛攀藤，约莫走过了数个山头，三二里多路，看看脚酸腿软，正走不动，口里不说，肚里踌躇，心中想道："我是朝廷贵官公子，在京师时重茵而卧，列鼎而食，尚兀自倦怠[15]，何曾穿草鞋，走这般山路！知他天师在哪里，却教下官受这般苦！"又行不到三五十步，掇着肩气喘[16]。只见山凹里起一阵风，风过处，向那松树背后奔雷也似吼一声，扑地跳出一个吊睛白额锦毛大虫来。洪太尉吃了一惊，叫声："阿呀！"扑地望后便倒。偷眼看那大虫时，但见：

> 毛披一带黄金色，爪露银钩十八只。睛如闪电尾如鞭，口似血盆牙似戟。伸腰展臂势狰狞，摆尾摇头声霹雳。山中狐兔尽潜藏，涧下獐狍皆敛迹。

那大虫望着洪太尉，左盘右旋，咆哮了一回，托地望后山坡下跳了去[17]。洪太尉倒在树根底下，唬的三十六个牙齿捉对儿厮打，那心头一似十五个吊桶，七上八落的响，浑身却如重风麻木，两腿一似斗败公鸡，口里连声叫苦。大虫去了一盏茶时，方才爬将起来，再收拾地上香炉，还把龙香烧着，再上山来，务要寻见天师。又行过三五十步，口里叹了数口气，怨道："皇帝御限，差俺来这里，教我受这场惊恐。"说犹未了，只觉得那里又一阵风，吹得毒气直冲将来。太尉定睛看时，山边竹藤里簌簌地响，抢出一条吊桶大小、雪花也似蛇来。太尉见了，又吃一惊，撇了手炉，叫一声："我今番死也！"望后便倒在盘舵石边[18]。微闪开眼看那蛇时，但见：

> 昂首惊飙起，掣目电光生。动荡则拆峡倒冈，呼吸则吹云吐雾。
> 鳞甲乱分千片玉，尾梢斜卷一堆银。

那条大蛇径抢到盘舵石边，朝着洪太尉盘做一堆，两只眼迸出金光，张开巨口，吐出舌头，喷那毒气在洪太尉脸上，惊得太尉三魂荡荡，七魄悠悠。那蛇看了洪太尉一回，望山下一溜，却早不见了。太尉方才爬得起来，说道："惭愧[19]！惊杀下官！"看身上时，寒粟子比馉饳大小[20]，口里骂那道士："叵耐无礼[21]，戏弄下官，教俺受这般惊恐！若山上寻不见天师，下去和他别有话说。"再拿了银提炉，整顿身上诏敕并衣服巾帻[22]，却待再要上山去。正欲移步，只听得松树背后隐隐地笛声吹响，渐渐近来。太尉定睛看时，只见那一个道童，倒骑着一头黄牛，横吹着一管铁笛，转出山凹来。太尉看那道童时，但见：

> 头缩两枚丫髻[23]，身穿一领青衣；腰间绦结草来编，脚下芒鞋麻间隔。明眸皓齿，飘飘并不染尘埃；绿鬓朱颜，耿耿全然无俗态。

昔日吕洞宾有首牧童诗道得好：

草铺横野六七里，笛弄晚风三四声。

归来饱饭黄昏后，不脱蓑衣卧月明。

只见那个道童，笑吟吟地骑着黄牛，横吹着那管铁笛，正过山来。洪太尉见了，便唤那个道童："你从哪里来？认得我么？"道童不采，只顾吹笛。太尉连问数声，道童呵呵大笑，拿着铁笛，指着洪太尉说道："你来此间，莫非要见天师么？"太尉大惊，便道："你是牧童，如何得知？"道童笑道："我早间在草庵中伏侍天师，听得天师说道：'朝中今上仁宗天子，差个洪太尉赍擎丹诏御香，到来山中，宣我往东京做三千六百分罗天大醮，祈禳天下瘟疫。我如今乘鹤驾云去也。'这早晚想是去了，不在庵中。你休上去，山内毒虫猛兽极多，恐伤害了你性命。"太尉再问道："你不要说谎？"道童笑了一声，也不回应，又吹着铁笛转过山坡去了。太尉寻思道："这小的如何尽知此事？想是天师分付他，已定是了。"欲侍再上山去，方才惊唬的苦，争些儿送了性命[24]，不如下山去罢。

太尉拿着提炉，再寻旧路，奔下山来。众道士接着，请至方丈坐下。真人便问太尉道："曾见天师么？"太尉说道："我是朝廷中贵官，如何教俺走得山路，吃了这般辛苦，争些儿送了性命！为头上至半山里，跳出一只吊睛白额大虫，惊得下官魂魄都没了。又行不过一个山嘴，竹藤里抢出一条雪花大蛇来，盘做一堆，拦住去路。若不是俺福分大，如何得性命回京。尽是你这道众戏弄下官！"真人复道："贫道等怎敢轻慢大臣，这是祖师试探太尉之心。本山虽有蛇虎，并不伤人。"太尉又道："我正走不动，方欲再上山坡，只见松树傍边转出一个道童，骑着一头黄牛，吹着管铁笛，正过山来。我便问他：'那里来？识得俺么？'他道：'已都知了。'说天师分付，早晨乘鹤驾云望东京去了，下官因此回来。"真人道："太尉可惜错过，这个牧童正是天师。"太尉道："他既是天师，如何这等猥獕[25]？"真人答道："这代天师非同小可，虽然年幼，其实道行非常。他是额外之人，四方显化，极是灵验，世人皆称为道通祖师。"洪太尉道："我直如此有眼不识真师，当面错过！"真人道："太尉但请放心，既然祖师法旨道是去了，比及太尉回京之日，这场醮事祖师已都完了。"太尉见说，方才放心。真人一面教安排筵宴，管待太尉；请将丹诏收藏于御书匣内，留在上清宫中，龙香就三清殿上烧了。当日方大排斋供，设宴饮酌。至晚席罢，止宿到晓。

次日早膳已后，真人道众并提点执事人等请太尉游山。太尉大喜。许多人从跟随着，步行出方丈，前面两个道童引路，行至宫前宫后，看玩许多景致。三清殿上，富贵不可尽言。左廊下，九天殿、紫微殿、北极殿；右廊下，太乙殿、三官殿、驱邪殿。诸宫看遍，行到右廊后一所去处。洪太尉看时，另外一所殿宇：一遭都是捣椒红泥墙；正面两扇朱红槅子[26]；门上使着胳膊大锁锁着，交叉上面贴着十数道封皮，封皮上又是重重叠叠使着朱印；檐前一面朱红漆金字牌额，上书四个金字，写道："伏魔之殿"。太尉指着门道："此殿是甚么去处？"真人答道："此乃是前代老祖天师锁镇魔王之殿，"太尉又问道："如何上面重重叠叠贴着许多封皮？"真人答道："此是祖老大唐洞玄国师封锁魔王在此。但是经传一代天师，亲手便添一道封皮，使其子子孙孙不敢妄开。走了魔君，非常利害。今经八九代祖师，誓不敢开。锁用铜汁灌铸，谁知里面的事。小道自来往持本宫三十余年，也只听闻。"洪太尉听了，心中惊怪，想道："我且试看魔王一看。"便对真人说道："你且开门来，我看魔王甚么模样。"真人告道："太尉，此殿决不敢开。先祖天师叮咛告戒：今后诸人不许擅开。"太尉笑道："胡说！你等要妄生怪事，煽惑百姓良民，故意安排这等去处，假称锁镇魔王，显耀你们道术。我读一鉴之书[27]，何曾见锁魔之法。神鬼之道，处隔幽冥，我不信有魔王在内。快疾与我打开，我看魔王如何！"真人三回五次禀说："此殿开不得，恐惹利害，有伤于人。"太尉大怒，指着道众说道："你等不开与我看，回到朝廷，先奏你们众道士阻当宣诏，违别圣旨，不令我见天师的罪犯；后奏你等私设此殿，假称锁镇魔王，煽惑军民百姓。把你都追了度牒[28]，刺配远恶军州受苦。"真人等惧怕太尉权势，只得唤几个火工道人来，先把封皮揭了，将铁锤打开大锁。众人把门推开，看里面对，黑洞洞地，但见：

> 昏昏默默，杳杳冥冥。数百年不见太阳光，亿万载难瞻明月影。不分南北，怎辨东西。黑烟霭霭扑人寒，冷气阴阴侵体颤。人迹不到之处，妖精往来之乡。闪开双目有如盲，伸出两手不见掌。常如三十

夜，却似五更时。

众人一齐都到殿内，黑暗暗不见一物。太尉教从人取十数个火把点着，将来打一照时，四边并无别物，只中央一个石碑，约高五六尺，下面石龟趺坐[29]，大半陷在泥里。照那碑碣上时，前面都是龙章凤篆[30]，天书符箓，人皆不识；照那碑后时，却有四个真字大书，凿着"遇洪而开"。却不是一来天罡星合当出世，二来宋朝必显忠良，三来凑巧遇着洪信。岂不是天数！洪太尉看了这四个字，大喜，便对真人说道："你等阻当我，却怎地数百年前已注我姓字在此？'遇洪而开'，分明是教我开看，却何妨！我想这个魔王，都只在石碑底下。汝等从人与我多唤几个火工人等，将锄头铁锹来掘开。"真人慌忙谏道："太尉，不可掘动！恐有利害，伤犯于人，不当稳便[31]。"太尉大怒，喝道："你等道众，省得甚么！碑上分明凿着遇我教开，你如何阻当！快与我唤人来开。"真人又三回五次禀道："恐有不好。"太尉那里肯听。只得聚集众人，先把石碑放倒，一齐并力掘那石龟，半日方才掘得起。又掘下去，约有三四尺深，见一片大青石板，可方丈围。洪太尉叫再掘起来。真人又苦禀道："不可掘动！"太尉那里肯听。众人只得把石板一齐扛起，看时，石板底下却是一个万丈深浅地穴。只见穴内刮刺刺一声响亮，那响非同小可，恰似：

天摧地塌，岳撼山崩。钱塘江上，潮头浪拥出海门来；泰华山头，巨灵神一劈山峰碎。共工奋怒，去盔撞倒了不周山；力士施威，飞锤击碎了始皇辇。一风撼折千竿竹，十万军中半夜雷。

那一声响亮过处，只见一道黑气，从穴里滚将起来，掀塌了半个殿角。那道黑气直冲上半天里，空中散作百十道金光，望四面八方去了。众人吃了一惊，发声喊，都走了，撇下锄头铁锹，尽从殿内奔将出来，推倒攧翻无数。惊得洪太尉目睁痴呆，罔知所措，面色如土，奔到廊下，只见真人向前叫苦不迭。太尉问道："走了的却是甚么妖魔？"那真人言不过数句，话不过一席，说出这个缘由。有分教：一朝皇帝，夜眠不稳，昼食忘餐。直使宛子城中藏猛虎，蓼儿洼内聚神蛟。毕竟龙虎山真人说出甚言语来，且听下回分解。

—选自施耐庵《水浒传》，人民文学出版社 1997 年版

【作者简介】

施耐庵（1296—1371），名彦端，字耐庵，钱塘人，元末明初的文学家。博古通今，才气横溢，与拜他为师的罗贯中一起研究《三国演义》《三遂平妖传》的创作。关于施耐庵的生平，缺乏史料记载而众说纷纭；关于《水浒传》的作者是否为施耐庵也颇有争议。目前一般认为：施耐庵作，门人罗贯中作了一定的加工。施耐庵编撰的《水浒传》祖本，早已不存。明清以来出现的多种《水浒传》版本，一般可分为繁本和简本两个系统。繁本系统包括：百回本、百二十回和七十回本。百回本有明正德、嘉靖年间坊刻残页本；万历十七年（1589）刊印的《忠义水浒传》；万历三十八年（1610）容与堂刊印的《李卓吾先生批评忠义水浒传》等。其中《李卓吾先生批评忠义水浒传》是现存最早最完整的百回繁本。百二十回本，主要有明袁无涯刊本《新镌李氏藏本忠义水浒传》，增加了百回本所没有的宋江征讨田虎、王庆的情节。七十回本是金圣叹腰斩《水浒传》，砍掉七十二回以后的内容，又把第一回改为"楔子"，形成新的版本，即《贯华堂本·第五才子书施耐庵水浒传》。现存较早而完整的简本是：万历年间双峰堂刊印《全像增添田虎王庆忠义水浒传》。另，明万历甲寅刊行的吴从先的《小窗自纪》中，有《读水浒传》一文，所载内容与现在所见的简本和繁本皆有不同，人称"吴读本"，有人认为是古本，也有人认为是后出本。

【注释】

[1]绛帻：红色头巾。汉代宿卫之士着绛帻传鸡唱，后泛指传更报晓者之服色。唐王维《和贾舍人早朝大明宫之作》："绛帻鸡人报晓筹，尚衣方进翠云裘。"晓筹：拂晓的更筹，指拂晓时刻。唐李商隐《马嵬》："空闻虎旅鸣宵柝，无复鸡人报晓筹。"

[2]阊阖：传说中的天门。《楚辞·离骚》："吾令帝阍开关兮，倚阊阖而望予。"王逸注："阊阖，天门也。"

[3]冕旒：古代大夫以上的礼冠。顶有延，前有旒，故曰"冕旒"。天子之冕十二旒，诸侯九，上大夫七，下大夫五。后常用以借指皇冠。南朝梁沈约《劝农访民所疾苦诏》："冕旒属念，无忘凤兴。"

[4]衮龙：朝服上的龙，代指衮龙袍。宋陆游《贺寿成皇后笺》："衮龙兼彩服之纤，褕翟焕玉卮之奉。"

[5]五色诏：诏书。出自晋陆翙《邺中记》："石季龙与皇后在观上，为诏书，五色纸，着凤口中。凤既衔诏，侍人放数百丈绯绳，辘轳回转，凤凰飞下，谓之凤诏。凤凰以木作之，五色漆画，脚皆用金。"

[6]出班早奏：指朝臣走出行列上奏。

[7]班部：指朝臣上早朝时的行列。

[8]缧绁（léi xiè）：捆绑犯人的绳索，引申为牢狱。

[9]罗天大醮：道士为禳除灾祟而设的规模盛大的道场。明汪廷讷《狮吼记·归宴》："如果娘子有此事，陈慥当设一罗天大醮。"

[10]丹诏：帝王的诏书。唐韩翃《送王光辅归青州兼寄储侍郎》："身着紫衣趋阙下，口衔丹诏出关东。"

[11]铺马：驿站准备的马匹。铺：驿站，供人休息、住宿和更换马匹的地方。

[12]赍擎（jī qíng）：捧持，携带。

[13]幢幡宝盖：指立于佛寺、道观前的旌旗、伞盖。

[14]削蜡如平：指用刀切去或践踏的使物体平整。

[15]兀自：径自、还、仍然。倦怠：疲乏懈怠，厌倦懈怠。《礼记·礼器》："季氏祭，逮闇而祭。日不足，继之以烛，虽有强力之容，肃敬之心，皆倦怠矣。"

[16]掇（duō）着肩：耸着肩。掇：耸动；拾取、拿取。

[17]托地：突然一下子，表示很快的意思。

[18]盘舵石：螺旋形的石头。

[19]惭愧：表示客气的感幸之词，相当于多谢、难得、侥幸。

[20]寒粟子：因受寒或惊吓皮肤上出现的小疙瘩。明顾起纶《国雅品·闺品》："其（赛贞）《寄妹三四》云：'寒粟侵肌玉，秋蓬乱鬓蝉。'"馉饳（gǔ duò）：宋朝一种带馅的面食。

181

[21] 叵耐：不可容忍；可恨。《敦煌曲子词·鹊踏枝》："叵耐灵鹊多漫语，送喜何曾有凭据。"

[22] 巾帻：冠类。汉以来盛行以幅巾裹发，称巾帻。宋朝人多戴帽子。

[23] 丫髻：丫形的发髻。在中国古代，凡未成年或成年但未婚嫁的女子，多将头发集束于顶，编结成两个髻，其状左右各一，与树枝丫杈相似，故名"丫髻"。

[24] 争些儿：几乎、差一点。

[25] 猥獕（wěi cuī）：年纪轻。

[26] 槅子：带有格眼的类似门扇、屏风的屏障物。

[27] 一鉴之书：指国子监藏的全部书籍。

[28] 度牒：唐宋时祠部发给僧尼的出家凭证。

[29] 趺坐（fū zuò）：指碑刻等的底座。

[30] 龙章凤篆：指道教的符箓。《云笈七签》卷六："龙章凤篆，显至理之良诠。"

[31] 不当稳便：不太妥当。

【作品要解】

本文为《水浒传》第一回，金圣叹将其改为"楔子"，并称之为"奇楔"，曰："此一回，古本题曰'楔子'。楔子者，以物出物之谓也。以瘟疫为锲，楔出祈禳；以祈禳为楔，楔出天师；以天师为楔，楔出洪信；以洪信为楔，楔出游山；以游山为楔，楔出开碣；以开碣为楔，楔出三十六天罡、七十二地煞，此所谓正楔也。中间又以康节、希夷二先生，楔出劫运定数；以武德皇帝、包拯、狄青，楔出星辰名字；以山中一虎一蛇，楔出陈达、杨春；以洪信骄情傲色，楔出高俅、蔡京；以道童猥獕难认，直楔出第七十回皇甫相马作结尾，此所谓奇楔也。"虽有学者对金圣叹腰斩《水浒》，擅改第一回为"楔子"颇有微词，但是金圣叹关于此回目的论析却颇为精当。以去除瘟疫为由，引出祈禳之事；因祈禳之事，引出天师；为请天师，派出太尉洪信；因慰劳洪信，牵出游山之行；又因游山之行，见到伏魔殿，从而引出洪信不听劝阻私放三十六天罡、七十二地煞，由此水浒一百单八降落凡间，正式开演"水泊梁山"的征程，而后又回归伏魔大殿。故此回目虽不能称算水浒故事的"正话"，但却以"入话"的形式牵引出水浒故事的缘起、发展及最终结局。

又从太尉洪信身上可以窥一斑而见宋朝贪官恶吏的全貌。他承载皇帝的御命奉请天师，然却官威十足，抵达龙虎山上清宫后先要求天师下山相见，开宣丹诏，众道士解释需只身登山去请，发顿牢骚后只得遵从。第二天他斋戒沐浴，更换布衣后去请天师，走了三二里多路就脚酸腿软，开始抱怨皇帝给了个苦差事，教他受这般苦。又行不到三五十步，耸肩喘气，被突然跃出的老虎吓得他牙齿打架、两腿发软，连声怨道皇帝让他来受这场惊恐。接着又遇毒蛇，吓得他魂飞魄散，辱骂道众无礼，让他受这般惊恐。缓过神来，遇见骑牛道童，开口便唤那个道童："你从哪里来？认得我么？"道童不理采他，只顾吹笛，他便连问数声，后道童劝说山内毒虫猛兽极多，恐伤害了他性命。他便下山去了。待回了道观，才知晓道童即为天师。虽然他并没有真正完成上山奉请天师的任务，但却丝毫不影响他受享宴饮和游玩山水的兴致，并一反攀爬山路时的叫苦不迭和遇见猛虎、毒蛇时的惊恐卑猥，甚至不顾道众的屡次劝阻，以官威压人，私放妖魔。而颇有意思的是小说后面又多次叙述打虎的情节，如武松打虎、李逵杀虎，与洪太尉瘫软在地、牙齿打架的狼狈模样形成了鲜明的对比。

《西游记》

吴承恩

尸魔三戏唐三藏　圣僧恨逐美猴王

　　却说三藏师徒，次日天明，收拾前进。那镇元子与行者结为兄弟，两人情投意合，决不肯放；又安排管待，一连住了五六日。那长老自服了草还丹，真似脱胎换骨，神爽体健。他取经心重，那里肯淹留，无已，遂行。

　　师徒别了上路，早见一座高山。三藏道："徒弟，前面有山险峻，恐马不能前，大家须仔细仔细。"行者道："师父放心，我等自然理会。"好猴王，他在那马前，横担着棒，剖开山路，上了高崖，看不尽：

　　　　峰岩重叠，涧壑湾环。虎狼成阵走，麂鹿作群行[1]。无数獐豝钻
　　簇簇，满山狐兔聚丛丛。千尺大蟒，万丈长蛇。大蟒喷愁雾，长蛇吐
　　怪风。道旁荆棘牵漫，岭上松楠秀丽。薜萝满目，芳草连天。影落沧
　　溟北，云开斗柄南。万古常含元气老，千峰巍列日光寒。

那长老马上心惊，孙大圣布施手段，舞着铁棒，哮吼一声，唬得那狼虫颠窜，虎豹奔逃。师徒们入此山，正行到嵯峨之处，三藏道："悟空，我这一日，肚中饥了，你去那里化些斋吃。"行者陪笑道："师父好不聪明。这等半山之中，前不巴村[2]，后不着店，有钱也没买处，教往那里寻斋？"三藏心中不快，口里骂道："你这猴子！想你在两界山，被如来压在石匣之内，口能言，足不能行；也亏我救你性命，摩顶受戒[3]，做了我的徒弟。怎么不肯努力，常怀懒惰之心！"行者道："弟子亦颇殷勤，何尝懒惰？"三藏道："你既殷勤，何不化斋我吃？我肚饥怎行？况此地山岚瘴气[4]，怎么得上雷音？"行者道："师父休怪，少要言语。我知你尊性高傲，十分违慢了你，便要念那话儿咒。你下马稳坐，等我寻那里有人家处化斋去。"

　　行者将身一纵，跳上云端里，手搭凉篷，睁眼观看。可怜西方路甚是寂寞，更无庄堡人家；正是多逢树木，少见人烟去处。看多时，只见正南上有一

座高山。那山向阳处，有一片鲜红的点子。行者按下云头道："师父，有吃的了。"那长老问甚东西，行者道："这里没人家化饭，那南山有一片红的，想必是熟透了的山桃，我去摘几个来你充饥。"三藏喜道："出家人若有桃子吃，就为上分了，快去！"行者取了钵盂，纵起祥光，你看他筋斗幌幌，冷气飕飕，须臾间，奔南山摘桃不题。

却说常言有云："山高必有怪，岭峻却生精。"果然这山上有一个妖精。孙大圣去时，惊动那怪。他在云端里，踏着阴风，看见长老坐在地下，就不胜欢喜道："造化！造化！几年家人都讲东土的唐和尚取'大乘'，他本是金蝉子化身，十世修行的原体。有人吃他一块肉，长寿长生。真个今日到了。"那妖精上前就要拿他，只见长老左右手下有两员大将护持，不敢拢身。他说两员大将是谁？说是八戒、沙僧。八戒、沙僧虽没甚么大本事，然八戒是天蓬元帅，沙僧是卷帘大将，他的威气尚不曾泄，故不敢拢身。妖精说："等我且戏他戏，看怎么说。"

好妖精，停下阴风，在那山凹里，摇身一变，变做个月貌花容的女儿，说不尽那眉清目秀，齿白唇红，左手提着一个青砂罐儿，右手提着一个绿磁瓶儿，从西向东，径奔唐僧：

圣僧歇马在山岩，忽见裙钗女近前。

翠袖轻摇笼玉笋 [5]，湘裙斜拽显金莲 [6]。

汗流粉面花含露，尘拂蛾眉柳带烟。

仔细定睛观看处，看看行至到身边。

三藏见了，叫："八戒，沙僧，悟空才说这里旷野无人，你看那里不走出一个人来了？"八戒道："师父，你与沙僧坐着，等老猪去看看来。"那呆子放下钉钯，整整直裰 [7]，摆摆摇摇，充作个斯文气象，一直的觇面相迎 [8]。真个是远看未实，近看分明，那女子生得：

冰肌藏玉骨，衫领露酥胸。柳眉积翠黛，杏眼闪银星。月样容仪俏，天然性格清。体似燕藏柳，声如莺啭林。半放海棠笼晓日，才开芍药弄春晴。

那八戒见他生得俊俏，呆子就动了凡心，忍不住胡言乱语，叫道："女菩萨，往那里去？手里提着是甚么东西？"——分明是个妖怪，他却不能认得。——那女子连声答应道："长老，我这青礶里是香米饭，绿瓶里是炒面筋，特来此处无他故，因还誓愿要斋僧。"八戒闻言，满心欢喜。急抽身，就跑了个猪颠风[9]，报与三藏道："师父！'吉人自有天报！'师父饿了，教师兄去化斋，那猴子不知那里摘桃儿耍子去了。桃子吃多了，也有些嘈人[10]，又有些下坠。你看那不是个斋僧的来了？"唐僧不信道："你这个夯货胡缠[11]！我们走了这一向，好人也不曾遇着一个，斋僧的从何而来！"八戒道："师父，这不到了？"

三藏一见，连忙跳起身来，合掌当胸道："女菩萨，你府上在何处住？是甚人家？有甚愿心，来此斋僧？"——分明是个妖精，那长老也不认得。——那妖精见唐僧问他来历，他立地就起个虚情，花言巧语来赚哄道："师父，此山叫做蛇回兽怕的白虎岭。正西下面是我家。我父母在堂，看经好善，广斋方上远近僧人[12]；只因无子，求福作福；生了奴奴[13]，欲扳门第，配嫁他人，又恐老来无倚，只得将奴招了一个女婿，养老送终。"三藏闻言道："女菩萨，你语言差了。圣经云：'父母在，不远游；游必有方。'你既有父母在堂，又与你招了女婿，——有愿心，教你男子还，便也罢，怎么自家在山行走？又没个侍儿随从。这个是不遵妇道了。"那女子笑吟吟，忙陪俏语道："师父，我丈夫在山北凹里，带几个客子锄田[14]。这是奴奴煮的午饭，送与那些人吃的。只为五黄六月[15]，无人使唤，父母又年老，所以亲身来送。忽遇三位远来，却思父母好善，故将此饭斋僧，如不弃嫌，愿表芹献[16]。"三藏道："善哉！善哉！我有徒弟摘果子去了，就来，我不敢吃；假如我和尚吃了你饭，你丈夫晓得，骂你，却不罪坐贫僧也？"那女子见唐僧不肯吃，却又满面春生道："师父啊，我父母斋僧，还是小可；我丈夫更是个善人，一生好的是修桥补路，爱老怜贫。但听见说这饭送与师父吃了，他与我夫妻情上，比寻常更是不同。"三藏也只是不吃，旁边子恼坏了八戒。那呆子努着嘴，口里埋怨道："天下和尚也无数，不曾像我这个老和尚罢软[17]！现成的饭，三分儿，倒不吃，只等那猴子来，做四分才吃！"他不容分说，一嘴把个礶子拱倒，就要动口。

只见那行者自南山顶上，摘了几个桃子，托着钵盂，一筋斗，点将回来；

睁火眼金睛观看，认得那女子是个妖精，放下钵盂，掣铁棒，当头就打。唬得个长老用手扯住道："悟空！你走将来打谁？"行者道："师父，你面前这个女子，莫当做个好人；他是个妖精，要来骗你哩。"三藏道："你这猴头，当时倒也有些眼力，今日如何乱道！这女菩萨有此善心，将这饭要斋我等，你怎么说他是个妖精？"行者笑道："师父，你那里认得。老孙在水帘洞里做妖魔时，若想人肉吃，便是这等：或变金银，或变庄台，或变醉人，或变女色。有那等痴心的，爱上我，我就迷他到洞里，尽意随心，或蒸或煮受用；吃不了，还要晒干了防天阴哩！师父，我若来迟，你定入他套子，遭他毒手！"那唐僧那里肯信，只说是个好人。行者道："师父，我知道你了，你见他那等容貌，必然动了凡心。若果有此意，叫八戒伐几棵树来，沙僧寻些草来，我做木匠，就在这里搭个窝铺，你与他圆房成事，我们大家散了，却不是件事业？何必又跋涉，取甚经去！"那长老原是个软善的人，那里吃得他这句言语，羞得个光头彻耳通红。

三藏正在此羞惭，行者又发起性来，掣铁棒，望妖精劈脸一下。那怪物有些手段，使个"解尸法"，见行者棍子来时，他却抖擞精神，预先走了，把一个假尸首打死在地下。唬得个长老战战兢兢，口中作念道："这猴着然无礼！屡劝不从，无故伤人性命！"行者道："师父莫怪，你且来看看这礶子里是甚东西。"沙僧搀着长老，近前看时，那里是甚香米饭，却是一礶子拖尾巴的长蛆；也不是面筋，却是几个青蛙、癞虾蟆，满地乱跳。长老才有三分儿信了。怎禁猪八戒气不忿，在旁漏八分儿唆嘴道[18]："师父，说起这个女子，他是此间农妇，因为送饭下田，路遇我等，却怎么栽他是个妖怪？哥哥的棍重，走将来试手打他一下，不期就打杀了；怕你念甚么《紧箍儿咒》，故意的使个障眼法儿，变做这等样东西，演幌你眼[19]，使不念咒哩。"

三藏自此一言，就是晦气到了：果然信那呆子撺唆[20]，手中捻诀，口里念咒。行者就叫："头疼！头疼！莫念！莫念！有话便说。"唐僧道："有甚话说！出家人时时常要方便，念念不离善心，扫地恐伤蝼蚁命，爱惜飞蛾纱罩灯。你怎么步步行凶！打死这个无故平人，取将经来何用？你回去罢！"行者道："师父，你教我回那里去？"唐僧道："我不要你做徒弟。"行者道："你不要我做徒弟，只怕你西天路去不成。"唐僧道："我命在天，该那个妖精蒸了吃，就是煮了，也算不过。终不然，你救得我的大限？你快回去！"行者道："师父，我回去便也罢了，只是不曾报得你的恩哩。"唐僧道："我与你有甚恩？"那大圣闻言，连忙跪下叩头道："老孙因大闹天宫，致下了伤身之难，被我佛压在两界山；幸观音菩萨与我受了戒行，幸师父救脱吾身；若不与你同上西天，显得我'知恩不报非君子，万古千秋作骂名。'"原来这唐僧是个慈悯的圣僧，他见行者哀告，却也回心转意道："既如此说，且饶你这一次，再休无礼。如若仍前作恶，这咒语颠倒就念二十遍！"行者道："三十遍也由你，只是我不打人了。"却才伏侍唐僧上马，又将摘来桃子奉上。唐僧在马上也吃了几个，权且充饥。

却说那妖精，脱命升空。原来行者那一棒不曾打杀妖精，妖精出神去了。他在那云端里，咬牙切齿，暗恨行者道："几年只闻得讲他手段，今日果然话不虚传。那唐僧已此不认得我，将要吃饭。若低头闻一闻儿，我就一把捞住，却不是我的人了。不期被他走来，弄破我这勾当，又几乎被他打了一棒。若饶了这个和尚，诚然是劳而无功也，我还下去戏他一戏。"

好妖精，按落阴云，在那前山坡下，摇身一变，变作个老妇人，年满八旬，手拄着一根弯头竹杖，一步一声的哭着走来。八戒见了，大惊道："师父！不好了！那妈妈儿来寻人了！"唐僧道："寻甚人？"八戒道："师兄打杀的，定是他女儿。这个定是他娘寻将来了。"行者道："兄弟莫要胡说！那女子十八岁，这老妇有八十岁，怎么六十多岁还生产？断乎是个假的，等老孙去看来。"好行者，拽开步，走近前观看，那怪物：

　　假变一婆婆，两鬓如冰雪。走路慢腾腾，行步虚怯怯。弱体瘦伶仃，脸如枯菜叶。颧骨望上翘，嘴唇往下别。老年不比少年时，满脸都是荷叶摺。

行者认得他是妖精，更不理论，举棒照头便打。那怪见棍子起时，依然抖擞，又出化了元神，脱真儿去了；把个假尸首又打死在山路之下。唐僧一见，惊下马来，睡在路旁，更无二话，只是把《紧箍儿咒》颠倒足足念了二十遍。

可怜把个行者头，勒得似个亚腰儿葫芦[21]，十分疼痛难忍，滚将来哀告道："师父莫念了！有甚话说了罢！"唐僧道："有甚话说！出家人耳听善言，不堕地狱。我这般劝化你，你怎么只是行凶？把平人打死一个，又打死一个，此是何说？"行者道："他是妖精。"唐僧道："这个猴子胡说！就有这许多妖怪。你是个无心向善之辈，有意作恶之人，你去罢！"行者道："师父又教我去？回去便也回去了，只是一件不相应。"唐僧道："你有甚么不相应处？"八戒道："师父，他要和你分行李哩。跟着你做了这几年和尚，不成空着手回去？你把那包袱里的甚么旧褊衫[22]，破帽子，分两件与他罢。"

行者闻言，气得暴跳道："我把你这个尖嘴的夯货！老孙一向秉教沙门，更无一毫嫉妒之意，贪恋之心，怎么要分甚么行李？"唐僧道："你既不嫉妒贪恋，如何不去？"行者道："实不瞒师父说。老孙五百年前，居花果山水帘洞大展英雄之际，收降七十二洞邪魔，手下有四万七千群怪，头戴的是紫金冠，身穿的是赭黄袍，腰系的是蓝田带，足踏的是步云履，手执的是如意金箍棒：着实也曾为人。自从涅槃罪度，削发秉正沙门，跟你做了徒弟，把这个'金箍儿'勒在我头上，若回去，却也难见故乡人。师父果若不要我，把那个《松箍儿咒》念一念，退下这个箍子，交付与你，套在别人头上，我就快活相应了。也是跟你一场。莫不成这些人意儿也没有了？"唐僧大惊道："悟空，我当时只是菩萨暗受一卷《紧箍儿咒》，却没有甚么《松箍儿咒》。"行者道："若无《松箍儿咒》，你还带我去走走罢。"长老又没奈何道："你且起来，我再饶你这一次，却不可再行凶了。"行者道："再不敢了，再不敢了。"又伏侍师父上马，剖路前进。

却说那妖精，原来行者第二棍也不曾打杀他。那怪物在半空中，夸奖不尽道："好个猴王，着然有眼！我那般变了去，他也还认得我。这些和尚，他去得快，若过此山，西下四十里，就不伏我所管了。若是被别处妖魔捞了去，好道就笑破他人口，使碎自家心。我还下去戏他一戏。"好妖怪，按耸阴风，在山坡下摇身一变，变成一个老公公，真个是：

　　白发如彭祖[23]，苍髯赛寿星。

耳中鸣玉磬 [24]，眼里幌金星。

手拄龙头拐，身穿鹤氅轻 [25]。

数珠掐在手，口诵南无经。

唐僧在马上见了，心中欢喜道："阿弥陀佛！西方真是福地！那公公路也走不上来，逼法的还念经哩。"八戒道："师父，你且莫要夸奖。那个是祸的根哩。"唐僧道："怎么是祸根？"八戒道："行者打杀他的女儿，又打杀他的婆子，这个正是他的老儿寻将来了。我们若撞在他的怀里呵，师父，你便偿命，该个死罪；把老猪为从 [26]，问个充军；沙僧喝令，问个摆站 [27]；那行者使个遁法走了，却不苦了我们三个顶缸 [28]？"

行者听见道："这个呆根，这等胡说，可不唬了师父？等老孙再去看看。"他把棍藏在身边，走上前迎着怪物，叫声："老官儿，往那里去？怎么又走路，又念经？"那妖精错认了定盘星 [29]，把孙大圣也当做个等闲的，遂答道："长老啊，我老汉祖居此地，一生好善斋僧，看经念佛。命里无儿，止生得一个小女，招了个女婿，今早送饭下田，想是遭逢虎口。老妻先来找寻，也不见回去，全然不知下落，老汉特来寻看。果然是伤残他命，也没奈何，将他骸骨收拾回去，安葬茔中。"行者笑道："我是个做窠虎的祖宗 [30]，你怎么袖子里笼了个鬼儿来哄我？你瞒了诸人，瞒不过我！我认得你是个妖精！"那妖精唬得顿口无言。行者掣出棒来，自忖思道："若要不打他，显得他倒弄个风儿；若要打他，又怕师父念那话儿咒语。"又思量道："不打杀他，他一时间抄空儿把师父掳了去，却不又费心劳力去救他？……还打的是！就一棍子打杀他，师父念起那咒，常言道：'虎毒不吃儿'。凭着我巧言花语，嘴伶舌便，哄他一哄，好道也罢了。"好大圣，念动咒语，叫当坊土地、本处山神道："这妖精三番来戏弄我师父，这一番却要打杀他。你与我在半空中作证，不许走了。"众神听令，谁敢不从，都在云端里照应。那大圣棍起处，打倒妖魔，才断绝了灵光。

那唐僧在马上，又唬得战战兢兢，口不能言。八戒在旁边又笑道："好行者！风发了 [31]！只行了半日路，倒打死三个人！"唐僧正要念咒，行者急到马前，叫道："师父，莫念！莫念！你且来看看他的模样。"却是一堆粉骷髅在那里。唐僧大惊道："悟空，这个人才死了，怎么就化作一堆骷髅？"行者道："他是个潜灵作怪的僵尸，在此迷人败本；被我打杀，他就现了本相。他那脊梁上有一行字，叫做'白骨夫人'。"唐僧闻说，倒也信了；怎禁那八戒旁边唆嘴道："师父，他的手重棍凶，把人打死，只怕你念那话儿，故意变化这个模样，掩你的眼目哩！"唐僧果然耳软，又信了他，随复念起。行者禁不得疼痛，跪于路旁，只叫："莫念！莫念！有话快说了罢！"唐僧道："猴头！还有甚说话！出家人行善，如春园之草，不见其长，日有所增；行恶之人，如磨刀之石，不见其损，日有所亏。你在这荒郊野外，一连打死三人，还是无人检举，没有对头；倘到城市之中，人烟凑集之所，你拿了那哭丧棒，一时不知好歹，乱打起人来，撞出大祸，教我怎的脱身？你回去罢！"行者道："师父错怪了我也。这厮分明是个妖魔，他实有心害你。我倒打死他，替你除了害，你却不认得，反信了那呆子谗言冷语，屡次逐我。常言道：'事不过三'。我若不去，真是个下流无耻之徒。我去！我去！——去便罢了，只是你手下无人。"唐僧发怒道："这泼猴越发无礼！看起来，只你是人，那悟能、悟净，就不是人？"

那大圣一闻得说，他两个是人，止不住伤情凄惨，对唐僧道声："苦啊！你那时节，出了长安，有刘伯钦送你上路；到两界山，救我出来，投拜你为师，我曾穿古洞，入深林，擒魔捉怪，收八戒，得沙僧，吃尽千辛万苦；今日昧着惺惺使糊涂[32]，只教我回去：这才是'鸟尽弓藏，兔死狗烹'！——罢！！罢！罢！但只是多了那《紧箍儿咒》。"唐僧道："我再不念了。"行者道："这个难说：若到那毒魔苦难处不得脱身，八戒、沙僧救不得你，那时节，想起我来，忍不住又念诵起来，就是十万里路，我的头也是疼的；假如再来见你，不如不作此意。"

唐僧见他言言语语，越添恼怒，滚鞍下马来，叫沙僧包袱内取出纸笔，即于涧下取水，石上磨墨，写了一纸贬书，递于行者道："猴头！执此为照，再不要你做徒弟了！如再与你相见，我就堕了阿鼻地狱！"行者连忙接了贬书道："师父，不消发誓，老孙去罢。"他将书摺了，留在袖中，却又软款唐僧道[33]："师父，我也是跟你一场，又蒙菩萨指教；今日半途而废，不曾成得功果，你请坐，受我一拜，我也去得放心。"唐僧转回身不睬，口里唧唧哝哝的道："我是个好和尚，不受你歹人的礼！"大圣见他不睬，又使个身外法，把脑后毫毛拔了三根，吹口仙气，叫"变！"即变了三个行者，连本身四个，四面围住师父下拜。那长老左右躲不脱，好道也受了一拜。

大圣跳起来，把身一抖，收上毫毛，却又吩咐沙僧道："贤弟，你是个好人，却只要留心防着八戒话言话语[34]，途中更要仔细。倘一时有妖精拿住师父，你就说老孙是他大徒弟：西方毛怪，闻我的手段，不敢伤我师父。"唐僧道："我是个好和尚，不题你这歹人的名字，你回去罢。"那大圣见长老三番两复，不肯转意回心，没奈何才去。你看他：

嗛泪叩头辞长老，含悲留意嘱沙僧。

一头拭进坡前草，两脚蹬翻地上藤。

上天下地如轮转，跨海飞山第一能。

顷刻之间不见影，霎时疾返旧途程。

你看他忍气别了师父，纵筋斗云，径回花果山水帘洞去了。独自个凄凄惨惨，忽闻得水声聒耳。大圣在那半空里看时，原来是东洋大海潮发的声响。一见了，又想起唐僧，止不住腮边泪坠，停云住步，良久方去。毕竟不知此去反复何如，且听下回分解。

——选自《西游记》，人民文学出版社 1980 年版

【作者简介】

吴承恩（1506—约1582），字汝忠，号射阳山人，是淮安山阳（今江苏淮安）人，约生于明孝宗弘治十三年（1500），卒于明神宗万历十年（1582）。出生在一个世代书香的家庭，曾祖父吴铭，曾任浙江余姚县学训导，祖父吴贞曾任浙江仁和县学教谕，官虽不显，却在地方上颇有文名。父亲吴锐，先在社学学习，后弃文经商，以经营绸布为生。他自幼聪慧，精通诗文，享誉乡里。然屡试不第，四十多岁时，才在同乡李春芳的帮助下，当了浙江长兴县丞，但不久辞官归家，专事著述。

吴承恩幼年时期即喜好奇闻传说，阅读很多野言稗史，还曾追随父亲走南闯北做生意，收集很多奇闻轶闻，闲暇时即说与人听。吴承恩一生创作颇丰富，但大部分作品都散佚了。现存作品除《西游记》外，另有后人辑集的《射阳先生存稿》四卷，包括诗一卷、散文三卷和第四卷末附录的小词三十八首。

【注释】

[1] 麂（jǐ）鹿：俗称麂子，鹿科。腿细而有力，善于跳跃，皮很软可以制革。中国分布有三种，分别是黑麂，赤麂和小麂。

[2] 巴：靠近，挨着。

[3] 摩顶受戒：指佛教徒接受戒律，出家为僧。《法华经·嘱累品》："释迦牟尼佛从法座起，现大神力，以右手摩无量菩萨摩诃萨顶。"后即以摩顶作为佛教授戒传法时的仪轨。

[4] 山岚瘴气：山林间的云雾和毒气。

[5] 玉笋：本意为洁白的笋芽，常用来喻指女子的手指。

[6] 金莲：喻指女子的纤足。

[7] 直裰：道袍。

[8] 觌（dí）面：当面、迎面。

[9] 猪颠风：本意为一种猪的疾病，亦常用来形容人的癫狂状态。此处非常生动地形容了猪八戒欣喜欢脱的状态。

[10] 嘈：肠胃不适。

[11] 夯（bèn）货：骂人的话，大意指光吃不做、傻头傻脑等。

[12] 方上：即方外，指出家人。

[13] 奴奴：奴家，古时女子的自称。

[14] 客子：雇佣的工人。

[15] 五黄六月：亦作"五荒六月"，指农历六月，五谷成熟，农事正忙的时节。

[16]芹献：礼品菲薄的谦词的谦词。典出《列子·杨朱篇》："昔人有美戎菽、甘枲茎芹萍子者，对乡豪称之。乡豪取而尝之，蜇于口，惨于腹。众哂而怨之，其人大惭。"后因以"芹献"为礼品菲薄的谦词。

[17]罴(pí)软：做事没有主见。

[18]唆嘴：搬弄口舌。

[19]演幌：蒙骗、迷惑。

[20]撺唆：怂恿挑拨。

[21]亚腰：形容中间细两头粗的样子。

[22]褊(biǎn)衫：一种僧尼服装，开脊接领，斜披在左肩上，类似袈裟。

[23]彭祖：传说中的道教人物，活到八百余岁高龄。

[24]玉磬：乐器名。此处指老人常耳鸣，像敲击玉磬一样。

[25]鹤氅：鸟羽制成的裘，隐士或道士穿者颇多，故亦常用来指道袍。

[26]为从：从犯。

[27]摆站：刑罚的一种，指被发配到驿站中作驿卒。

[28]顶缸：指代人受过或承担责任者。

[29]定盘星：原指戥子或秤杆上的第一星儿。多用秤杆上的第一星来判定秤的准度，后多用以比喻正确的基准或一定的主意。

[30]嫛(qiā)虎：吓人的模样。

[31]风发：发疯。

[32]昧着惺惺使糊涂：指心里明白，假装糊涂。昧：隐藏。惺惺：聪明机灵。

[33]软款：指温柔、殷勤的话语打动人。

[34]诂言诂语：花言巧语，胡说八道。

【作品要解】

本文为《西游记》第二十七回，内容为大家所熟知的"三打白骨精"的故事。唐僧师徒四人西天取经途径白虎岭，唐僧饥饿难捱，责令孙悟空化缘，奈何山高林深四下并无人家，孙悟空只得去摘桃以解唐僧一众的饥渴。孙悟空飞升之时，惊动了伏居于此的白骨精。白骨精想吃唐僧肉，奈何法力不够，恐打不过猪八戒和沙和尚，于是幻化为给丈夫送饭的美少妇。猪八戒、沙和尚和唐僧均未识破白骨精的幻化，也被她的巧舌如簧所说服，但唐僧尚能坚守理念，不吃白骨精的斋饭，猪八戒却全然顾不了许多，拱翻瓶钵即欲大快朵颐。孙悟空及时赶到，火眼金睛识破白骨精的法术，一棒将其打死。白骨精使用解尸法留下一具尸体跑了。唐僧在猪八戒的撺掇下责怪孙悟空无故害人性命，并念"紧箍咒"惩罚孙悟空，孙悟空百般求饶并保证不再如此，唐僧于是作罢。白骨精心有不甘，又幻化为寻找女儿的老太婆，但又被孙悟空识破一棒打死。白骨精故技重施留下一具尸体跑了。唐僧仍旧不相信孙悟空，再次责怪轰赶他，被"紧箍咒"折磨得死去活来的孙悟空再次百般求饶，终作罢。白骨精恐唐僧师徒出了自己的管界，急忙又换作寻找妻女的老公公。孙悟空识破他的身份，但恐师父责骂，于是在叫来山神土地作证后，一棒将其打死。放松警惕的白骨精没有使用解尸术，于是显出白骷髅的原形。虽然孙悟空已经预想到了唐僧的反映，并做了预案，奈何猪八戒从中作梗，唐僧执意要赶走孙悟空。迫于无奈的孙悟空只得拜别师父，黯然离去。

白骨精是师徒四人集结完毕后遇到的第一个妖怪，与后面的诸多妖怪比起来，既非仙界下凡，又不得天地庇护；既无徒众以供差遣，法术又不甚高明，领地还小得可怜。面对孙悟空的金箍棒，不但连还手的机会都没有，对猪八戒和沙和尚也心有胆怯，只得偷偷摸摸地幻化为人形，使一些言语行骗之法。但也正是这么个低级弱小的小妖怪，却搅得师徒四人矛盾重重，可担护师大任的孙悟空还被赶回老家。在这个故事情节中，我们发现，考验师徒四人的并不是白骨精，毕竟道行再高的妖精孙悟空也没放在眼里，何况手无缚鸡之力的白骨精？他们面对的最大问题恐怕就是唐僧、猪八戒和孙悟空之间信任危机。师徒四人作为初次组建的团队，彼此之间还没有建立团队意识和信任关系。唐僧作为团队的领袖，耳根子软，缺乏决断力，又一心念着自己对孙悟空的解救之恩，故在面对孙悟空时，他往往以一个统领者的姿态要求孙悟空对他的绝对服从，但有异议就以赶他回家和念"紧箍咒"相威胁。唐僧让孙悟空化缘，孙悟空不过抱怨了一句，他便责怪孙悟空懒惰。初遇白骨精时，虽然他没有识破白骨精的伎俩，但还能保持清醒，不食用白骨精的食物，然而被孙悟空抢白几句，面子上就挂不住了，不仅要赶孙悟空走，还念"紧箍咒"以惩罚孙悟空；二遇白骨精时，甚至都没有给孙悟空解释的机会，直接就是"紧箍咒"惩罚；三遇白骨精时，孙悟空留个心眼，找来见证人，然而他依然不相信，"紧箍咒"惩罚之后，还执意要赶走孙悟空，甚至不接受孙悟空的拜别。孙悟空三打白骨精；唐僧三信谗言，三赶孙悟空，三念"紧箍咒"，着实让读者又心疼又心痛。

猪八戒作为唐僧的得意弟子，虽然除魔能力一般，但进谗言能力了得，总能适时抓住唐僧的心脉，挑拨唐僧和孙悟空之间的关系。孙悟空作为团队的除妖骨干，兢兢业业，还屡屡面对师父的责难和师弟的挑拨，除魔之时还得前瞻后顾，恐又落不是，但遇见法力低的妖怪尚可如此，遇见法力高的妖怪如何还能顾得许多？所以，这一回目的设立，通过三打白骨精，首先解决师徒四人之间的信任危机，为以后的斩妖除魔铺平道路，才能更加游刃有余地处理余下的劫难和考验。

"三言"

冯梦龙

杜十娘怒沉百宝箱

扫荡残胡立帝畿 [1]，龙翔凤舞势崔嵬；

左环沧海天一带，右拥太行山万围。

戈戟九边雄绝塞 [2]，衣冠万国仰垂衣 [3]；

太平人乐华胥世 [4]，永永金瓯共日辉 [5]。

这首诗，单夸我朝燕京建都之盛。说起燕都的形势，北倚雄关，南压区夏 [6]，真乃金城天府 [7]，万年不拔之基。当先洪武爷扫荡胡尘，定鼎金陵 [8]，是为南京。到永乐爷从北平起兵靖难，迁于燕都，是为北京。只因这一迁，把个苦寒地面，变作花锦世界。自永乐爷九传至于万历爷，此乃我朝第十一代的天子。这位天子，聪明神武，德福兼全，十岁登基，在位四十八年，削平了三处寇乱。那三处？

日本关白平秀吉 [9]，西夏哱承恩 [10]，播州杨应龙 [11]。

平秀吉侵犯朝鲜，哱承恩、杨应龙是土官谋叛 [12]，先后削平。远夷莫不畏服 [13]，争来朝贡。真个是：

一人有庆民安乐，四海无虞国太平。

话中单表万历二十年间，日本国关白作乱，侵犯朝鲜。朝鲜国王上表告急，天朝发兵泛海往救。有户部官奏准：目今兵兴之际，粮饷未充，暂开纳粟入监之例 [14]。原来纳粟入监的，有几般便宜：好读书，好科举，好中，结末来又有个小小前程结果。以此宦家公子、富室子弟，到不愿做秀才，都去援例做太学生。自开了这例，两京太学生各添至千人之外。内中有一人，姓李名甲，字干先，浙江绍兴府人氏。父亲李布政，所生三儿，惟甲居长。自幼读书在庠，未得登科，援例入于北雍。因在京坐监 [15]，与同乡柳遇春监生同游教坊司院内 [16]，与一个名姬相遇。那名姬姓杜名媺，排行第十，院中都称为杜十娘，生得：

浑身雅艳，遍体娇香，两弯眉画远山青，一对眼明秋水润。脸如
莲萼，分明卓氏文君，唇似樱桃，何减白家樊素 [17]。可怜一片无瑕
玉，误落风尘花柳中。

那杜十娘自十三岁破瓜 [18]，今一十九岁，七年之内，不知历过了多少公子王
孙，一个个情迷意荡，破家荡产而不惜。院中传出四句口号来，道是：

坐中若有杜十娘，斗筲之量饮千觞 [19]；
院中若识杜老媺，千家粉面都如鬼 [20]。

却说李公子，风流年少，未逢美色，自遇了杜十娘，喜出望外，把花柳情怀，
一担儿挑在他身上。那公子俊俏庞儿，温存性儿，又是撒漫的手儿 [21]，帮衬
的勤儿 [22]，与十娘一双两好，情投意合。十娘因见鸨儿贪财无义，久有从良之
志；又见李公子忠厚志诚，甚有心向他。奈李公子惧怕老爷，不敢应承。虽则
如此，两下情好愈密，朝欢暮乐，终日相守，如夫妇一般，海誓山盟，各无他
志。真个：

恩深似海恩无底，义重如山义更高。

再说杜妈妈，女儿被李公子占住，别的富家巨室，闻名上门，求一见而
不可得。初时李公子撒漫用钱，大差大使，妈妈胁肩谄笑，奉承不暇。日往月
来，不觉一年有余，李公子囊箧渐渐空虚，手不应心，妈妈也就怠慢了。老布
政在家闻知儿子嫖院，几遍写字来唤他回去。他迷恋十娘颜色，终日延挨 [23]。
后来闻知老爷在家发怒，越不敢回。古人云："以利相交者，利尽而疏。"那杜
十娘与李公子真情相好，见他手头愈短，心头愈热。妈妈也几遍教女儿打发李
甲出院，见女儿不统口 [24]，又几遍将言语触突李公子 [25]，要激怒他起身。公
子性本温克 [26]，词气愈和。妈妈没奈何，日逐只将十娘叱骂道："我们行户人
家 [27]，吃客穿客，前门送旧，后门迎新，门庭闹如火，钱帛堆成垛。自从那
李甲在此，混帐一年有余 [28]，莫说新客，连旧主顾都断了，分明接了个锺馗
老，连小鬼也没得上门。弄得老娘一家人家，有气无烟，成什么模样！"杜
十娘被骂，耐性不住，便回答道："那李公子不是空手上门的，也曾费过大钱
来。"妈妈道："彼一时，此一时，你只教他今日费些小钱儿，把与老娘办些柴
米，养你两口也好。别人家养的女儿便是摇钱树，千生万活，偏我家晦气，养

了个退财白虎^[29]。开了大门七件事^[30]，般般都在老身心上。到替你这小贱人白白养着穷汉，教我衣食从何处来？你对那穷汉说：有本事出几两银子与我，到得你跟了他去，我别讨个丫头过活却不好？"十娘道："妈妈，这话是真是假？"妈妈晓得李甲囊无一钱，衣衫都典尽了，料他没处设法，便应道："老娘从不说谎，当真哩。"十娘道："娘，你要他许多银子？"妈妈道："若是别人，千把银子也讨了。可怜那穷汉出不起，只要他三百两，我自去讨一个粉头代替^[31]。只一件，须是三日内交付与我，左手交银，右手交人。若三日没有银时，老身也不管三七二十一，公子不公子，一顿孤拐^[32]，打那光棍出去。那时莫怪老身！"十娘道："公子虽在客边乏钞，谅三百金还措办得来。只是三日忒近，限他十日便好。"妈妈想道："这穷汉一双赤手，便限他一百日，他那里银子。没有银子，便铁皮包脸，料也无颜上门。那时重整家风，媺儿也没得话讲。"答应道："看你面，便宽到十日。第十日没有银子，不干老娘之事。"十娘道："若十日内无银，料他也无颜再见了。只怕有了三百两银子，妈妈又翻悔起来。"妈妈道："老身年五十一岁了，又奉十斋^[33]，怎敢说谎？不信时与你拍掌为定。若翻悔时，做猪做狗。"

> 从来海水斗难量，可笑虔婆意不良^[34]；
>
> 料定穷儒囊底竭，故将财礼难娇娘。

是夜，十娘与公子在枕边，议及终身之事。公子道："我非无此心。但教坊落籍^[35]，其费甚多，非千金不可。我囊空如洗，如之奈何！"十娘道："妾已与妈妈议定只要三百金，但须十日内措办。郎君游资虽罄，然都中岂无亲友，可以借贷。倘得如数，妾身遂为君之所有，省受虔婆之气。"公子道："亲友中为我留恋行院，都不相顾。明日只做束装起身，各家告辞，就开口假贷路费，凑聚将来，或可满得此数。"起身梳洗，别了十娘出门。十娘道："用心作速，专听佳音。"公子道："不须分付。"公子出了院门，来到三亲四友处，假说起身告别，众人到也欢喜。后来叙到路费欠缺，意欲借贷。常言道："说着钱，便无缘。"亲友们就不招架。他们也见得是，道李公子是风流浪子，迷恋烟花，年许不归，父亲都为他气坏在家。他今日抖然要回，未知真假。倘或说骗盘缠到手，又去还脂粉钱，父亲知道，将好意翻成恶意，始终只是一怪，不如辞了干净。便回道："目今正值空乏，不能相济，惭愧！惭愧！"人人如此，个个皆然，并没有个慷慨丈夫，肯统口许他一十二十两。李公子一连奔走了三日，分毫无获，又不敢回决十娘，权且含糊答应。到第四日又没想头，就羞回院中。平日间有了杜家，连下处也没有了，今日就无处投宿。只得往同乡柳监生寓所借歇。柳遇春见公子愁容可掬，问其来历。公子将杜十娘愿嫁之情，备细说了。遇春摇首道："未必，未必。那杜媺曲中第一名姬[36]，要从良时，怕没有十斛明珠，千金聘礼。那鸨儿如何只要三百两？想鸨儿怪你无钱使用，白白占住他的女儿，设计打发你出门。那妇人与你相处已久，又碍却面皮，不好明言。明知你手内空虚，故意将三百两卖个人情，限你十日。若十日没有，你也不好上门。便上门时，他会说你笑你，落得一场褒渎[37]，自然安身不牢，此乃烟花逐客之计。足下三思，休被其惑。据弟愚意，不如早早开交为上。"公子听说，半晌无言，心中疑惑不定。遇春又道："足下莫要错了主意。你若真个还乡，不多几两盘费，还有人搭救。若是要三百两时，莫说十日，就是十个月也难。如今的世情，那肯顾缓急二字的。那烟花也算定你没处告债，故意设法难你。"公子道："仁兄所见良是。"口里虽如此说，心中割舍不下。依旧又往外边东央西告，只是夜里不进院门了。公子在柳监生寓中，一连住了三日，共是六日了。杜十娘连日不见公子进院，十分着紧，就教小厮四儿街上去寻。四儿寻到大街，恰好遇见公子。四儿叫道："李姐夫，娘在家里望你。"公子自觉无颜，回复道："今日不得功夫，明日来罢。"四儿奉了十娘之命，一把扯住，死也不放。道："娘叫咱寻你。是必同去走一遭。"李公子心上也牵挂着婊子，没奈何，只得随四儿进院。见了十娘，嘿嘿无言[38]。十娘问道："所谋之事如何？"公子眼中流下泪来。十娘道："莫非人情淡薄，不能足三百之数么？"公子含泪而言，道出二句：

"不信上山擒虎易，果然开口告人难。

一连奔走六日，并无铢两[39]，一双空手，羞见芳卿，故此这几日不敢进院。今日承命呼唤，忍耻而来，非某不用心，实是世情如此。"十娘道："此言休使虔婆知道。郎君今夜且住，妾别有商议。"十娘自备酒肴，与公子欢饮。睡至半夜，十娘对公子道："郎君果不能办一钱耶？妾终身之事，当如何也？"公

明代文学作品选

子只是流涕，不能答一语。渐渐五更天晓。十娘道："妾所卧絮褥内藏有碎银一百五十两，此妾私蓄，郎君可持去。三百金，妾任其半，郎君亦谋其半，庶易为力。限只四日，万勿迟误。"十娘起身将褥付公子，公子惊喜过望。唤童儿持褥而去。径到柳遇春寓中，又把夜来之情与遇春说了。将褥拆开看时，絮中都裹着零碎银子，取出兑时，果是一百五十两。遇春大惊道："此妇真有心人也。既系真情，不可相负。吾当代为足下谋之。"公子道："倘得玉成，决不有负。"当下柳遇春留李公子在寓，自出头各处去借贷。两日之内，凑足一百五十两交付公子道："吾代为足下告债，非为足下，实怜杜十娘之情也。"李甲拿了三百两银子，喜从天降，笑逐颜开，欣欣然来见十娘，刚是第九日，还不足十日。十娘问道："前日分毫难借，今日如何就有一百五十两？"公子将柳监生事情，又述了一遍。十娘以手加额道："使吾二人得遂其愿者，柳君之力也。"两个欢天喜地，又在院中过了一晚。次日十娘早起，对李甲道："此银一交，便当随郎君去矣。舟车之类，合当预备。妾昨日于姊妹中借得白银二十两，郎君可收下为行资也。"公子正愁路费无出，但不敢开口，得银甚喜。说犹未了，鸨儿恰来敲门叫道："媺儿，今日是第十日了。"公子闻叫，启户相延道："承妈妈厚意，正欲相请。"便将银三百两放在桌上。鸨儿不料公子有银，嘿然变色，似有悔意。十娘道："儿在妈妈家中八年，所致金帛，不下数千金矣。今日从良美事，又妈妈亲口所订，三百金不欠分毫，又不曾过期。倘若妈妈失信不许，郎君持银去，儿即刻自尽。恐那时人财两失，悔之无及也。"鸨儿无词以对。腹内筹画了半晌，只得取天平兑准了银子，说道："事已如此，料留你不住了。只是你要去时，即今就去。平时穿戴衣饰之类，毫厘休想。"说罢，将公子和十娘推出房门，讨锁来就落了锁。此时九月天气。十娘才下床，尚未梳洗，随身旧衣，就拜了妈妈两拜。李公子也作了一揖。一夫一妇，离了虔婆大门。

鲤鱼脱却金钩去，摆尾摇头再不来。

公子教十娘且住片时："我去唤个小轿抬你，权往柳荣卿寓所去，再作道理。"十娘道："院中诸姊妹平昔相厚，理宜话别。况前日又承他借贷路费，不可不一谢也。"乃同公子到各姊妹处谢别。姊妹中惟谢月朗、徐素素与杜家相近，尤与十娘亲厚。十娘先到谢月朗家。月朗见十娘秃髻旧衫，惊问其故。十娘备述来因。又引李甲相见。十娘指月朗道："前日路资，是此位姐姐所贷，郎君可致谢。"李甲连连作揖。月朗便教十娘梳洗，一面去请徐素素来家相会。十娘梳洗已毕，谢徐二美人各出所有，翠钿金钏，瑶簪宝珥，锦袖花裙，鸾带绣履，把杜十娘装扮得焕然一新，备酒作庆贺筵席。月朗让卧房与李甲、杜媺二人过宿。次日，又大排筵席，遍请院中姊妹。凡十娘相厚者，无不毕集，都与他夫妇把盏称喜。吹弹歌舞，各逞其长，务要尽欢，直饮至夜分。十娘向众姊妹一一称谢。众姊妹道："十姊为风流领袖，今从郎君去，我等相见无日。何日长行，姊妹们尚当奉送。"月朗道："候有定期，小妹当来相报。但阿姊千里间关[40]，同郎君远去，囊箧萧条，曾无约束[41]，此乃吾等之事。当相与共谋之，勿令姊有穷途之虑也。"众姊妹各唯唯而散。是晚，公子和十娘仍宿谢家。至五鼓，十娘对公子道："吾等此去，何处安身？郎君亦曾计议有定着否？"公子道："老父盛怒之下，若知娶妓而归，必然加以不堪，反致相累。展转寻思，尚未有万全之策。"十娘道："父子天性，岂能终绝。既然仓卒难犯，不若与郎君于苏杭胜地，权作浮居[42]。郎君先回，求亲友于尊大人面前劝解和顺，然后携妾于归[43]，彼此安妥。"公子道："此言甚当。"次日，二人起身辞了谢月朗，暂往柳监生寓中，整顿行装。杜十娘见了柳遇春，倒身下拜，谢其周全之德："异日我夫妇必当重报。"遇春慌忙答礼道："十娘钟情所欢，不以贫窭易心[44]，此乃女中豪杰。仆因风吹火[45]，谅区区何足挂齿！"三人又饮了一日酒。次早，择了出行吉日，雇请轿马停当。十娘又遣童儿寄信，别谢月朗。临行之际，只见肩舆纷纷而至[46]，乃谢月朗与徐素素拉众姊妹来送行。月朗道："十姊从郎君千里间关，囊中消索，吾等甚不能忘情。今合具薄赆[47]，十姊可检收，或长途空乏，亦可少助。"说罢，命从人挈一描金文具至前[48]，封锁甚固，正不知什么东西在里面。十娘也不开看，也不推辞，但殷勤作谢而已。须臾，舆马齐集，仆夫催促起身。柳监生三杯别酒，和众美人送出崇文门外，各各垂泪而别。正是：

　　他日重逢难预必，此时分手最堪怜。

　　再说李公子同杜十娘行至潞河，舍陆从舟，却好有瓜洲差使船转回之便，讲定船钱，包了舱口。比及下船时，李公子囊中并无分文余剩。你道杜十娘把二十两银子与公子，如何就没了？公子在院中嫖得衣衫蓝缕，银子到手，未免在解库中取赎几件穿着，又制办了铺盖，剩来只勾轿马之费。公子正当愁闷，十娘道："郎君勿忧，众姊妹合赠，必有所济。"乃取钥开箱。公子在傍自觉惭愧，也不敢窥觑箱中虚实[49]。只见十娘在箱里取出一个红绢袋来，掷于桌上道："郎君可开看之。"公子提在手中，觉得沉重，启而观之，皆是白银，计数整五十两。十娘仍将箱子下锁，亦不言箱中更有何物。但对公子道："承众姊妹高情，不惟途路不乏，即他日浮寓吴越间，亦可稍佐吾夫妻山水之费矣。"公子且惊且喜道："若不遇恩卿，我李甲流落他乡，死无葬身之地矣。此情此德，白头不敢忘也。"自此每谈及往事，公子必感激流涕。十娘亦曲意抚慰，一路无话。不一日，行至瓜洲，大船停泊岸口，公子别雇了民船，安放行李。约明日侵晨，剪江而渡[50]。其时仲冬中旬，月明如水，公子和十娘坐于舟首。公子道："自出都门，困守一舱之中，四顾有人，未得畅语。今日独据一舟，更无避忌。且已离塞北，初近江南，宜开怀畅饮，以舒向来抑郁之气，恩卿以为何如？"十娘道："妾久疏谈笑，亦有此心，郎君言及，足见同志耳。"公子乃携酒具于船首，与十娘铺毡并坐，传杯交盏。饮至半酣，公子执卮对十娘道："恩卿妙音，六院推首[51]。某相遇之初，每闻绝调，辄不禁神魂之飞动。心事多违，彼此郁郁，鸾鸣凤奏，久矣不闻。今清江明月，深夜无人，肯为我一歌否？"十娘兴亦勃发，遂开喉顿嗓，取扇按拍，呜呜咽咽，歌出元人施君美《拜月亭》杂剧上"状元执盏与婵娟"一曲，名《小桃红》。真个：

声飞霄汉云皆驻，响入深泉鱼出游。

却说他舟有一少年，姓孙名富字善赉，徽州新安人氏。家资巨万，积祖扬州种盐。年方二十，也是南雍中朋友。生性风流，惯向青楼买笑，红粉追欢[52]，若嘲风弄月，到是个轻薄的头儿。事有偶然，其夜亦泊舟瓜洲渡口，独酌无聊。忽听得歌声嘹亮，凤吟鸾吹[53]，不足喻其美。起立船头，伫听半晌，方知声出邻舟。正欲相访，音响倏已寂然。乃遣仆者潜窥踪迹，访于舟人。但晓得是李相公雇的船，并不知歌者来历。孙富想道："此歌者必非良家，怎生得他一见？"展转寻思，通宵不寐。捱至五更，忽闻江风大作。及晓，彤云密布，狂雪飞舞。怎见得，有诗为证：

> 千山云树灭，万径人踪绝。
>
> 扁舟蓑笠翁，独钓寒江雪。

因这风雪阻渡，舟不得开。孙富命艄公移船，泊于李家舟之傍，孙富貂帽狐裘，推窗假作看雪。值十娘梳洗方毕，纤纤玉手，揭起舟傍短帘，自泼盂中残水，粉容微露，却被孙富窥见了，果是国色天香。魂摇心荡，迎眸注目，等候再见一面，杳不可得。沉思久之，乃倚窗高吟高学士《梅花诗》二句，道：

> 雪满山中高士卧，月明林下美人来。

李甲听得邻舟吟诗，舒头出舱，看是何人。只因这一看，正中了孙富之计。孙富吟诗，正要引李公子出头，他好乘机攀话。当下慌忙举手，就问："老兄尊姓何讳？"李公子叙了姓名乡贯，少不得也问那孙富。孙富也叙过了。又叙了些太学中的闲话，渐渐亲熟。孙富便道："风雪阻舟，乃天遣与尊兄相会，实小弟之幸也。舟次无聊，欲同尊兄上岸，就酒肆中一酌，少领清诲[54]，万望不拒。"公子道："萍水相逢，何当厚扰？"孙富道："说那里话！'四海之内，皆兄弟也'。"喝教艄公打跳[55]，童儿张伞，迎接公子过船，就于船头作揖。然后让公子先行，自己随后，各各登跳上涯。行不数步，就有个酒楼，二人上楼，拣一副洁净座头，靠窗而坐。酒保列上酒肴。孙富举杯相劝，二人赏雪饮酒。先说些斯文中套话，渐渐引入花柳之事。二人都是过来之人，志同道合，说得入港[56]，一发成相知了。孙富屏去左右，低低问道："昨夜尊舟清歌者，何人也？"李甲正要卖弄在行，遂实说道："此乃北京名姬杜十娘也。"孙富道："既系曲中姊妹，何以归兄？"公子遂将初遇杜十娘，如何相好，后来如何要嫁，如何借银讨他，始末根由，备细述了一遍。孙富道："兄携丽人而归，固是快事，但不知尊府中能相容否？"公子道："贱室不足虑[57]。所虑者，老父性严，尚费踌躇耳！"孙富将机就机，便问道："既是尊大人未必相容，兄所携丽人，何处安顿？亦曾通知丽人，共作计较否？"公子攒眉而答道："此事曾与小妾议之。"孙富欣然问道："尊宠必有妙策[58]。"公子道："他意欲侨居苏杭，流连山水。使小弟先回，求亲友宛转于家君之前[59]。俟家君回嗔作喜，然后图归，高明以为何如？"孙富沉吟半晌，故作愀然之色[60]，道：“小弟乍会之间，交浅言深，诚恐见怪。”公子道：“正赖高明指教，何必谦逊？”孙富道：“尊大人位居方面[61]，必严帷薄之嫌[62]，平时既怪兄游非礼之地，今日岂容兄娶不节之人。况且贤亲贵友，谁不迎合尊大人之意者？兄枉去求他，必然相拒。就有个不识时务的进言于尊大人之前，见尊大人意思不允，他就转口了。兄进不能和睦家庭，退无词以回复尊宠。即使留连山水，亦非长久之计。万一资斧困竭[63]，岂不进退两难！”公子自知手中只有五十金，此时费去大半，说到资斧困竭，进退两难，不觉点头道是。孙富又道：“小弟还有句心腹之谈，兄肯俯听否？”公子道：“承兄过爱，更求尽言。”孙富道：“疏不间亲，还是莫说罢。”公子道：“但说何妨。”孙富道：“自古道：‘妇人水性无常。’况烟花之辈，少真多假。他既系六院名姝，相识定满天下；或者南边原有旧约，借兄之力，挈带而来，以为他适之地。”公子道：“这个恐未必然。”孙富道：“既不然，江南子弟，最工轻薄，兄留丽人独居，难保无逾墙钻穴之事[64]。若挈之同归，愈增尊大人之怒。为兄之计，未有善策。况父子天伦，必不可绝。若为妾而触父，因妓而弃家，海内必以兄为浮浪不经之人。异日妻不以为夫，弟不以为兄，同袍不以为友[65]，兄何以立于天地之间？兄今日不可不熟思也！”公子闻言，茫然自失，移席问计：“据高明之见，何以教我？”孙富道：“仆有一计，于兄甚便。只恐兄溺枕席之爱，未必能行，使仆空费词说耳！”公子道：“兄诚有良策，使弟再睹家园之乐，乃弟之恩人也。又何惮而不言耶？”孙富道：“兄飘零岁余，严亲怀怒，闺阁离心[66]，设身以处兄之地，诚寝食不安之时也。然尊大人所以怒兄者，不过为迷花恋柳，挥金如土，异日必为弃家荡产之人，不堪承继家业耳！兄今日空手而归，正触其怒。兄倘能割衽席之爱，见机而作，仆愿以千金相赠。兄得千金，以报尊大人，只说在京授馆，并不曾浪费分毫，尊大人必然相信。从此家庭和睦，当无间言[67]。须臾之间，转祸为福。兄请三思，仆非贪丽人之色，实为兄效忠于万一也！”李甲原是没主意的人，本心惧怕老子，被孙富一席话，说透胸中之疑，起身作揖道：“闻兄大教，顿开茅塞。但小妾千里相从，义难顿绝，容归与商之。得其心肯，当奉复耳。”孙富道：“说话之间，宜放婉曲。彼既忠心为兄，必不忍使兄父子分离，定然玉成兄还乡之事矣。”二人饮了一回酒，风停雪止，天色已晚。孙富教家僮算还了酒钱，与公子携手下船。正是：

逢人且说三分话，未可全抛一片心。

却说杜十娘在舟中，摆设酒果，欲与公子小酌，竟日未回，挑灯以待。公子下船，十娘起迎。见公子颜色匆匆，似有不乐之意，乃满斟热酒劝之。公子摇首不饮，一言不发，竟自床上睡了。十娘心中不悦，乃收拾杯盘，为公子解衣就枕，问道："今日有何见闻，而怀抱郁郁如此？"公子叹息而已，终不启口。问了三四次，公子已睡去了。十娘委决不下，坐于床头而不能寐。到夜半，公子醒来，又叹一口气。十娘道："郎君有何难言之事，频频叹息？"公子拥被而起，欲言不语者几次，扑簌簌掉下泪来。十娘抱持公子于怀间，软言抚慰道："妾与郎君情好，已及二载，千辛万苦，历尽艰难，得有今日。然相从数千里，未曾哀戚。今将渡江，方图百年欢笑，如何反起悲伤，必有其故。夫妇之间，死生相共，有事尽可商量，万勿讳也。"公子再四被逼不过，只得含泪而言道："仆天涯穷困，蒙恩卿不弃，委曲相从，诚乃莫大之德也。但反覆思之，老父位居方面，拘于礼法，况素性方严，恐添嗔怒，必加黜逐。你我流荡，将何底止 [68]？夫妇之欢难保，父子之伦又绝。日间蒙新安孙友邀饮，为我筹及此事，寸心如割！"十娘大惊道："郎君意将如何？"公子道："仆事内之人，当局而迷。孙友为我画一计颇善，但恐恩卿不从耳！"十娘道："孙友者何人？计如果善，何不可从？"公子道："孙友名富，新安盐商，少年风流之士也。夜间闻子清歌，因而问及。仆告以来历，并谈及难归之故，渠意欲以千金聘汝。我得千金，可藉口以见吾父母；而恩卿亦得所天。但情不能舍，是以悲泣。"说罢，泪如雨下。十娘放开两手，冷笑一声道："为郎君画此计者，此人乃大英雄也。郎君千金之资，既得恢复，而妾归他姓，又不致为行李之累，发乎情，止乎礼，诚两便之策也。那千金在那里？"公子收泪道："未得恩卿之诺，金尚留彼处，未曾过手。"十娘道："明早快快应承了他，不可挫过机会。但千金重事，须得兑足交付郎君之手，妾始过舟，勿为贾竖子所欺。"时已四鼓，十娘即起身挑灯梳洗道："今日之妆，乃迎新送旧，非比寻常。"于是脂粉香泽，用意修饰，花钿绣袄，极其华艳，香风拂拂，光采照人。装束方完，天色已晓。孙富差家童到船头候信。十娘微窥公子，欣欣似有喜色，乃催公子快去回话，及早兑足银子。公子亲到孙富船中，回复依允。孙富道："兑银易事，须得丽人妆台为信。"公子又回复了十娘，十娘即指描金文具道："可便抬去。"孙富喜甚。即将白银一千两，送到公子船中。十娘亲自检看，足色足数，分毫无爽。乃手把船舷，以手招孙富。孙富一见，魂不附体。十娘启朱唇，开皓齿道："方才箱子可暂发来，内有李郎路引一纸[69]，可检还之也。"孙富视十娘已为瓮中之鳖，即命家童送那描金文具，安放船头之上。十娘取钥开锁，内皆抽替小箱。十娘叫公子抽第一层来看，只见翠羽明珰，瑶簪宝珥，充牣于中，约值数百金。十娘遽投之江中。李甲与孙富及两船之人，无不惊诧。又命公子再抽一箱，乃玉箫金管。又抽一箱，尽古玉紫金玩器，约值数千金。十娘尽投之于水。舟中岸上之人，观者如堵。齐声道："可惜可惜！正不知什么缘故。"最后又抽一箱，箱中复有一匣。开匣视之，夜明之珠，约有盈把。其他祖母绿，猫儿眼，诸般异宝，目所未睹，莫能定其价之多少。众人齐声喝彩，喧声如雷。十娘又欲投之于江。李甲不觉大悔，抱持十娘恸哭，那孙富也来劝解。十娘推开公子在一边，向孙富骂道："我与李郎备尝艰苦，不是容易到此，汝以奸淫之意，巧为谗说，一旦破人姻缘，断人恩爱，乃我之仇人。我死而有知，必当诉之神明，尚妄想枕席之欢乎！"又对李甲道："妾风尘数年，私有所积，本为终身之计。自遇郎君，山盟海誓，白首不渝。前出都之际，假托众姊妹相赠，箱中韫藏百宝[70]，不下万金。将润色郎君之装[71]，归见父母，或怜妾有心，收佐中馈[72]，得终委托，生死无憾。谁知郎君相信不深，惑于浮议[73]，中道见弃，负妾一片真心。今日当众目之前，开箱出视，使郎君知区区千金，未为难事。妾椟中有玉，恨郎眼内无珠。命之不辰[74]，风尘困瘁，甫得脱离，又遭弃捐[75]。今众人各有耳目，共作证明，妾不负郎君，郎君自负妾耳！"于是众人聚观者，无不流涕，都唾骂李公子负心薄幸。公子又羞又苦，且悔且泣，方欲向十娘谢罪。十娘抱持宝匣，向江心一跳。众人急呼捞救。但见云暗江心，波涛滚滚，杳无踪影。可惜一个如花似玉的名姬，一旦葬于江鱼之腹。

　　　　三魂渺渺归水府，七魄悠悠入冥途。

当时旁观之人，皆咬牙切齿，争欲拳殴李甲和那孙富。慌得李、孙二人，手足无措，急叫开船，分途遁去。李甲在舟中，看了千金，转忆十娘，终日愧悔，郁成狂疾，终身不瘥。孙富自那日受惊，得病卧床月余，终日见杜十娘在傍诟骂，奄奄而逝。人以为江中之报也。

却说柳遇春在京坐监完满，束装回乡，停舟瓜步。偶临江净脸，失坠铜盆于水，觅渔人打捞。及至捞起，乃是个小匣儿。遇春启匣观看，内皆明珠异宝，无价之珍。遇春厚赏渔人，留于床头把玩。是夜梦见江中一女子，凌波而来，视之，乃杜十娘也。近前万福，诉以李郎薄幸之事。又道："向承君家慷慨，以一百五十金相助，本意息肩之后 [76]，徐图报答。不意事无终始；然每怀盛情，悒悒未忘。早间曾以小匣托渔人奉致，聊表寸心，从此不复相见矣。"言讫，猛然惊醒，方知十娘已死，叹息累日。后人评论此事，以为孙富谋夺美色，轻掷千金，固非良士；李甲不识杜十娘一片苦心，碌碌蠢才，无足道者。独谓十娘千古女侠，岂不能觅一佳侣，共跨秦楼之凤，乃错认李公子，明珠美玉，投于盲人，以致恩变为仇，万种恩情，化为流水，深可惜也！有诗叹云：

> 不会风流莫妄谈，单单情字费人参；
>
> 若将情字能参透，唤作风流也不惭。

——选自严敦易校注本《警世通言》，人民文学出版社 2012 年版

【作者简介】

冯梦龙（1574—1646），字犹龙，又字子犹、耳犹，别署墨憨斋主人、姑苏词奴、顾曲散人、绿天馆主人等，长洲（今江苏省苏州市）人。出身书香门第。他少年即有才情，诗、文、词、曲样样精通，为同辈所佩服。他的兄长冯梦桂擅长绘画，弟弟冯梦熊是享誉一时的太学生，有诗文传世。兄弟三人同负盛名，时称"吴下三冯"。冯梦龙为隽才宿学，但屡试不第，不得不一面以教书为生，一面编创通俗文学。崇祯三年（1630），已经五十八岁的冯梦龙终于取得了贡生资格，出任丹徒县（今江苏镇江）训导，四年后升任福建寿宁县知县。冯梦龙虽及第破晚，然心系民生，在明清入关之际编写《甲申纪事》，总结明朝覆亡教训，渴望复兴。南明

王朝建立后，又编印《中兴伟略》等书为抗清复明做宣传。冯梦龙一生最突出的成就在于他对通俗文学的关注：加工润色罗贯中的《三遂平妖传》；改写余邵鱼的《列国志传》；修改《新灌园》《精忠旗》《酒家佣》等传奇；辑录《古今谭概》《笑府》《太平广记钞》等笔记小品；编印《桂枝儿》《山歌》两部民歌集；整理编著《喻世明言》《警世通言》《醒世恒言》三部短篇小说集等。其中尤可称著者，即为《喻世明言》《警世通言》《醒世恒言》，简称为"三言"。这三部短篇小说集，每部包括四十个短篇，总共一百二十篇作品。其中宋元话本，约占三分之一；明代拟话本，约占三分之二。"三言"的编纂，不仅使许多宋、元、明话本及拟话本得以保存，还有力地推动了短篇白话小说的发展和繁荣。

◆

小

说

【注释】

[1] 胡：中国古代对北方和西域少数民族的统称。此处指元朝统治者。帝畿：犹京畿，指京都或京都及其附近地区。此处特指明朝都城北京。

[2] 九边：又称九镇，是明朝弘治年间在北部边境沿长城防线设立的辽东镇、蓟州镇、宣府镇、大同镇、太原镇、延绥镇、宁夏镇、固原镇、甘肃镇九个边防重镇。

[3] 衣冠万国：衣冠常代指文武百官，此处特指周边国家君主对明朝的朝拜。唐王维《和贾舍人早朝大明宫之作》："九天阊阖开宫殿，万国衣冠拜冕旒。"垂衣：同"垂裳"，用以称颂帝王无为而治。典出《周易·系辞下》："黄帝、尧、舜，垂衣裳而天下治，盖取诸乾坤。"唐孔颖达疏："垂衣裳者，以前衣皮，其制短小，今衣丝麻布帛，所作衣裳其制长大，故云垂衣裳也。"

[4] 华胥世：借指无为而治的盛世。《列子·黄帝篇》："（黄帝）昼寝而梦，游于华胥氏之国。……其国无帅长，自然而已。其民无嗜欲，自然而已。不知乐生，不知恶死，故无夭殇；不知亲己，不知疏物，故无爱憎；不知背逆，不知向顺故无利害；都无所爱惜，都无所畏忌，入水不溺，入火不热。斫挞无伤痛，指无痒。乘空如履实，寝虚若处床，云雾不其视，雷霆不乱其听，美恶不滑其心，山谷不踬其

209

步，神行而已。"《列子》中所写的华胥国，是一混沌初开、自然无为的理想世界，后常以"华胥国""华胥世"指称太平盛世。

[5]金瓯：金的盆盂，用以比喻疆土的完固。《南史·朱异传》："我国家犹若金瓯，无一伤缺。"

[6]区夏：诸夏之地，常用以代指中国，此处指中原地区。清钱谦益《直隶顺天府昌平州顺义县知县张国纲授文林郎》："夫燕京南压区夏，若坐堂皇而俯庭宇，顺义其在奥突之间乎。"

[7]金城天府：比喻燕京城防的牢固和地产的富裕。《管子·度地》："城外为之郭，郭外为之阆。地高则沟之，下则堤之，命之曰金城，树以荆棘，上相穑著者，所以为固也。"

[8]定鼎：指新王朝建都。《左传·宣公·宣公三年》："（周）成王定鼎于郏鄏。"

[9]关白：日本古代职官，位同中国古代的丞相。丰臣秀吉曾任关白一职，于明万历二十年（1592）攻打朝鲜，次年被明军击退，遂与明朝和谈。

[10]西夏：即宁夏。哱承恩：蒙古鞑靼部酋长哱拜之子，接替父职以宁夏副总兵致仕，于万历二十年（1592）随父叛乱，后为明军所俘。

[11]播州：今属贵州省遵义市。杨应龙：明代贵州播州第二十九代土司，万历二十七年（1599）起兵造反，明朝派兵对居地海龙囤围剿。次年溃败，自缢身亡。

[12]土官：中国古代王朝在西北、西南少数民族聚居地区设置的能世袭的官职。

[13]远夷：远方的少数民族，此处指外族地区和外国。宋田锡《论军国机要朝廷大体》："皇风日远，远夷自然入贡。"

[14]纳粟入监：明清两代富家子弟捐纳财物进国子监为监生，可直接参加省城、京都的考试。《明史·选举志一》："例监始于景泰元年，以边事孔棘，令天下纳粟纳马者入监读书。"

[15]坐监：在国子监读书。

[16]教坊司：唐朝时创建的专门管理宫廷俗乐的教习和演出事宜的官署，明

代时兼管官妓，故常用以指妓院。

[17]白家樊素：白居易的家姬。《旧唐书·白居易传》："樊素、蛮子者，能歌善舞。"唐孟棨《本事诗·事感》："白尚书姬人樊素善歌，妓人小蛮善舞，尝为诗曰：樱桃樊素口，杨柳小蛮腰。"

[18]破瓜：喻女子破身。清蒲松龄《聊斋志异·狐梦》："见一女子入，年可十八九，笑向女曰：'妹子已破瓜矣。新郎颇如意否？'"

[19]斗筲：斗与筲，借属器量小的容器，此处指酒量小。汉桓宽《盐铁论·通有》：田畴不修，男女矜饰，家无斗筲，鸣琴在室。

[20]粉面：借指美人。宋贺铸《定风波·桃》："粉面不知何处在？无奈！武陵流水卷春空。"

[21]撒漫：花钱慷慨不吝啬，含有挥霍的意思。清曹雪芹《红楼梦》第六十二回："袭人又本是个手中撒漫的，况与香菱素相交好，一闻此信，忙就开箱取了出来摺好，随了宝玉来。"

[22]勤儿：浪子、嫖客。《宣和遗事》："周秀便理会得，道是个使钱的勤儿。"

[23]延挨：亦作"延捱"，拖延。朱自清《别》："警笛响了，再不能延捱！"

[24]不统口：不改口，不改变原来的主张。明冯梦龙《醒世恒言·佛印师四调琴娘》："我一向要劝这和尚还俗出仕，他未肯统口。"

[25]触突：冒犯。晋袁宏《后汉纪·桓帝纪下》："残酷之吏不顾无辜之害，欲使圣朝必加罚于臣宗，是以不敢触突天威，而自窜山林。"

[26]温克：温柔恭顺。唐高彦休《唐阙史·丁约剑解》："有侄曰子威，年及弱冠，聪明温克。"

[27]行户人家：即行院，对妓院的隐称。

[28]混帐：搅扰、鬼混。《廿载繁华梦》第二十回："（周庸祐）把巡丁乱喝道：'你们好没眼睛，把夫人来混帐！'"

[29]退财白虎：旧时破财的凶神白虎。

[30]七件事：指生活中的七种必需品，柴、米、油、盐、酱、醋、茶。宋吴自牧《梦粱录·鲞铺》："盖人家每日不可缺者，柴、米、油、盐、酱、醋、茶。"

[31]粉头：对妓女、戏子的称谓，引申为不正派、不规矩的女人。

[32]孤拐：常指脚踝骨，此处指打折脚踝骨。

[33]十斋：念佛之人，每月初一、初八、十四、十五、十八、二十三、二十四、二十九、三十日不食荤腥并不事屠宰。

[34]虔婆：指开设秦楼楚院、媒介色情交易的妇人，即妓院的鸨母。虔具有强行索取之意，而鸨母通过勒逼迫年轻女子接客，强行榨取钱财，故又称鸨母为虔婆。

[35]落籍：指妓女从良。明代由教坊司管理官妓，妓女从良嫁人需要脱离乐籍。

[36]曲中：妓院的通称。清余怀《板桥杂记·雅游》："旧院人称曲中。前门对武定桥，后门在钞库街，妓家鳞次，比屋而居。"

[37]亵渎：轻慢、冒犯、不恭敬。汉班固《白虎通·社稷》："社稷在中门之外，外门之内何？尊而亲之，与先祖同也。不置中门内何？敬之，示不亵渎也。"

[38]嘿嘿无言：同默默无言。清西周生《醒世姻缘传》第八十五回："端端正正，嘿嘿无言，静听这一班邪人的胡说。"

[39]铢两：特指极少量的钱财、银两。《子华子·北宫子仕》："夫平犹权衡然，加铢两则移矣。"

[40]间关：形容旅途的艰辛。《汉书·王莽传》："间关至渐台。"

[41]约束：行李盘缠。

[42]浮居：指不固定的居处。《元典章·户部十·军兵税》："若现铺兵内已有相应户计，止令依旧当役，毋得一概动摇，馀无田产浮居小户，依例差补，替换施行。"

[43]于归：指女子出嫁。《诗经·周南·桃夭》："之子于归，宜其室家。"朱熹《集传》："妇人谓嫁曰归。"《幼学琼林·婚姻》："女嫁曰于归，男婚曰完娶。"

[44]贫窭（jù）：贫穷。

[45]因风吹火：顺着风势吹火，比喻乘便行事，并不费力。宋释道原《景德传灯录》卷十三："因风吹火，用力不多。"

[46]肩舆：即轿子。《晋书·王导传》："会三月上巳，帝亲观禊，乘肩舆，具威仪。"

[47]合具薄赆（jìn）：整理临别时赠送的财物。

[48]描金文具：用金粉或银粉描画勾勒的梳妆盒。

[49]窥觑：偷看。

[50]剪江而渡：破浪行舟渡河。清曹寅《登燕子矶》："艨艟剪江来，风力厚且屯。"

[51]六院：明代南京的六大妓院。

[52]红粉：以女子使用的胭脂水粉代指美女，此处特指妓女。

[53]凤吟鸾吹：比喻美妙的歌声。

[54]清诲：对人教诲的敬辞。《后汉书·赵壹传》："冀承清诲，以释遥悚。"

[55]打跳：放下跳板。

[56]入港：投机。《水浒传》第三回："三个酒至数怀，正说些闲话，较量些枪法，说得入港，只听得隔壁阁子里有人哽哽咽咽啼哭。"

[57]贱室：对妻子的谦称。明凌濛初《二刻拍案惊奇》卷十五："侍郎道：'贱室既忝同乡，今日便同亲戚。'"

[58]尊宠：对指妻妾或其外室的尊称。清李渔《慎鸾交·赠妓》："他从今日起，是侯家的尊宠，不是你家的令爱了，回去吧。"

[59]宛转：通融斡旋。明凌濛初《初刻拍案惊奇》卷二九："县宰道：'此纤芥之事，不必介怀，下官自当宛转。'"

[60]愀然之色：忧愁之态。《荀子·富国》："故墨术诚行，则天下尚俭而弥贫……愀然忧戚，非乐而日不和。"

[61]方面：一个地方的军政要职或其长官。唐王勃《梓州通泉县惠普寺碑》："丹轩紫绶，家传方面之勋；骥子鱼文，地列膏腴之右。"

[62]帷薄：帷幕和帘子，引申指男女欢合。《北齐书·幼主纪》："然未尝有帷薄淫秽，唯此事颇优于武成云。"

[63]资斧：钱财器用等旅费。《古今小说·裴晋公义还原配》："大人往京，老汉愿少助资斧。"

[64]逾墙钻穴：指男女偷情。《孟子·滕文公下》："不待父母之命，媒妁之言，钻穴隙相窥，逾墙相从，则父母国人皆贱之。"

[65] 同袍：泛指兄弟朋友。《诗经·秦风·无衣》："岂曰无衣，与子同袍。"

[66] 闺阁：借指妻室。唐王昌龄《变行路难》："封侯取一战，岂复念闺阁。"

[67] 间言：挑拨离间的话语。

[68] 底止：终止、了结。《诗经·小雅·祈父》："胡转予于恤，靡所底止？"

[69] 路引：通行证。明朝年间凡人员远离所居地百里之外，均需由当地政府部门发给一种类似介绍信、通行证之类的公文，否则依律治罪。

[70] 韫藏：收藏。唐刘禹锡《观市》："韫藏而待价者，负挈而求沽者……利心中惊，贪目不瞬。"

[71] 润色：装点。

[72] 收佐中馈：收留下来纳入妻室。

[73] 浮议：没有根据的言论。宋苏轼《谢王内翰启》："卓尔大贤，自足以破众人之浮议。"

[74] 不辰：不得其时。《诗经·大雅·桑柔》："我生不辰，逢天僤怒。"

[75] 弃捐：遗弃。唐张籍《离妇》："念君终弃捐，谁能强在兹。"

[76] 息肩：栖止休息。宋余靖《晚至松门僧舍怀寄李太祝》："日暮倦行役，解鞍初息肩。"

【作品要解】

该篇选自冯梦龙的《警世通言》，是"三言"中成就最高的作品之一，也是明代拟话本小说中最优秀的作品之一。杜十娘的故事发生于明代万历年间，宋懋澄《九籥集·负情侬传》详述始末，刘心学《史外丛谈》等亦转述此事。冯梦龙根据杜十娘本事及相关著述创作成此部拟话本小说。小说从明代建国立都及平定三乱引入故事的主人翁：纳粟进入国子监读书的李甲和艳冠六院的杜十娘。年仅 19 岁的杜十娘早早尝尽了人生的屈辱和人间的冷暖，渴望觅得一良人得以托付终身，过上简单快乐的生活。在她的千挑万选之下，托定终身于老实善良的李甲。在这个过程中，她一方面要与贪婪无度的鸨母斗智斗勇，口头签下三百两的赎身契约，并为脱籍以后的生活谋划出路；一方面又要试探敦促懦弱无金的李甲，以免所托非人，然仍为自私无情的李甲所抛弃，以千金之价转卖于盐商孙富。但是在她绝望之余仍提醒李甲"千金重事，须得兑足交付郎君之手，妾始过舟，勿为贾竖子所欺"，并帮忙清点银两，交还路引。万事皆备之后才登上孙富的船只，抽视宝匣辱骂孙富的挑拨和李甲的薄情，最后抱着宝匣决绝跳江。然而在杜十娘死后仍记挂着柳遇春得相助之恩，适时以报。小说刻画了杜十娘善良机智、重情重义、刚毅坚强等特点，与懦弱自私、无才无学、见利忘义的李甲和贪财好色、阴险狡诈的孙富形成了鲜明的对比。然而以杜十娘的美貌、智慧与财富，仍无法独自抗衡于社会礼制，仍要托付于人才能实现她从良度日的简单愿望，表现了社会制度的虚伪与冷酷。小说情节跌宕起伏，通过描金宝箱的时时出现推动情节的发展和转变，并以柳遇春的五次出场披露李甲的内心活动、反衬李甲的人物形象。借银赎身、姊妹送行、泊船瓜洲以及抱匣投江等情节的描写细致生动，扣人心弦。

闹樊楼多情周胜仙

太平时节日偏长，处处笙歌入醉乡。

闻说鸾舆且临幸 [1]，大家试目待君王。

这四句诗乃咏御驾临幸之事。从来天子建都之处，人杰地灵，自然名山胜水，凑着赏心乐事。如唐朝，便有个曲江池；宋朝，便有个金明池，都有四时美景，倾城士女王孙，佳人才子，往来游玩。天子也不时驾临，与民同乐。如今且说那大宋徽宗朝年东京金明池边，有座酒楼，唤作樊楼。这酒楼有个开酒肆的范大郎。兄弟范二郎，未曾有妻室。时值春末夏初，金明池游人赏玩作乐。那范二郎因去游赏，见佳人才子如蚁。行到了茶坊里来，看见一个女孩儿，方年二九，生得花容月貌。这范二郎立地多时，细看那女子，生得：

色色易迷难拆。隐深闺，藏柳陌；足步金莲，腰肢一捻，嫩脸映桃

红，香肌晕玉白。娇姿恨惹狂童，情态愁牵艳客。芙蓉帐里作鸾凰 [2]，

云雨此时何处觅？

原来情色都不由你。那女子在茶坊里，四目相视，俱各有情。这女孩儿心里暗暗地喜欢，自思量道："若还我嫁得一似这般子弟，可知好哩 [3]。今日当面挫过，再来那里去讨？"正思量道："如何着个道理和他说话？问他曾娶妻也不曾？"那跟来女使和奶子 [4]，都不知许多事。你道好巧！只听得外面水桶响。女孩儿眉头一纵，计上心来，便叫："卖水的，倾些甜蜜蜜的糖水来。"那人倾一盏糖水在铜盂儿里 [5]，递与那女子。那女子接得在手，才上口一呷 [6]，便把那个铜盂儿望空打一丢 [7]，便叫："好好！你却来暗算我！你道我是兀谁？"那范二听得道："我且听那女子说。"那女孩儿道："我是曹门里周大郎的女儿；我的小名叫作胜仙小娘子，年一十八岁，不曾吃人暗算。你今却来算我！我是不曾嫁的女孩儿。"这范二自思量道："这言语跷蹊，分明是说与我听。"这卖水的道："告小娘子，小人怎敢暗算！"女孩儿道："如何不是暗算我？盏子里有条草。"卖水的道："也不为利害。"女孩儿道："你待算我喉咙，却恨我爹爹不在家里。我爹若在家，与你打官司。"奶子在傍边道："却也叵耐这厮！"茶博士见里面闹吵 [8]，走入来道："卖水的，你去把那水好好挑

出来。"对面范二郎道："他既暗递与我[9]，我如何不回他？"随即也叫："卖水的，倾一盏甜蜜蜜糖水来。"卖水的便倾一盏糖水在手，递与范二郎。二郎接着盏子，吃一口水，也把盏子望空一丢，大叫起来道："好好！你这个人真个要暗算人！你道我是兀谁？我哥哥是樊楼开酒店的，唤作范大郎，我便唤作范二郎，年登一十九岁，未曾吃人暗算。我射得好弩，打得好弹，兼我不曾娶浑家[10]。"卖水的道："你不是风！是甚意思，说与我知道？指望我与你做媒？你便告到官司，我是卖水，怎敢暗算人！"范二郎道："你如何不暗算？我的盂儿里，也有一根草叶。"女孩儿听得，心里好喜欢。茶博士入来，推那卖水的出去。女孩儿起身来道："俺们回去休。"看着那卖水的道："你敢随我去？"这子弟思量道："这话分明是教我随他去。"只因这一去，惹出一场没头脑官司。正是：

> 言可省时休便说，步宜留处莫胡行。

女孩儿约莫去得远了，范二郎也出茶坊，远远地望着女孩儿去。只见那女子转步，那范二郎好喜欢，直到女子住处。女孩儿入门去，又推起帘子出来望。范二郎心中越喜欢。女孩儿自入去了。范二郎在门前一似失心风的人，盘旋走来走去，直到晚方才归家。且说女孩儿自那日归家，点心也不吃，饭也不吃，觉得身体不快。做娘的慌问迎儿道："小娘子不曾吃甚生冷？"迎儿道："告妈妈，不曾吃甚。"娘见女儿几日只在床上不起，走到床边问道："我儿害甚的病？"女孩儿道："我觉有些浑身痛，头疼，有一两声咳嗽。"周妈妈欲请医人来看女儿；争奈员外出去未归，又无男子汉在家，不敢去请。迎儿道："隔一家有个王婆，何不请来看小娘子？他唤作王百会，与人收生，作针线，作媒人，又会与人看脉，知人病轻重。邻里家有些些事都都浼他[11]。"周妈妈便令迎儿去请得王婆来。见了妈妈，说女儿从金明池走了一遍，回来就病倒的因由。王婆道："妈妈不须说得，待老媳妇与小娘子看脉自知。"周妈妈道："好好！"迎儿引将王婆进女儿房里。小娘子正睡哩，开眼叫声"少礼[12]"。王婆道："稳便[13]！老媳妇与小娘子看脉则个。"小娘子伸出手臂来，教王婆看了脉。道："娘子害的是头疼浑身痛，觉得恹恹地恶心[14]。"小娘子道："是也。"王婆道："是否？"小娘子道："又有两声咳嗽。"王婆不听得万事皆休，听了道："这病跷蹊！如何出去走了一遭，回来却便害这般病！"王婆看着迎儿奶子道："你们且出去，我自问小娘子则个。"迎儿和奶子自出去。王婆对着女孩儿道："老媳妇却理会得这病。"女孩儿道："婆婆，你如何理会得？"王婆道："你的病唤作心病。"女孩儿道："如何是心病？"王婆道："小娘子，莫不见了甚么人，欢喜了，却害出这病来？是也不是？"女孩儿低着头儿叫："这却没有。"王婆道："小娘子，实对我说。我与你做个道理，救了你性命。"那女孩儿听得说话投机，便说出上件事来，"那子弟唤作范二郎。"王婆听了道："莫不是樊楼开酒店的范二郎？"那女孩儿道："便是。"王婆道："小娘子休要烦恼，别人时老身便不认得。若说范二郎，老身认得他的哥哥嫂嫂，不可得的好人。范二郎好个伶俐子弟，他哥哥见教我与他说亲[15]。小娘子，我教你嫁范二郎，你要也不要？"女孩儿笑道："可知好哩。只怕我妈妈不肯。"王婆道："小娘子放心，老身自有个道理，不须烦恼。"女孩儿道："若得恁地时[16]，重谢婆婆。"王婆出房来，叫妈妈道："老媳妇知得小娘子病了。"妈妈道："我儿害甚么病？"王婆道："要老身说，且告三杯酒吃了却说。"妈妈道："迎儿，安排酒来请王婆。"妈妈一头请他吃酒[17]，一头问婆婆："我女儿害甚么病？"王婆把小娘子说的话一一说了一遍。妈妈道："如今却是如何？"王婆道："只得把小娘子嫁与范二郎。若还不肯嫁与他，这小娘子病难医。"妈妈道："我大郎不在家，须使不得。"王婆道："告妈妈，不若与小娘子下了定，等大郎归后，却作亲，且眼下救小娘子性命。"妈妈允了道："好好，怎地作个道理？"王婆道："老媳妇就去说，回来便有消息。"王婆离了周妈妈家，取路径到樊楼，来见范大郎，正在柜身里坐。王婆叫声万福。大郎还了礼道："王婆婆，你来得正好。我却待使人来请你。"王婆道："不知大郎唤老媳妇作甚？"大郎道："二郎前日出去归来，晚饭也不吃，道：'身体不快。'我问他那里去来？他道：'我去看金明池。'直至今日不起，害在床上，饮食不进。我待来请你看脉。"范大娘子出来与王婆相见了，大娘子道："请婆婆看叔叔则个。"王婆道："大郎，大娘子，不要入来，老身自问二郎，这病是甚的样起？"范大郎道："好好！婆婆自去看，我不陪了。"王婆走到二郎房里，见二郎睡在床上，叫声："二郎，老媳妇在这里。"范二郎闪开眼道："王婆婆，多时不见，我性命休也。"王婆道："害甚病便休？"二郎道："觉头疼恶心，有一两声咳嗽。"王婆笑将起来。二郎道："我有病，你却笑我！"王婆道："我不笑别的，我得知你的病了。不害别病，你害曹门里周大郎女儿；是也不是？"二郎被王婆道着了，跳起来道："你如何得知？"王婆道："他家教我来说亲事。"范二郎不听得说万事皆休，听得说好喜欢。正是：

> 人逢喜信精神爽，话合心机意趣投。

当下同王婆厮赶着出来，见哥哥嫂嫂。哥哥见兄弟出来，道："你害病却便出来？"二郎道："告哥哥，无事了也。"哥嫂好快活。王婆对范大郎道："曹门里周大郎家，特使我来说二郎亲事。"大郎欢喜。话休絮烦 [18]。两下说成了，下了定礼，都无别事。范二郎闲时不着家，从下了定，便不出门，与哥哥照管店里。且说那女孩儿闲时不作针线，从下了定，也肯作活。两个心安意乐，只等周大郎归来作亲。三月间下定，直等到十一月间，等得周大郎归家。邻里亲戚洗尘 [19]，不在话下。到次日，周妈妈与周大郎说知上件事。周大郎问了。妈妈道："定了也。"周大郎听说，双眼圆睁，看着妈妈骂道："打脊老贱人 [20]！得谁言语，擅便说亲 [21]！他高杀也只是个开酒店的。我女儿怕没大户人家对亲，却许着他。你倒了志气，干出这等事，也不怕人笑话。"正悫的骂妈妈，只见迎儿叫："妈妈，且进来救小娘子。"妈妈道："作甚？"迎儿道："小娘子在屏风后，不知怎地气倒在地。"慌得妈妈一步一跌，走向前来，看那女孩儿。倒在地下：

> 未知性命如何，先见四肢不举。

从来四肢百病，惟气最重。原来女孩儿在屏风后听得作爷的骂娘，不肯教他嫁范二郎，一口气塞上来，气倒在地。妈妈慌忙来救。被周大郎郎搂住，不得他救，骂道："打脊贱娘！辱门败户的小贱人 [22]，死便教他死，救他则甚？"迎儿见妈妈被大郎搂住，自去向前，却被大郎一个漏风掌打在一壁厢 [23]。即时气倒妈妈。迎儿向前救得妈妈苏醒，妈妈大哭起来。邻舍听得周妈妈哭，都走来看。张嫂，鲍嫂，毛嫂，刁嫂，挤上一屋子。原来周大郎平昔为人不近道理，这妈妈甚是和气，邻舍都喜他。周大郎看见多人，便道："家间私事 [24]，不必相劝。"邻舍见如此说，都归去了。妈妈看女儿时，四肢冰冷。妈妈抱着女儿哭。本是不死，因没人救，却死了。周妈妈骂周大郎："你直恁地毒害！想必你不舍得三五千贯房奁[25]，故意把我女儿坏了性命！"周大郎听得，大怒道："你道我不舍得三五千贯房奁，这等奚落我！"周大郎走将出去。周妈妈如何不烦恼。一个观音也似女儿，又伶俐，又好针线，诸般都好，如何教他不烦恼！离不得周大郎买具棺木[26]，八个人抬来。周妈妈见棺材进门，哭得好苦！周大郎看着妈妈道："你道我割舍不得三五千贯房奁，你那女儿房里，但有的细软，都搬在棺材里。"只就当时，叫仵作人等入了殓[27]，即时使人分付管坟园张一郎，兄弟二郎："你两个便与我砌坑子[28]。"分付了毕，话休絮烦，功德水陆也不作，停留也不停留，只就来日便出丧，周妈妈教留几日，那里拗得过来。早出了丧，埋葬已了，各人自归。

可怜三尺无情土，盖却多情年少人。

话分两头。且说当日一个后生的，年三十余岁，姓朱名真，是个暗行人[29]，日常惯与仵作约做帮手，也会与人打坑子。那女孩儿入殓及砌坑，都用着他。这日葬了女儿回来，对着娘道："一天好事投奔我，我来日就富贵了。"娘道："我儿有甚好事？"那后生道："好笑，今日曹门里周大郎女儿死了，夫妻两个争竞道：'女孩儿是爷气死了。'斗彆气[30]，约莫有三五千贯房奁，都安在棺材里。有恁的富贵，如何不去取之？"那作娘的道："这个事却不是耍的事。又不是八棒十三的罪过[31]，又兼你爷有样子。二十年前时，你爷去掘一家坟园，揭开棺材盖，尸首觑着你爷笑起来。你爷吃了那一惊，归来过得四五日，你爷便死了。孩儿，你切不可去。不是耍的事！"朱真道："娘，你不得劝我。"去床底下拖出一件物事来把与娘看。娘道："休把出去罢！原先你爷曾把出去使得一番便休了。"朱真道："各人命运不同。我今年算了几次命，都说我该发财。你不要阻挡我。"你道拖出的是甚物事？原来是一个皮袋，里面盛着些挑刀斧头，一个皮灯盏，和那盛油的罐儿。又有一领蓑衣，娘都看了，道："这蓑衣要他作甚？"朱真道："半夜使得着。"当日是十一月中旬，却恨雪下得大。那厮将蓑衣穿起，却又带一片，是十来条竹皮编成的，一行带在蓑衣后面。原来雪里有脚迹，走一步，后面竹片扒得平，不见脚迹。当晚约莫也是二更左侧，分付娘道："我回来时，敲门响，你便开门。"虽则京城闹热，城外空阔去处，依然冷静。况且二更时分，雪又下得大，兀谁出来。

　　朱真离了家，回身看后面时，没有脚迹。迤逦到周大郎坟边 [32]，到萧墙矮处 [33]，把脚跨过去。你道好巧，原来管坟的养只狗子。那狗子见个生人跳过墙来，从草窠里爬出来便叫。朱真日间备下一个油糕，里面藏了些药在内。见狗子来叫，便将油糕丢将去。那狗子见丢甚物过来。闻一闻见香便吃了。只叫得一声，狗子倒了。朱真却走近坟边。那看坟的张二郎叫道："哥哥，狗子叫得一声，便不叫了，却不作怪！莫不有甚作不是的在这里？起去看一看。"哥哥道："那作不是的来偷我甚么？"兄弟道："却才狗子大叫一声便不叫了，莫不有贼？你不起去，我自起去看一看。"那兄弟爬起来，披了衣服，执着枪在手里，出门来看。朱真听得有人声，悄地把蓑衣解下，捉脚步走到一株杨柳树边。那树好大，遮得正好。却把斗笠掩着身子和腰，蹲在地下，蓑衣也放在一边。望见里面开门，张二走出门外，好冷，叫声道："畜生，做甚么叫？"那张二是睡梦里起来，被雪霰风吹，吃一惊，连忙把门关了。走入房去，叫："哥哥，真个没人。"连忙脱了衣服，把被匹头兜了 [34]，道："哥哥，好冷！"哥哥道："我说没人！"约莫也是三更前后，两个说了半晌，不听得则声了 [35]。朱真道："不将辛苦意，难近世间财。"抬起身来，再把斗笠戴了，着了蓑衣，捉脚步到坟边，把刀拨开雪地。俱是日间安排下脚手 [36]，下刀挑开石板下去，到侧边端正了 [37]，除下头上斗笠，脱了蓑衣在一壁厢，去皮袋里取两个长针，插在砖缝里，放上一个皮灯盏，竹筒里取出火种吹着了，油罐儿取油，点起那灯，把刀挑开命钉 [38]，把那盖天板丢在一壁，叫："小娘子莫怪，暂借你些个富贵，却与你作功德。"道罢，去女孩儿头上便除头面。有许多金珠首饰，尽皆取下了。只有女孩儿身上衣服，却难脱。那厮好会，去腰间解下手巾，去那女孩儿膊项上阁起，一头系在自膊项上，将那女孩儿衣服脱得赤条条地，小衣也不着。那厮可霎回耐处 [39]，见那女孩儿白净身体，那厮淫心顿起，按捺不住，奸了女孩儿。你道好怪！只见女孩儿睁开眼，双手把朱真抱住。怎地出豁 [40]？正是：

　　曾观《前定录》，万事不由人。

原来那女儿一心牵挂着范二郎，见爷的骂娘，斗憋气死了。死不多日，今番得了阳和之气，一灵儿又醒将转来。朱真吃了一惊。见那女孩儿叫声："哥哥，你是兀谁？"朱真那厮好急智，便道："姐姐，我特来救你。"女孩儿抬起身来，便理会得了。一来见身上衣服脱在一壁，二来见斧头刀仗在身边，如何不理会得。朱真欲待要杀了，却又舍不得。那女孩儿道："哥哥，你救我去见樊楼酒店范二郎，重重相谢你。"朱真心中自思，别人兀自坏钱取浑家[41]，不能得恁地一个好女儿。救将归去，却是兀谁得之。朱真道："且不要慌，我带你家去，教你见范二郎则个。"女孩儿道："若见得范二郎，我便随你去。"当下朱真把些衣服与女孩儿着了，收拾了金银珠翠物事衣服包了，把灯吹灭，倾那油入那油罐儿里，收了行头[42]，揭起斗笠，送那女子上来。朱真也爬上来，把石头来盖得没缝。又捧些雪铺上。却教女孩儿上脊背来。把蓑衣着了，一手挽着皮袋，一手绾着金珠物事，把斗笠戴了，迤逦取路，到自家门前，把手去门上敲了两三下。那娘的知是儿子回来，放开了门。朱真进家中，娘的吃一惊道："我儿，如何尸首都驮回来？"朱真道："娘不要高声。"放下物件行头，将女孩儿入到自己卧房里面。朱真得起一把明晃晃的刀来，觑着女孩儿道："我有一件事和你商量。你若依得我时，我便将你去见范二郎。你若依不得我时，你见我这刀么？砍你作两段。"女孩儿慌道："告哥哥，不知教我依甚的事？"朱真道："第一，教你在房里不要则声；第二，不要出房门。依得我时，两三日内，说与范二郎。若不依我，杀了你。"女孩儿道："依得，依得。"朱真吩咐罢，出房去与娘说了一遍。话休絮烦。夜间离不得伴那厮睡。一日两日，不得女孩儿出房门。那女孩儿问道："你曾见范二郎么？"朱真道："见来。范二郎为你害在家里，等病好了，却来取你。"自十一月二十日，头至次年正月十五日。当日晚朱真对着娘道："我每年只听得鳌山好看[43]，不曾去看，今日去看则个。到五更前后，便归。"朱真吩咐了，自入城去看灯。你道好巧！约莫也是更尽前后，朱真的老娘在家，只听得叫"有火"！急开门看时，是隔四五家酒店里火起，慌杀娘的，急走入来收拾。女孩儿听得，自思道："这里不走，更待何时！"走出门首，叫婆婆来收拾。娘的不知是计，入房收拾。女孩儿从热闹里便走，却不认得路，见走过的人，问道："曹门里在那里？"人指道："前面便是。"迤逦入了门，又问人："樊楼酒店在那里？"人说道："只在前面。"女孩儿好慌。若还前面遇见朱真，也没许多话。女孩儿迤逦走到樊楼酒店，见酒博士在门前招呼[44]。女孩儿深深地道个万福。酒博士还了喏道："小娘子没甚事？"女孩儿道："这里莫是樊楼？"酒博士道："这里便是。"女孩儿道："借问则个，范二郎在那里么？"酒博士思量道："你看二郎！直引得光景上门[45]。"酒博士道："在酒店里的便是。"女孩儿移身直到柜边，叫道："二郎万福！"范二郎不听得都休，听得叫，慌忙走下柜来，近前看时，吃了一惊，连声叫："灭，灭！"女孩儿道："二哥，我是人，你道是鬼？"范二郎如何肯信。一头叫："灭，灭！"一只手扶着凳子。却恨凳子上有许多汤桶儿，慌忙用手提起一只汤桶儿来，觑着女子脸上丢将过去。你道好巧！去那女孩儿太阳上打着。大叫一声，匹然倒地[46]。慌杀酒保，连忙走来看时，只见女孩儿倒在地下。性命如何？正是：

  小园昨夜东风恶，吹折江梅就地横。

  酒博士看那女孩儿时，血浸着死了。范二郎口里兀自叫："灭，灭！"范大郎见外头闹吵，急走出来看了，只听得兄弟叫："灭，灭！"大郎问兄弟："如何作此事？"良久定醒。问："做甚打死他？"二郎道："哥哥，他是鬼！曹门里贩海周大郎的女儿。"大郎道："他若是鬼，须没血出，如何计结？"去酒店门前哄动有二三十人看，即时地方便入来捉范二郎。范大郎对众人道："他是曹门里周大郎的女儿，十一月已自死了。我兄弟只道他是鬼，不想是人，打杀了他。我如今也不知他是人是鬼。你们要捉我兄弟去，容我请他爷来看尸则个。"众人道："既是恁地，你快去请他来。"范大郎急奔到曹门里周大郎门前，见个奶子问道："你是兀谁？"范大郎道："樊楼酒店范大郎在这里，有些急事，说声则个。"奶子即时入去请。不多时，周大郎出来，相见罢。范大郎说了上件事，道："敢烦认尸则个，生死不忘。"周大郎也不肯信。范大郎闲时不是说谎的人。周大郎同范大郎到酒店前看见也呆了，道："我女儿已死了，如何得再活？有这等事！"那地方不容范大郎分说，当夜将一行人拘锁，到次早解入南衙开封府。包大尹看了解状，也理会不下。权将范二郎送狱司监候。一面相尸，一面下文书行使臣房审实。作公的一面差人去坟上掘起看时，只有空棺材。问管坟的张一、张二，说道："十一月间，雪下时，夜间听得狗子叫。次早开门看，只见狗子死在雪里，更不知别项因依[47]。"把文书呈大尹。大尹焦躁，限三日要捉上件贼人。展个两三限，并无下落。好似：

　　金瓶落井全无信，铁枪磨针尚少功。

　　且说范二郎在狱司间想："此事好怪！若说是人，他已死过了。见有入殓的仵作及坟墓在彼可证。若说是鬼，打时有血，死后有尸，棺材又是空的。"展转寻思，委决不下，又想道："可惜好个花枝般的女儿！若是鬼，倒也罢了。若不是鬼，可不枉害了他性命！"夜里翻来覆去，想一会，疑一会，转睡不着。直想到茶坊里初会时光景，便道："我那日好不着迷哩！四目相视，急切不能上手。不论是鬼不是鬼，我且慢慢里商量，直恁性急，坏了他性命，好不罪过！如今陷于缧绁，这事又不得明白，如何是了！悔之无及！"转悔转想，转想转悔。捱了两个更次，不觉睡去。梦见女子胜仙，浓妆而至。范二郎大惊道："小娘子原来不死。"小娘子道："打得偏些，虽然闷倒，不曾伤命。奴两遍死去，都只为官人。今日知道官人在此，特特相寻，与官人了其心愿。休得见拒，亦是冥数当然。"范二郎忘其所以，就和他云雨起来。枕席之间，欢情无限。事毕，珍重而别。醒来方知是梦，越添了许多想悔。次夜亦复如此。到第三夜又来，比前愈加眷恋，临去告诉道："奴阳寿未绝。今被五道将军收用[48]。奴一心只忆着官人，泣诉其情，蒙五道将军可怜，给假三日。如今限期满了，若再迟延，必遭呵斥。奴从此与官人永别。官人之事，奴已拜从五道将军。但耐心，一月之后，必然无事。"范二郎自觉伤感，啼哭起来。醒了，记起梦中之言，似信不信。刚刚一月三十个日头，只见狱辛奉大尹钧旨，取出范二郎赴狱司勘问。原来开封府有一个常卖董贵[49]，当日绾着一个篮儿，出城门外去。只见一个婆子在门前叫常卖，把着一件物事递与董贵。是甚的？是一朵珠子结成的栀子花。那一夜朱真归家，失下这朵珠花。婆婆私下捡得在手，不理会得直几钱，要卖一两贯钱作私房。董贵道："要几钱？"婆子道："胡乱[50]。"董贵道："还你两贯。"婆子道："好。"董贵还了钱，径将来使臣房里，见了观察，说道恁地。即时观察把这朵栀子花径来曹门里，教周大郎、周妈妈看，认得是女儿临死带去的。即时差人捉婆子。婆子说："儿子朱真不在。"当时搜捉朱真不见，却在桑家瓦里看耍，被作公的捉了，解上开封府。包大尹送狱司勘问上件事情，朱真抵赖不得，一一招伏。当案薛孔目初拟朱真劫坟当斩[51]；范二郎免死，刺配牢城营。未曾呈案。其夜梦见一神如五道将军之状，怒责薛孔目曰："范二郎有何罪过，拟他刺配！快与他出脱了。"薛孔目醒来，大惊，改拟范二郎打鬼，与人命不同，事属怪异，宜径行释放。包大尹看了，都依拟。范二郎欢天喜地回家。后来娶妻，不忘周胜仙之情，岁时到五道将军庙中烧纸祭奠。有诗为证：

> 情郎情女等情痴，只为情奇事亦奇。
>
> 若把无情有情比，无情翻似得便宜。

——选自顾学颉校注本《醒世恒言》，人民文学出版社 1984 年版

【作者简介】

冯梦龙，生平简介见前文。

【注释】

[1]銮舆：指天子的乘舆。亦借指天子。汉董仲舒《春秋繁露·三代改制质文》："銮舆尊盖，法天列象，垂四銮。"临幸：帝王亲自到达某处。南朝宋刘义庆《世说新语·识鉴》："晋武帝讲武于宣武场，帝欲偃武修文，亲自临幸，悉召群臣。"

[2]鸾凰：情侣。

[3]可知：当然。

[4]奶子：指奶妈、保姆等年纪大点的女性仆人。

[5]铜盂：盛水或饭的器皿。

[6] 呷（xiā）：小口地喝。

[7] 望空打一丢：朝着天空打了一点。

[8] 茶博士：茶馆里的伙计。

[9] 暗递：指背着别人，暗地里向人表达诚挚殷勤之意。

[10] 浑家：妻子。《京本通俗小说·碾玉观音》："浑家说与丈夫道：'你与我叫住那排军，我相问则个。'"

[11] 浼（měi）：恳托。

[12] 少礼：称自己礼貌不周，乃为谦词。

[13] 稳便：自便、请便。宋辛弃疾《鹊桥仙·席上和赵晋臣敷文》："高车驷马，金章紫绶，便语渠侬稳便。"

[14] 恹恹：精神萎靡貌，亦用以形容病态。唐刘兼《春昼醉眠》："处处落花春寂寂，时时中酒病恹恹。"

[15]：见教：指教。汉司马相如《上林赋》："鄙人固陋，不知忌讳；乃今日见教，谨受命矣。"

[16] 恁地：如此、这样。宋柳永《昼夜乐》："早知恁地难拚，悔不当初留住。"

[17] 一头：一边。

[18] 絮烦：啰嗦繁琐。元刘君锡《来生债》第一折："先生不嫌絮烦，听我在下试说一遍与你听者。"

[19] 洗尘：亦称"接风"，指设宴欢迎远归的人。《通俗编·仪节》："凡公私值远人初至，或设饮，或馈物，谓之洗尘。"

[20] 打脊：鞭笞背部，古时肉刑的一种。此处用作詈词，犹该死。金董解元《西厢记诸宫调》卷二："打脊的髡囚！怎敢把爷违拗！"

[21] 擅便：自作主张。元白朴《梧桐雨》楔子："近日边臣张守珪解送失机番将安禄山，例该斩首，未敢擅便，押来请旨。"

[22] 辱门败户：意思是败坏门风，使家族受到耻辱。元李文蔚《燕青博鱼》第一折："哥哥，俺是甚等样人家，着他辱门败户。"

[23] 漏风掌：伸开五指的巴掌。《清平山堂话本·简帖和尚》："殿直左手指，

右手举，一个漏风掌打将去。"一壁厢：同"一壁"，一边、一面。《西游记》第十回："一壁厢赏了魏徵，众官散讫。"

[24]家间：家里。《清平山堂话本·洛阳三怪记》："潘松沉思半晌，道：'我也曾听得说，有个姨姨。便是小子也疑道，婆婆面貌与家间妈妈相似。'"

[25]房奁：妆奁，嫁妆。《京本通俗小说·志诚张主管》："小夫人自思量：我恁地一个人，许多房奁，却嫁一个白须老儿，好不生烦恼！"

[26]离不得：免不了。《京本通俗小说·西山一窟鬼》："自从当日插了钗，离不得下财纳礼，奠雁传书。"

[27]仵作：旧时官府中检验命案死尸的人。

[28]坑子：墓坑、墓穴。

[29]暗行人：从事不正当职业的人。

[30]斗弊气：赌气。

[31]八棒十三的罪过：最轻的刑罚。宋、明朝的刑制，最轻的杖刑打十三下，最轻的笞刑打七下或八下。

[32]迤逦（yǐ lǐ）：曲折前进。

[33]萧墙：垣墙。

[34]匹头兜了：连着头一起蒙盖住。

[35]则声：作声。清曹雪芹《红楼梦》第一一六回："宝玉听了，也不敢则声。"

[36]脚手：犹"手脚"，指谓暗中采取的行动。《朱子语类》卷一三二："平勃之成功也，适值吕后病困，故做得许多脚手，平勃亦幸而成功。"

[37]端正：妥帖；停当。《水浒传》第二三回："得蒙抬举，安敢推故？明日打点端正便行。"

[38]命钉：订棺材盖和棺材匣的钉子。

[39]叵耐：不可容忍，可恨。《敦煌曲子词·鹊踏枝》："叵耐灵鹊多漫语，送喜何曾有凭据。"

[40]出豁：脱身、解脱。《京本通俗小说·错斩崔宁》："不想却有一个做不是的，日间赌输了钱，没处出豁，夜间出来掏摸些东西。"

[41] 坏钱：花钱、费钱。

[42] 行头：泛指服装、行装。宋文天祥《苏州洋》："便如伍子当年苦，只少行头宝剑装。"

[43] 鳌山：即为"鳌山灯"，逢年过节时用彩灯堆砌成鳌山行状的灯山。

[44] 酒博士：酒馆的伙计。《京本通俗小说·志诚张主管》："一个人从后面赶将来，叫道：'张主管，有人请你。'张胜回头看时，是一个酒博士。"

[45] 光景：希望、曙光。明冯梦龙《醒世恒言·赫大卿遗恨鸳鸯绦》："大卿见说请到里面吃茶，料有几分光景，好不欢喜。"

[46] 匹然：突然、猛然。《京本通俗小说·西山一窟鬼》："教授看见，大叫一声，匹然倒地。"

[47] 因依：原因。

[48] 五道将军：迷信传说中东岳的属神，掌管人的生死。

[49] 常卖：拿着东西到处叫卖的商贩。

[50] 胡乱：任意，随便。宋司马光《乞不贷故斗杀札子》："此人称是东岳急脚子，胡乱打人，不伏收领。"

[51] 孔目：掌管狱讼、账目、遣发等事务的官吏。

【作品要解】

本篇小说系冯梦龙《醒世恒言》第十四卷，故事本事发生北宋徽宗时期，富商周大楼之女周胜仙在游赏金明池时，偶遇樊楼商户范二郎，两人一见钟情，以买水为契机双双报上心意。分别之后，两人均相思成疾，王婆看病把脉之际牵出心定对方的心事，于是拜请王婆说媒定亲。但经商回家的周父因范二郎的门第太低坚决反对，情急之下周胜仙昏死过去。被妻子责怪后周父赌气将三五千的嫁妆一并搬进棺材陪葬，由此勾起朱真的贼心，半夜盗墓并奸污了胜仙。不料胜仙却因得到阳和之气而回转，遂央求朱真带自己寻找樊二郎。朱真贪图胜仙美貌，遂假意答应，将胜仙软禁于家中。恰值朱真出外看鳌山灯之际邻家起火,胜仙遂趁乱逃走,直奔樊楼寻找范二郎。不料范二郎初见胜仙以为是鬼,失手又将其打死,于是范二郎被拘禁。周胜仙并未因范二郎失手而责怪,反而用情更深,不仅私自赴牢房与之欢会,还央求五道将军为之洗脱罪名。深陷牢笼的范二郎也自责于自己的冲动,并悔念与胜仙初遇时的情谊,在胜仙浓妆而来时,与之欢会无限。果如胜仙所言,一个月后因朱真母亲售卖盗墓所得而为人识破,朱真捉拿归案,范二郎得以无罪释放。

在周胜仙与范二郎"情郎情女等情痴,只为情奇事亦奇"的爱情故事中,女方周胜仙的表现更为积极主动也更为炽热浓烈。其虽非传统的闺阁小姐,但也出自富商之家,且生得花容月貌,又伶俐又好针线,是一个观音似的可人儿。然而她在初遇范二郎时即自忖不可错过,遂假意训斥卖糖水的报上姓名、身份及未曾婚嫁的信息;再范二郎回其情谊之后,胜仙又主动示意范二郎追随自己,再留心意。在母亲答应与范二郎的婚事后,闲时不作针线的胜仙主动做起了针线,满心期待地等侯父亲归来做亲,未想父亲坚决反对,情急之下为情而死。后在阴差阳错之下又起死回生,回转之后一心念的也是寻找范二郎,费劲力气终于寻到又被范二郎失手打死,她也不气恼,仍想方设法与范二郎欢聚并保其性命。由此,周胜仙为了爱情穿越了父亲的阻挠、盗墓贼的奸污和囚禁、意中人的惊疑和失误,经历了两番生死才始获得短暂的欢愉。文中关于范二郎的笔墨虽不甚多,亦可见其对胜仙的情谊,在胜仙主动示爱之时,及时使用相同手法传递心意,并追随至胜仙家徘徊至深夜。分手后与胜仙一样犯了相思,得王婆相助定亲后骤然好转,并改了不着家的性子,专心在酒楼跟着哥哥做生意。失手打死胜仙后亦后悔莫及,终在梦中实现与胜仙欢会的愿望。

相比于周胜仙和范二郎的情真和情痴,周胜仙的父亲只关心门第的高低,对女儿的心意全然不顾,在女儿昏倒之后,不仅自己不加施救,还打骂欲救女儿的妻子,哄走赶来劝架的邻居,导致女儿因此失命。女儿死后也只是赌气将嫁妆搬入棺材,不仅未做水陆法事,连停留也未停留,当日就草草下葬,全然失去父亲的留恋与温情。作为周、范爱情故事的最大阻挠者,周父形象的设置，不仅为爱情故事的发展增添了波折，推动了奇中又奇的情节发展，同时也以尊奉门当户对的家长者形象与尊奉爱情至上的情爱主角形象形成鲜明对比，凸显了一往情深的爱恋冲破门户之见和生死之隔的伟大力量。

"二拍"

凌濛初

转运汉遇巧洞庭红　波斯胡指破鼍龙壳

词云：

日日深杯酒满，朝朝小圃花开。自歌自舞自开怀，且喜无拘无碍。

青史几番春梦，红尘多少奇材？不须计较与安排，领取而今见在。

这首词乃宋朱希真所作[1]，词寄《西江月》，单道着人生功名富贵，总有天数，不如图一个见前快活。试看往古来今，一部十七史中，多少英雄豪杰，该富的不得富，该贵的不得贵。能文的倚马千言[2]，用不着时，几张纸盖不完酱瓿[3]；能武的穿杨百步[4]，用不着时，几箨箭煮不熟饭锅[5]。极至那痴呆懵董、生来有福分的，随他文学低浅，也会发科发甲[6]；随他武艺庸常，也会大请大受[7]。真所谓时也，运也，命也！俗语有两句道得好："命若穷，掘着黄金化做铜；命若富，拾着白纸变成布。"总来只听掌命司颠之倒之[8]。所以吴彦高又有词云[9]："造化小儿无定据。翻来覆去，倒横直竖，眼见都如许。"僧晦庵亦有词云[10]："谁不愿，黄金屋？谁不愿，千钟粟？算五行不是，这般题目。枉使心机闲计较，儿孙自有儿孙福。"苏东坡亦有词云："蜗角虚名，蝇头微利，算来着甚干忙？事皆前定，谁弱又谁强？"这几位名人，说来说去，都是一个意思，总不如古语云："万事分已定，浮生空自忙。"

说话的[11]，依你说来，不须能文善武，懒惰的也只消天掉下前程；不须经商立业，败坏的也只消天挣与家缘[12]：却不把人间向上的心都冷了？看官有所不知，假如人家出了懒惰的人，也就是命中该贱；出了败坏的人，也就是命中该穷：此是常理。却又自有转眼贫富，出人意外，把眼前事分毫算不得准的哩！

且听说一人，乃是宋朝汴京人氏，姓金，双名维厚，乃是经纪行中人[13]。少不得朝晨起早，晚夕眠迟；睡醒来千思想，万算计，拣有便宜的才做。后来家事挣得从容了，他便思想一个久远方法：手头用来用去的，只是那散碎银子；若是上两块头好银，便存着不动，约得百两，便熔成一大锭，把一综红线结成一绦[14]，系在锭腰，放在枕边，夜来摩弄一番，方才睡下。积了一生，整整熔成八锭。以后也就随来随去，再积不成百两，他也罢了。

金老生有四子。一日，是他七十寿旦，四子置酒上寿。金老见了四子跻跻跄跄[15]，心中喜欢，便对四子说道："我靠皇天覆庇[16]，虽则劳碌一生，家事尽可度日。况我平日留心，有熔成八大锭银子永不动用的，在我枕边，见将绒线做对儿结着。今将拣个好日子，分与尔等，每人一对，做个镇家之宝。"四子喜谢，尽欢而散。

是夜，金老带些酒意，点灯上床，醉眼模糊，望去八个大锭，白晃晃排在枕边，摸了几摸，哈哈地笑了一声，睡下去了。睡未安稳，只听得床前有人行走脚步响，心疑有贼，又细听看，恰像欲前不前相让一般。床前灯火微明，揭帐一看，只见八个大汉，身穿白衣，腰系红带，曲躬而前，曰："某等兄弟，天数派定，宜在君家听令。今蒙我翁过爱，抬举成人，不烦役使，珍重多年，冥数将满，待翁归天后，再觅去向。今闻我翁目下将以我等分役诸郎君，我等与郎君辈原无前缘，故此先来告别，往某县某村王姓某者投托。后缘未尽，还可一面。"语毕，回身便走。金老不知何事，吃了一惊。翻身下床，不及穿鞋，赤脚赶去，远远见八人出了房门。金老赶得性急，绊了房槛，扑的跌倒，飒然惊醒[17]，乃是南柯一梦。急起挑灯明亮，点照枕边，已不见了八个大锭。细思梦中所言，句句是实。叹了一口气，哽咽了一会，道："不信我苦积一世，却没分与儿子每受用[18]，倒是别人家的！明明说有地方姓名，且慢慢跟寻下落则个。"一夜不睡。

次早起来，与儿子每说知。儿子中也有惊骇的，也有疑惑的。惊骇的道："不该是我们手里东西，眼见得作怪。"疑惑的道："老人家欢喜中说话，失许了我们，回想转来，一时间就不割舍得分散了，造此鬼话，也不见得。"金老看见儿子们疑信不等，急急要验个实话。遂访至某县某村，果有王姓某者。叩门进去，只见堂前灯烛荧煌，三牲福物，正在那里献神。金老便开口问道："宅上有何事如此？"家人报知，请主人出来。主人王老，见金老揖坐了，问其来因。金老道："老汉有一疑事，特造上宅来问消息。今见上宅正在此献神，必有所谓，敢乞明示。"王老道："老拙偶因寒荆小恙 [19]，买卜，先生道：'移床即好。'昨寒荆病中，恍惚见八个白衣大汉，腰系红束，对寒荆道：'我等本在金家，今在彼缘尽，来投身宅上。'言毕，俱钻入床下。寒荆惊出了一身冷汗，身体爽快了。及至移床，灰尘中得银八大锭，多用红绒系腰，不知是那里来的。此皆神天福祐，故此买福物酬谢。今我丈来问，莫非晓得些来历么？"金老跌跌脚道："此老汉一生所积，因前日也做了一梦，就不见了。梦中也道出老丈姓名居址的确，故得访寻到此。可见天数已定，老汉也无怨处。但只求取出一看，也完了老汉心事。"王老道："容易！"笑嘻嘻地走进去，叫安童四人 [20]，托出四个盘来，每盘两锭，多是红绒系束，正是金家之物。金老看了，眼睁睁无计所奈，不觉扑簌簌吊下泪来。抚摩一番道："老汉直如此命薄，消受不得！"王老虽然叫安童仍旧拿了进去，心里见金老如此，老大不忍，另取三两零银封了，送与金老作别。金老道："自家的东西尚无福，何须尊惠！"再三谦让，必不肯受。王老强纳在金老袖中。金老欲待摸出还了，一时摸个不着，面儿通红；又被王老央不过，只得作揖别了。直至家中，对儿子们一一把前事说了，大家叹息了一回。因言王老好处，临行送银三两，满袖摸遍，并不见有，只说路中掉了。却元来金老推逊时，王老往袖里乱塞，落在着外面一层袖中。袖有断线处，在王老家摸时，已自在脱线处落出在门槛边了。客去扫门，仍旧是王老拾得。可见一饮一啄，莫非前定。不该是他的东西，不要说八百两，就是三两也得不去；该是他的东西，不要说八百两，就是三两也推不出。原有的倒无了，原无的倒有了，并不由人计较。

而今说一个人，在实地上行，步步不着，极贫极苦的；却在渺渺茫茫做梦不到的去处，得了一主没头没脑钱财，变成巨富。从来希有，亘古新闻。有诗为证。诗曰：

分内功名匣里财，不关聪慧不关呆。

果然命是财官格，海外犹能送宝来。

话说国朝成化年间 [21]，苏州府长洲县阊门外，有一个人，姓文，名实，字若虚，生来心思慧巧，做着便能，学着便会，琴棋书画，吹弹歌舞，件件粗通。幼年间，曾有人相他有巨万之富，他亦自恃才能，不十分去营求生产，坐吃山空，将祖上遗下千金家事，看看消下来。以后晓得家业有限，看见别人经商图利的，时常获利几倍，便也思量做些生意，却又百做百不着。

一日，见人说北京扇子好卖，他便合了一个伙计，置办扇子起来。上等金面精巧的，先将礼物求了名人诗画，免不得是沈石田、文衡山、祝枝山，拓了几笔，便直上两数银子。中等的，自有一样乔人[22]，一只手学写了这几家字画，也就哄得人过，将假当真的买了，他自家也兀自做得来的[23]。下等的，无金无字画，将就卖几十钱，也有对合利钱[24]，是看得见的。拣个日子，装了箱儿，到了北京。岂知北京那年自交夏来，日日淋雨不晴，并无一毫暑气，发市甚迟[25]。交秋早凉，虽不见及时，幸喜天色却晴，有妆晃子弟，要买把苏做的扇子[26]，袖中笼着摇摆。来买时，开箱一看，只叫得苦。元来北京历沴却在七八月[27]。更加日前雨湿之气，斗着扇上胶墨之性，弄做了个合而言之[28]，揭不开了。用力揭开，东粘一层，西缺一片，但是有字有画值价钱者，一毫无用。止剩下等没字白扇，是不坏的，能值几何？将就卖了，做盘费回家，本钱一空。

频年做事，大概如此。不但自己折本，但是搭他作伴，连伙计也弄坏了，故此人起他一个混名叫做"倒运汉"。不数年，把个家事干圆洁净了[29]，连妻子也不曾娶得，终日间靠着些东涂西抹，东挨西撞，也济不得甚事。但只是嘴头子诌得来，会说会笑，朋友家喜欢他有趣，游耍去处，少他不得，也只好趁口[30]，不是做家的[31]。况且他是大模大样过来的，帮闲行里又不十分入得队。有怜他的，要荐他坐馆教学，又有诚实人家嫌他是个杂板令[32]，高不凑，低不就，打从帮闲的、处馆的两项人见了他，也就做鬼脸，把"倒运"两字笑他，不在话下。

一日，有几个走海泛货的邻近，做头的无非是张大、李二、赵甲、钱乙一班人，共四十余人，合了伙将行。他晓得了，自家思忖道："一身落魄，生计皆无，便附了他们航海，看看海外风光，也不枉人生一世。况且他们定是不却我的，省得在家忧柴忧米，也是快活。"正计较间，恰好张大踱将来。元来这个张大，名唤张乘运，专一做海外生意，眼里认得奇珍异宝，又且秉性爽慨，肯扶持好人，所以乡里起他一个混名，叫"张识货"。文若虚见了，便把此意一一与他说了。张大道："好！好！我们在海船里头，不耐烦寂寞，若得兄去，在船中说说笑笑，有甚难过的日子？我们众兄弟，料想多是喜欢的。只是一件，我们多有货物将去，兄并无所有，觉得空了一番往返，也可惜了。待我们大家计较[33]，多少凑些出来助你，将就置些东西去也好。"文若虚便道："多谢厚情，只怕没人如兄肯周全小弟。"张大道："且说说看。"一竟自去了。

恰遇一个瞽目先生，敲着"报君知"走将来[34]。文若虚伸手顺袋里摸了一个钱，扯他一卦，问问财气看。先生道："此卦非凡，有百十分财气，不是小可。"文若虚自想道："我只要搭去海外耍耍，混过日子罢了，那里是我做得着的生意！要甚么赍助[35]；就赍助得来，能有多少，便直恁地财爻动[36]？这先生也是混帐！"

只见张大气忿忿走来，说道："说着钱，便无缘，这些人好笑！说道你去，无不喜欢；说到助银，没一个则声。今我同两个好的弟兄，拼凑得一两银子在此，也办不成甚货，凭你买些果子船里吃罢。口食之类，是在我们身上。"若虚称谢不尽，接了银子。张大先行道："快些收拾，就要开船了！"若虚道："我没甚收拾，随后就来。"手中拿了银子，看了又笑，笑了又看道："置得甚货么？"信步走去，只见满街上箧篮内盛着卖的：

> 红如喷火，巨若悬星。皮未皱[37]，尚有余酸；霜未降，不可多
> 得。元殊苏井诸家树[38]，亦非李氏千头奴[39]。较广似日难兄，比福
> 亦云具体[40]。

乃是太湖中有一洞庭山，地暖土肥，与闽广无异，所以广橘、福橘播名天下，洞庭有一样橘树，绝与他相似，颜色正同，香气亦同，止是初出时，味略少酢[41]，后来熟了，却也甜美，比福橘之价，十分之一，名曰"洞庭红"。若虚看见了，便思想道："我一两银子买得百斤有余，在船可以解渴，又可分送一二，答众人助我之意。"买成装上竹篓，雇一闲的[42]，并行李挑了下船。众人都拍手笑道："文先生宝货来也！"文若虚羞惭无地，只得吞声上船，再也不敢提起买橘的事。

开得船来，渐渐出了海口，只见银涛卷雪，雪浪翻银，湍转则日月似惊，浪动则星河如覆。三五日间，随风漂去，也不觉过了多少路程。忽至一个地

方，舟中望去，人烟凑聚，城郭巍峨，晓得是到了甚么国都了。舟人把船撑入藏风避浪的小港内，钉了桩橛，下了铁锚，缆好了。船中人多上岸，打一看，元来是来过的所在，名曰吉零国。元来这边中国货物，拿到那边，一倍就有三倍价；换了那边货物，带到中国，也是如此。一往一回，却不便有八九倍利息！所以人都拼死走这条路。众人多是做过交易的，各有熟识经纪、歇家、通事人等[43]，各自上岸找寻，发货去了。只留文若虚在船中看船，路径不熟，也无走处。正闷坐间，猛可想起道[44]："我那一篓红橘，自从到船中不曾开看，莫不人气蒸烂了？趁着众人不在，看看则个。"叫那水手在舱板底下翻将起来，打开了篓看时，面上多是好好的。放心不下，索性搬将出来，都摆在舱板上面[45]。也是合该发迹，时来福凑，摆得满船红焰焰的，远远望来，就是万点火光，一天星斗。岸上走的人都拢将来，问道："是甚么好东西呀？"文若虚只不答应，看见中间有个把一点头的，拣了出来，掐破就吃。岸上看的一发多了，惊笑道："元来是吃得的！"就中有个好事的，便来问价："多少一个？"文若虚不省得他们说话，船上人却晓得，就扯个谎哄他，竖起一个指头说："要一钱一颗。"那问的人揭开长衣，露出那兜罗锦红裹肚来，一手摸出银钱一个来道："买一个尝尝。"文若虚接了银钱，手中等等看[46]，约有两把重。心下想道："不知这些银要买多少？也不见秤秤，且先把一个与他看样。"拣个大些的，红的可爱的，递一个上去。只见那个人接上手，撷了一撷道："好东西呀！"扑地就劈开来，香气扑鼻，连旁边闻着的许多人，大家喝一声采。那买的不知好歹，看见船上吃法，也学他去了皮，却不分囊，一块塞在口里，甘水满咽喉，连核都不吐，吞下去了。哈哈大笑道："妙哉！妙哉！"又伸手到裹肚里，摸出十个银钱来，说："我要买十个进奉去。"文若虚喜出望外，拣十个与他去了。那看的人见那人如此买去了，也有买一个的，也有买两个三个的，都是一般银钱。买了的，都千欢万喜去了。元来彼国以银为钱，上有文采。有等龙凤文的最贵重，其次人物，又次禽兽，又次树木，最下通用的是水草，却都是银铸的，分两不异。适才买橘的都是一样水草文的。他道是把下等钱买了好东西去了，所以欢喜，也只是要小便宜肚肠，与中国人一样。

须臾之间，三停里卖了二停[47]。有的不带钱在身边的，老大懊悔，急忙取了钱转来。文若虚已此剩不多了，拿一个班道^[48]："而今要留着自家用，不卖了。"其人情愿再增一个钱，四个钱买了二颗。口中晓晓说^[49]："悔气！来得迟了。"旁边人见他增了价，就埋怨道："我每还要买个，如何把价钱增长了他的？"买的人道："你不听得他方才说，兀自不卖了。"

正在议论间，只见首先买十颗的那一个人，骑了一匹青骢马，飞也似奔到船边，下了马，分开人丛，对船上大喝道："不要零卖！不要零卖！是的俺多要买。俺家头目要买去进奉克汗哩！"看的人听见这话，便远远走开，站住了看。文若虚是个伶俐的人，看见来势，已此瞧科在眼里^[50]，晓得是个好主顾了。连忙把篓里尽数倾出来，止剩五十余颗，数了一数，又拿起班来，说道："适间讲过，要留着自用，不得卖了。今肯加些价钱，再让几颗去罢！适间已卖出两个钱一颗了。"其人在马背上拖下一大囊，摸出钱来，另是一样树木纹的，说道："如此钱一个罢了。"文若虚道："不情愿，只照前样罢了。"那人笑了一笑，又把手去摸出一个龙凤纹的来道："这样的一个如何？"文若虚又道："不情愿，只要前样的。"那人又笑道："此钱一个抵百个，料也没得与你，只是与你要。你不要俺这一个，却要那等的，是个傻子。你那东西肯都与俺了，俺就加你一个那等的，也不打紧。"文若虚数了一数，有五十二个，准准的要了他一百五十六个水草银钱。那人连竹篓都要了，又丢了一个钱，把篓拴在马上，笑吟吟地一鞭去了。看的人见没得买了，一哄而散。

文若虚见人散了，到舱里把一个钱秤一秤，有八钱七分多重。秤过数个，都是一般，总数一数，一共有一千个差不多。把两个赏了船家，其余收拾在包里了。笑一声道："那盲子好灵卦也！"欢喜不尽，只等同船人来对他说笑则个。

说话的，你说错了！那国里银子这样不值钱，如此做买卖，那久惯漂洋的带去多是绫罗段匹，何不多卖了些银钱回来？一发百倍了。看官有所不知，那国里见了绫罗等物，都是以货交兑。我这里人也只是要他货物，才有利钱。若是卖他银钱时，他都把龙凤人物的来交易，作了好价钱，分两也得如此，反不便宜。如今是买吃口东西，他只认做把低钱交易，我却只管分两，所以得利了。说话的，你又说错了！依你说来，那航海的何不只买吃口东西，只换他低钱，岂不有利？用着重本钱置他货物怎地？看官，又不是这话。也是此人偶然有此横财，带去着了手。若是有心第二遭再带去，三五日不遇巧，等得希烂。那文若虚运未通时，卖扇子就是榜样。扇子还是放得起的，尚且如此，何况果品？是这样执一论不得的。

闲话休题。且说众人领了经纪主人到船发货，文若虚把上头事说了一遍，众人都惊喜道："造化！造化！我们同来，到是你没本钱的先得了手也。"张大便拍手道："人都道他倒运，而今想是运转了。"便对文若虚道："你这些银钱，此间置货，作价不多。除是转发在伙伴中，回他几百两中国货物，上去打换些土产珍奇，带转去有大利钱，也强如虚藏此银钱在身边，无个用处。"文若虚道："我是倒运的，将本求财，从无一遭不连本送的。今承诸公挈带，做此无本钱生意，偶然侥幸一番，真是天大造化了，如何还要生利钱，妄想甚么？万一如前再做折了，难道再有'洞庭红'这样好卖不成？"众人多道："我们用得着的是银子，有的是货物，彼此通融，大家有利，有何不可？"文若虚道："一年吃蛇咬，三年怕草索。说着货物，我就没胆气了。只是守了这些银钱回去罢！"众人齐拍手道："放着几倍利钱不取，可惜！可惜！"随同众人一齐上去，到了店家，交货明白，彼此兑换。约有半月光景，文若虚眼中看过了若干好东好西，他已自志得意满，不放在心上。众人事体完了，一齐上船，烧了神福，吃了酒，开洋。

行了数日，忽然间天变起来。但见：

> 乌云蔽日，黑浪掀天。蛇龙戏舞起长空，鱼鳖惊惶潜水底。艨艟泛泛 [51]，只如栖不定的数点寒鸦；岛屿浮浮，便似没不煞的几双水鹅。舟中是方扬的米簸，舷外是正熟的饭锅。总因风伯太无情，以致篙师多失色。

那船上人见风起了，扯起半帆，不问东西南北，随风势漂去。隐隐望见一岛，便带住篷脚，只看着岛边使来。看看渐近，恰是一个无人的空岛。但见：

> 树木参天，草莱遍地。荒凉径界，无非些兔迹狐踪；坦迤土壤 [52]，料不是龙潭虎窟。混茫内，未识应归何国辖，开辟来、不知曾否有人登。

船上人把船后抛了铁锚，将桩橛泥犁上岸去，钉停当了，对舱里道："且安心坐一坐，候风势则个。”

那文若虚身边有了银子，恨不得插翅飞到家里，巴不得行路，却如此守风呆坐，心里焦燥。对众人道："我且上岸，去岛上望望则个。"众人道："一个荒岛，有何好看！"文若虚道："总是闲着，何碍？"众人都被风颠得头晕，个个是呵欠连天的，不肯同去。文若虚便自一个抖擞精神，跳上岸来。只因此一去，有分交[53]：千年败壳精灵显，一介穷神富贵来。若是说话的同年生、并时长，有个未卜先知的法儿，便双脚走不动，也挂个拐儿随他同去一番，也不枉的。

却说文若虚见众人不去，偏要发个狠，扳藤附葛，直走到岛上绝顶。那岛也苦不甚高[54]，不费甚大力，只是荒草蔓延，无好路径。到得上边，打一看时，四望漫漫，身如一叶，不觉凄然，吊下泪来。心里道："想我如此聪明，一生命蹇，家业消亡，剩得只身。直到海外，虽然侥幸，有得千来个银钱在囊中，知他命里是我的不是我的？今在绝岛中间，未到实地，性命也还是与海龙王合着的哩！"正在感怆，只见望去远远草丛中一物突高。移步往前一看，却是床大一个败龟壳。大惊道："不信天下有如此大龟！世上人那里曾看见？说也不信的。我自到海外一番，不曾置得一件海外物事[55]，今我带了此物去，也是一件希罕的东西，与人看看，省得空口说着，道是苏州人会调谎[56]。又且一件：锯将开来，一盖一板，各置四足，便是两张床，却不奇怪？"遂脱下两只裹脚接了，穿在龟壳中间，打个扣儿，拖了便走。

走至船边，船里人见他这等模样，都笑道："文先生那里又跎了纤来？"文若虚道："好教列位得知，这就是我海外的货了。"众人抬头一看，却便似一张无柱有底的硬脚床。吃惊道："好大龟壳！你拖来何干？"文若虚道："也是罕见的，带了他去。"众人笑道："好货不置一件，要此何用！"有的道："也有用处。有甚么天大的疑心事，灼他一卦，只没有这样大龟药。"又有的道是："医家要煎龟膏，拿去打碎了，煎起来，也当得几百个小龟壳。"文若虚道："不要管有用没用，只是希罕，又不费本钱，便带了回去。"当时叫个船上水手，一抬抬下舱来。初时山下空阔，还只如此；舱中看来，一发大了。若不是海船，也着不得这样狼犺东两[57]。众人大家笑了一回，说道："到家时有人问，只说文先生做了偌大的乌龟买卖来了！"文若虚道："不要笑，我好歹有一个用处，决不是弃物。"随他众人取笑，文若虚只是得意，取些水来，内外洗一洗净，抹干了，却把自己钱包、行李都塞在龟壳里面，两头把绳一绊，却当了一个大皮箱子。自笑道："兀的不眼前就有用起了？"众人都笑将起来道："好算计！好算计！文先生到底是个聪明人。"当夜无词。

次日风息了，开船一走。不数日，又到了一个去处，却是福建地方了。才住定了船，就有一伙惯伺候接海客的小经纪牙人[58]，攒将拢来。你说张家好，我说李家好，拉的拉，扯的扯，嚷个不住。海船上众人拣一个一向熟识的跟了去，其余的也就住了。

众人到了一个波斯胡人店中坐定。里面主人见说海客到了，连忙先发银子，唤厨户包办酒席几十桌，分付停当，然后踱将出来。这主人是个波斯国里人，姓个古怪姓，是玛瑙的玛字，叫名玛宝哈，专一与海客兑换珍宝货物，不知有多少万数本钱。众人走海过的，都是熟主熟客，只有文若虚不曾认得。抬眼看时，元来波斯胡住得在中华久了，衣帽言动都与中华不大分别，只是剃眉剪须，深目高鼻，有些古怪。出来见了众人，行宾主礼坐定了。两杯茶罢，站起身来，请到一个大厅上，只见酒筵多完备了，且是摆得济楚[59]。元来旧规，海船一到，主人家先折过这一番款待，然后发货讲价的。

主人家手执着一付法浪菊花盘盏，拱一拱手道："请列位货单一看，好定坐席。"看官，你道这是何意？元来波斯胡以利为重，只看货单上有奇珍异宝值得上万者，就送在先席，余者看货轻重，挨次坐去，不论年纪，不论尊卑，一向做下的规矩。船上众人，货物贵的贱的，多的少的，你知我知，各自心照，差不多领了酒杯，各自坐了。单单剩得文若虚一个，呆呆站在那里。主人道："这位老客长，不曾会面，想是新出海外的，置货不多了。"众人大家说道："这是我们好朋友，到海外耍去的，身边有银子，却不曾肯置货。今日没奈何，只得屈他在末席坐了。"文若虚满面羞惭，坐了末位。主人坐在横头。饮酒中间，这一个说道我有猫儿眼多少，那一个说我有祖母绿多少，你夸我逞。文若虚一发嘿嘿无言，自心里也微微有些懊悔道："我前日该听他们劝，置些货物来的。今枉有几百银子在囊中，说不得一句说话。"又自叹了口气道：“我原是一些本钱没有的，今已大幸，不可不知足。”自思自忖，无心发兴吃酒。众人却猜拳行令，吃得狼藉。主人是个积年[60]，看出文若虚不快活的意思来，不好说破，虚劝了他几杯酒。众人都起身道：“酒勾了。天晚了，趁早上船去，明日发货罢。”别了主人去了。

主人撤了酒席，收拾睡了。明日起个清早，先走到海岸船边，来拜这伙客人。主人登舟，一眼瞅去，那舱里狼狼犺犺这件东西早先看见了，吃了一惊道：“这是那一位客人的宝货？昨日席上并不曾见说起，莫不是不要卖的？”众人都笑指道：“此敝友文兄的宝货。”中有一人衬道：“又是滞货。”主人看了文若虚一看，满面挣得通红，带了怒色，埋怨众人道：“我与诸公相处多年，如何恁地作弄我？教我得罪于新客，把一个末座屈了他，是何道理！”一把扯住文若虚，对众客道：“且慢发货！容我上岸，谢过罪着。”众人不知其故，有几个与文若虚相知些的，又有几个喜事的，觉得有些古怪，共十余人，赶了上来，重到店中，看是如何。

只见主人拉了文若虚，把交椅整一整，不管众人好歹，纳他头一位坐下了，道：“适间得罪！得罪！且请坐一坐。”文若虚也心中镀铎[61]，忖道：“不信此物是宝贝，这等造化不成？”主人走了进去，须臾出来，又拱众人到先前吃酒去处，又早摆下几桌酒，为首一桌比先更齐整。把盏向文若虚一揖，就对众人道：“此公正该坐头一席。你每枉自一船的货，也还赶他不来。先前失敬！失敬！”众人看见，又好笑，又好怪，半信不信的，一带儿坐了。

酒过三杯，主人就开口道：“敢问客长，适间此宝可肯卖否？”文若虚是个乖人，趁口答应道：“只要有好价钱，为甚不卖？”那主人听得肯卖，不觉喜从天降，笑逐颜开，起身道：“果然肯卖，但凭分付价钱，不敢吝惜。”文若虚其实不知值多少：讨少了，怕不在行；讨多了，怕吃笑。忖了一忖，面红耳热，颠倒讨不出价钱来。张大便与文若虚丢个眼色，将手放在椅子背后，竖着三个指头，再把第二个指空中一撇，道：“索性讨他这些！”文若虚摇头，竖一指道：“这些我还讨不出口在这里。”却被主人看见道：“果是多少价钱？”张大捣一个鬼道：“依文先生手势，敢像要一万哩。”主人呵呵大笑道：“这是不要卖，哄我而已。此等宝物，岂止此价钱！”

众人见说，大家目睁口呆，都立起了身来，扯文若虚去商议，道："造化！造化！想是值得多哩。我们实实不知如何定价。文先生不如开个大口，凭他还罢。"文若虚终是碍口识羞，待说又止。众人道："不要不老气[62]。"主人又催道："实说说何妨？"文若虚只得讨了五万两。主人还摇头道："罪过，罪过，没有此话。"扯着张大私问他道："老客长们海外往来，不是一番了。人都叫你'张识货'，岂有不知此物就里的？必是无心卖他，奚落小肆罢了。"张大道："实不瞒你说，这个是我的好朋友，同了海外顽耍的，故此不曾置货。适间此物，乃是避风海岛，偶然得来，不是出价置办的，故此不识得价钱。若果有这五万与他，勾他富贵一生，他也心满意足了。"主人道："如此说，要你做个大大保人，当有重谢！万万不可翻悔。"遂叫店小二拿出文房四宝来，主人家将一张供单绵料纸折了一折，拿笔递与张大道："有烦老客长做主，写个合同文书，好成交易。"张大指着同来一人道："此位客人褚中颖写得好。"把纸笔让与他。褚客磨得墨浓，展好纸，提起笔来写道：

> 立合同议单张乘运等。今有苏州客人文实，海外带来大龟壳一
>
> 个，投至波斯玛宝哈店，愿出银五万两买成，议定立契之后，一家交
>
> 货，一家交银，各无翻悔。有翻悔者，罚契上加一。合同为照。

一样两纸，后边写了年月日，下写张乘运为头，一连把在坐客人十来个写去。褚中颖因自己执笔，写了落末。年月前边空行中间，将两纸凑着，写了骑缝一行，两边各半，乃是"合同议约"四字。下写客人文实，主人玛宝哈，各押了花押。单上有名，从后头写起。写到张乘运，道："我们押字钱重些，这买卖才弄得成。"主人笑道："不敢轻！不敢轻！"

写毕，主人进内，先将银一箱抬出来道："我先交明白了用钱[63]，还有说话。"众人攒将拢来，主人开箱，却是五十两一包，共总二十包，整整一千两。双手交与张乘运道："凭老客长收明，分与众位罢。"众人初然吃酒写合同[64]，大家撺哄鸟乱[65]，心下还有些不信的意思，如今见他拿出精晃晃白银来做用钱，方知是实。文若虚恰像梦里醉里，话都说不出来，呆呆地看。张大扯他一把道："这用钱如何分散，也要文兄主张。"文若虚方说一句道："且完了正事慢处。"

只见主人笑嘻嘻的，对文若虚道："有一事要与客长商议，价银现在里面阁儿上，都是向来兑过的，一毫不少。只消请客长一两位进去，将一包过一过目，兑一兑为准，其余多不消兑得。却又一说：此银数不少，搬动也不是一时功夫，况且文客官是个单身，如何好将下船去？又要泛海回还，有许多不便处。"文若虚想了一想道："见教得极是！而今却待怎么？"主人道："依着愚见，文客官目下回去未得。小弟此间有一个段匹铺，有本三千两在内。其前后大小厅屋楼房，共百余间，也是个大所在，价值二千两，离此半里之地。愚见就把本店货物及房屋文契，作了五千两，尽行交与文客官，就留文客官在此住下了，做此生意。其银也做几遭搬了过去，不知不觉。日后文客官要回去，这里可以托心腹伙计看守，便可轻身往来。不然，小店交出不难，文客官收贮却难也。愚意如此。"说了一遍，说得文若虚与张大跌足道："果然是客纲客纪[66]，句句有理。"文若虚道："我家里元无家小，况且家业已尽了，就带了许多银子回去，没处安顿。依了此说，我就在这里立起个家缘来，有何不可？此番造化，一缘一会，都是上天作成的，只索随缘做去。便是货物房产价钱未必有五千，总是落得的。"便对主人说："适间所言，诚是万全之算，小弟无不从命。"

主人便领文若虚进去阁上看，又叫张、褚二人："一同来看看。其余列位不必了，请略坐一坐。"他四人去了。众人不进去的，个个伸头缩颈，你三我四，说道："有此异事！有此造化！早知这样，懊悔岛边泊船时节，也不去走走，或者还有宝贝也不见得！"有的道："这是天大的福气，撞将来的，如何强得！"正欣羡间，文若虚已同张、褚二客出来了。众人都问："进去如何了？"张大道："里边高阁是个土库，放银两的所在，都是桶子盛着。适间进去，看了十个大桶，每桶四千；又五个小匣，每个一千，共是四万五千。已将文兄的封皮记号封好了，只等交了货，就是文兄的了。"主人出来道："房屋文书、段匹帐目，俱已在此，凑足五万之数了。且到船上取货去。"一拥都到海船来。

文若虚于路对众人说："船上人多，切勿明言，小弟自有厚报。"众人也只怕船上人知道，要分了用钱去，各各心照。文若虚到了船上，先向龟壳中把自己包裹被囊取出了。手摸一摸壳，口里暗道："侥幸！侥幸！"主人便叫店内后生二人来抬此壳，分付道："好生抬进去，不要放在外边。"船上人见抬了此壳去，便道："这个滞货也脱手了，不知卖了多少？"文若虚只不做声，一手提了包裹，往岸上就走。这起初同上来的几个，又赶到岸上，将龟壳从头至尾细细看了一遍，又向壳内张了一张，挼了一挼[67]，面面相觑道："好处在那里？"

主人仍拉了这十来个一同上去，到店里，说道："而今且同文客官看了房屋铺面来。"众人与主人一同走到一处，正是闹市中间，一所好大房子。门前正中是个铺子，旁有一衖，走进转个湾，是两扇大石板门。门内大天井，上面一所大厅，厅上有一匾，题曰"来琛堂"。堂旁有两楹侧屋，屋内三面有橱，橱内都是绫罗各色段匹。以后内房，楼房甚多。文若虚暗道："得此为住居，王侯之家不过如此矣！况又有段铺营生，利息无尽，便做了这里客人罢了，还思想家里做甚！"就对主人道："好却好，只是小弟是个孤身，毕竟还要寻几房使唤的人才住得。"主人道："这个不难，都在小店身上。"

文若虚满心欢喜，同众人走归本店来。主人讨茶来吃了，说道："文客官今晚不消船里去，就在铺中下了。使唤的人，铺中现有，逐渐再讨便是。"众客人多道："交易事已成，不必说了，只是我们毕竟有些疑心：此壳有何好处，值价如此？还要主人见教一个明白。"文若虚道："正是，正是。"主人笑道："诸公枉了海上走了多遭，这些也不识得。列位岂不闻说龙有九子乎？内有一种是鼍龙[68]，其皮可以幔鼓，声闻百里，所以谓之鼍鼓。鼍龙万岁，到底蜕下此壳成龙。此壳有二十四肋，按天上二十四气。每肋中间节内，有大珠一颗。若是肋未完全时节，成不得龙，蜕不得壳。也有生捉得他来，只好将皮幔鼓，其肋中也未有东西。直待二十四肋肋肋完全，节节珠满，然后蜕了此壳，变龙而去。故此是天然蜕下，气候俱到，肋节俱完的，与生擒活捉、寿数未满的不同，所以有如此之大。这个东西，我们肚中虽晓得，知他几时蜕下，又在何处地方守得他着？壳不值钱，其珠皆有夜光，乃无价宝也。今天幸遇巧，得之无心耳。"

众人听罢，似信不信。只见主人走将进去了一会，笑嘻嘻的走出来，袖中取出一西洋布的包来，说道："请诸公看看。"解开来，只见一团绵裹着寸许大一颗夜明珠，光彩夺目。讨个黑漆的盘，放在暗处，其珠滚一个不定，闪闪烁烁，约有尺余亮处。众人看了，惊得目睁口呆，伸了舌头，收不进来。主人回身转来，对众客逐个致谢道："多蒙列位作成了[69]。只这一颗，拿到咱国中，就值方才的价钱了。其余多是尊惠。"众人个个心惊，却是说过的话，又不好翻悔得。主人见众人有些变色，收了珠子，急急走到里边，又叫抬出一个段箱来。除了文若虚，每人送与段子二端[70]，说道："烦劳了列位，做两件道袍穿穿，也见小肆中薄意。"袖中又摸出细珠十数串，每送一串，道："轻鲜[71]，轻鲜，备归途一茶罢了。"文若虚处另是粗些的珠子四串，段子八匹，道是权且做几件衣服。文若虚同众人欢喜作谢了。

主人就同众人送了文若虚到段铺中，叫铺里伙计后生们都来相见，说道："今番是此位主人了。"主人自别了去，道："再到小店中去去来。"只见须臾间，数十个脚夫扛了好些扛来[72]，把先前文若虚封记的十桶五匣都发来了。文若虚搬在一个深密谨慎的卧房里头去处，出来对众人道："多承列位挈带，有此一套意外富贵，感谢不尽。"走进去把自家包裹内所卖洞庭红的银钱倒将出来，每人送他十个。止有张大与先前出银助他的两三个，分外又是十个，道："聊表谢意。"此时，文若虚把这些银钱看得不在眼里了。众人却是快活，称谢不尽。文若虚又拿出几十个来，对张大说道："有烦老兄，将此分与船上同行的人，每位一个，聊当一茶。小弟住在此间，有了头绪，慢慢到本乡来。此时不得同行，就此为别了。"张大道："还有一千两用钱未曾分得，却是如何？须得文兄分开，方没得说。"文若虚道："这到忘了。"就与众人商议，将一百两散与船上众人，余九百两，照现在人数另外添出两股，派了股数，各得一股；张大为头的，褚中颖执笔的，多分一股。众人千欢万喜，没有说话。内中一人道："只是便宜了这回回！文先生还该起个风，要他些不敷才是[73]。"文若虚道："不要不知足。看我一个倒运汉，做着便折本的，造化到来，平空地有此一主财爻。可见人生分定，不必强求。我们若非这主人识货，也只当得废物罢了，还亏他指点晓得，如何还好昧心争论？"众人都道："文先生说得是。存心忠厚，所以该有此富贵。"大家千恩万谢，各各赍了所得东西，自到船上发货。

从此，文若虚做了闽中一个富商，就在那边取了妻小，立起家业。数年之间，才到苏州走一遭，会会旧相识，依旧去了。至今子孙繁衍，家道殷富不绝。正是：

> 运退黄金失色，时来顽铁生辉。
>
> 莫与痴人说梦，思量海外寻龟。

——选自陈迩冬校注本《拍案惊奇》，人民文学出版社 1991 年版

【作者简介】

凌濛初（1580—1644），字玄房，号初成，亦名凌波，一字彼斥，别号即空观主人。因在家族中排行十九，所以时人又称之为"凌十九"观人，浙江乌程（今浙江湖州）人。历任上海县丞和徐州通判，崇祯十七年（1644），镇压农民起义军，呕血而死。其一生著述颇丰：小说《初刻拍案惊奇》《二刻拍案惊奇》；传奇《衫襟记》《合剑记》《雪荷记》；经史著作《诗经人物考》《左传合鲭》《战国策概论》等；其他如《西厢记五本解证》《燕筑讴》《赢腾三札》《荡栉后录》《国门集》《国门乙集》《已编蠹涎》《东坡禅喜集》《合评选诗》《陶韦合集》《惑溺供》等。其中《初刻拍案惊奇》《二刻拍案惊奇》是他在做官公务之余，自己创作的拟话本集子，共收短篇小说七十八篇，与冯梦龙的《喻世明言》《警世通言》《醒世恒言》合称"三言二拍"，是中国古典短篇小说的代表作。但其中很多作品宣扬了宿命论等迷信思想，且多有露骨的情色描写，就思想内容和艺术成就而言描写稍逊于"三言"。然其中很多作品亦反映了明代资本主义萌芽时期商品经济的活跃和市民意识的发展，且情节完整紧凑、故事曲折动人、语言通俗生动、心理刻画细腻，具有较强的艺术魅力。

【注释】

[1]朱希真：南宋初期词人朱敦儒，字希真，河南人洛阳，"词俊"之名，与"诗俊"陈与义等并称为"洛中八俊"，著有词集《樵歌》。

[2]倚马千言：倚靠在即将出发的战马前起草文件，形容才思敏捷。南朝宋刘义庆《世说新语·文学》："桓宣武（桓温）北征，袁虎时从，被责免官。会须露布文，唤袁倚马前令作。手不掇笔，俄得七纸，殊可观。"

[3]酱瓿（bù）：原指盛酱的器物，此处比喻著作的价值不为人所认识，只能用来盖酱瓿而已。

[4]穿杨百步：本义指能在一百步以外射穿指定的某一片叶子。后用以形容箭法或枪法非常高明，并引申为本领非常高强。

[5]箪：用竹子、荆条等编织的器物。

[6]发科发甲：指科举登第。汉、唐取士分甲乙等科，后世因称科举为科甲。

[7]大请大受：优厚的薪给、俸禄。《水浒传》第七回："他现在帐下听使唤，大请大受，怎敢恶了太尉？"

[8]掌命司：迷信传说中掌管世人命运的神曹。

[9]吴彦高：金代文人吴激，字彦高，善诗文书画，所作词风格清婉，与蔡松年齐名，时称"吴蔡体"，被元好问推为"国朝第一作手"。

[10]晦庵：南宋时僧人。文中所引词句为《满江红》。

[11]说话的：说书艺人。话本、拟话本小说中经常保留一些说书艺人的用语，听众称说书艺人为"说话的"，说书艺人称听众为"看官"。

[12]天挣：类似"天赐"，上天赐予的财富。家缘：家业、家产。唐吕岩《沁园春》："限到头来，不论贫富，著甚千忙日夜忧，劝年少，把家缘弃了，海上来游。"

[13]经纪行：即生意行。

[14]绦（tāo）：用丝线编织成的花边或扁平的带子。

[15]跻跻跄跄：进退有节，恭敬有礼。

[16]覆庇：覆盖荫庇。宋陆九渊《荆国王文公祠堂记》："天生俊明之才，可

以覆庇生民，义当与之戮力。”

[17] 飒然：迅疾、倏忽貌。唐杜甫《牵牛织女》：“飒然精灵合，何必秋遂通！”

[18] 每：同“们”，宋元口头语。

[19] 老拙：王老的自谦之词。寒荆：妻子，乃为谦词。

[20] 安童：随身伺候的小厮、童仆。

[21] 成化：明宪宗朱见深的年号，公元 1415—1435 年。

[22] 乔人：指弄虚作假的人。

[23] 兀自：却是、尚且、还是。

[24] 对合：对半，指利润与本钱相等。

[25] 发市：开市，做买卖。

[26] 妆幌：同“装幌子”，指装模作样，假冒斯文。

[27] 历汾（lì）：指器物受潮气而发霉。

[28] 合而言之：粘在一起。

[29] 干圆洁净：空空荡荡，指败了个精光，什么也没剩下。

[30] 趁口：吃白食、蹭饭吃。

[31] 做家：即勤俭持家，会过日子。

[32] 杂板令：指学识甚杂又都不甚精通。

[33] 计较：计划、商量。

[34] 瞽目：瞎眼、眼盲。报君知：古代眼盲算命、卜卦者手里所敲打的竹板、铁片或铜锣一类的响器。

[35] 赍（jī）助：资助。《京本通俗小说·错斩崔宁》：“老汉却是看你们不过，今日赍助你些少本钱，胡乱去开个柴米店，撰得些利息过日子。”

[36] 恁地：如此、这样。财爻（yáo）：代表财运的卦象。

[37] 皲（jūn）：原指手脚的皮肤因寒冷干燥而裂开，此处借指橘子都是新鲜采摘，橘子皮尚未皱裂。

[38] 苏井诸家树：医药之属，典出《列仙传》。汉朝湖南郴州发生瘟疫，苏母按照苏耽传升仙前的嘱托，取院内井水和桔叶治病救人。

[39] 李氏千头奴：遗产之属，典出《襄阳记》。三国吴丹阳太守李衡暗中种甘

橘千株以贻子孙，称为"千头木奴"。

[40]"较广"二句：谓此橘与著名的广橘、福橘相似。

[41]酢（cù）：酸味。

[42]闲的：闲人；临时帮工干散活的人。

[43]歇家：休息落脚处。通事人：类似于翻译。

[44]猛可：猛然、突然。

[45]艎（huáng）：一种木制大船。

[46]等等：掂量掂量。

[47]停：成；份。

[48]拿一个班：即"拿班""拿架子"，指故作姿态、摆架子以抬高价钱。

[49]哓哓（xiāo）：唠叨。

[50]瞧科：看清、察觉。

[51]艨艟：具有进攻性的快艇。东汉刘熙《释名·释船》："外狭而长曰蒙冲，以冲突敌船也。"

[52]坦迤：形容山势平缓而连绵不断。

[53]有分交：亦作"有分教"，旧小说惯用语，指事情的发展。

[54]苦：幸亏。

[55]物事：物件、东西。

[56]调谎：撒谎、扯谎。

[57]狼犺（kàng）：形容物体大而笨重，难以安置。

[58]牙人：又称"牙子"，指撮合买卖双方以获取佣金的人。

[59]济楚：整洁。

[60]积年：指阅历很深、懂得人情世故的人。

[61]镬铎（huò duó）：糊涂、疑惑。

[62]老气：老练。

[63]用钱：即"佣金"，拿来酬谢中间人及见证人的费用。

[64]初然：起初，开始。

[65]撺哄鸟乱：指人多起哄，像鸟聚集在一起般噪乱。

[66] 客纲客纪：做客经商的人应遵守的规矩。

[67] 抨：同"捞"，用力摸。

[68] 鼍（tuó）龙：龙的一种，万岁时可蜕壳成龙。

[69] 作成：成全、照顾。

[70] 端：匹。

[71] 轻鲜：微薄，表客气之意。

[72] 扛了好些扛：扛了好多东西。第一个"扛"为动词，第二个"扛"为名词，之扛的东西。

[73] 起个风，要他些不敷：意谓想个由头，再要点价钱。

【作品要解】

"转运汉遇巧洞庭红，波斯胡指破鼍龙壳"是明代凌濛初撰写的白话短篇小说集《初刻拍案惊奇》的第一篇，抱瓮老人选入《今古奇观》第九卷，改题为"转运汉巧遇洞庭红"。此篇和其他话本、拟话本小说一样，亦分为入话和正文两部分，用以相互照应。入话部分，作者通过叙述金老苦心积攒的八大银锭化为白衣壮汉自行出走到有缘人家的故事，宣扬了"一饮一啄，莫非前定"的宿命论观点。正话部分，作者通过描写"杂办"书生文若虚糊里糊涂地在海外贸易中发大财的故事，从而继续宣扬"万事命已定，浮生空自忙"的宿命论观点，并解释为"存心忠厚，所以该有此富贵"。从而在宿命论的命题下，表现了资本主义经济萌芽时期，明代社会对仕途经济的新认识，以及开拓海外贸易，希求财富的迷狂心态。作品主人翁本是心思慧巧且"琴棋书画，吹弹歌舞，件件粗通"的书生，但他却不认真走传统的仕途之路，反而混迹于商人之中，期许通过经商挽救败落的家道。不料，因缺乏经商的头脑和经验，每每赔得血本无归，终将祖荫家产悉数败落。高不成低不就地混迹于市面之中，正愁油米下锅之际，决定冒险跟随海运的朋友一游。不想，因本钱匮乏购置的"洞庭红"在海外变得奇货可居，凭空赚取千两白银，之后又因遭遇风浪停船荒岛，闲来无事下岛观望，捡回一个"滞货"败龟壳，在船伴商人嘲笑中，遇见波斯商人玛宝哈以五万金购置，一跃成为被船中商友艳羡的巨富，并得以娶妻生子、子孙荫蔽。然抛开富贵在命的宿命观，在文若虚身上还体现了中国传统价值观念影响下的经商理念：人生分定、知足常乐。文若虚苦心经营之时是屡次赔本的"倒运汉"，无心插柳的橘子和随手捡来的龟壳反倒成就了他的商业路，成为盆钵满金的"转运汉"，反而比同船做了多年海运的商人赚得还要多上许多。在同行商人悔叹被玛宝哈捡了便宜，让他寻个由头借机加价之时，他返劝他人要感激玛宝哈慧眼识珠，同时要懂得知足。

在张大和波斯商人玛宝哈身上也体现了诚实忠厚、重利重义、信守承诺等优秀的商人品格。张大在文若虚身无分文之时不仅答应带其出海，还替其筹备银两，虽然不多却是文若虚买橘的全部本钱；见玛宝哈要买龟壳，帮助心中无数的文若虚出谋划策；签押合同之时替毫无经验的文若虚提出要些字钱；分配佣金时又两次提出听从文若虚的安排。在整个故事环节中，张大全程为文若虚考虑谋划，并没有因提供本钱而贪图利润，也没有因自己的付出而谋要过多的佣金，而文若虚也知恩图报，额外多给了张大许多。波斯商人玛宝哈没有在明知文若虚等人不知晓龟壳价值的情况下而趁机压低价格，反而实言相告五万两仍然便宜；并在支付佣金的前提下，额外赠送诸人珠串和锦缎；又为文若虚考虑交易之后的安置，体现了重利不轻义的价值观念。

综之，作者通过对文若虚由"倒运汉"到"转运汉"的商业历程的生动描写，再现了明代资本主义萌芽时期世人冀希通过海外贸易，靠冒险、运气等横财致富的投机心理，同时塑造了具备听天由命、知足常乐、诚实守信、重利重义等传统道德品德的商人形象，表达了商人品格与商业财富相统一的价值观念。

策划编辑：孙兴民

责任编辑：邓文华

封面设计：徐　晖　李媛媛

责任校对：毕宇靓　闫翠茹

图书在版编目（CIP）数据

明代文学作品选 / 周小艳，马燕鑫主编 . — 北京：人民出版社，2020.6

ISBN 978 — 7 — 01 — 022466 — 4

Ⅰ . ①明… Ⅱ . ①周… ②马… Ⅲ . ①中国文学—古典文学—作品综合集—明代 Ⅳ . ① I214.82

中国版本图书馆 CIP 数据核字（2020）第 167758 号

明代文学作品选

MINGDAI WENXUE ZUOPIN XUAN

周小艳　马燕鑫 ◎ 主编

人 民 出 版 社 出版发行

（100706　北京市东城区隆福寺街 99 号）

保定市北方胶印有限公司印刷　新华书店经销

2020 年 6 月第 1 版　2020 年 6 月北京第 1 次印刷

开本：710 毫米 ×1000 毫米 1/16　印张：16.5

字数：258 千字

ISBN 978 — 7 — 01 — 022466 — 4　定价：46.00 元

邮购地址 100706　北京市东城区隆福寺街 99 号

人民东方图书销售中心　电话（010）65250042　65289539